美醜あべこべ異世界で
不細工王太子と結婚したい！
三日月さんかく
ill. riritto

ミスティア・ワグナー
オークハルト・シャリオット
ココレット・ブロッサム

★レイモンド・ブロッサム★
★ダグラス★
★ドワーフィスター・ワグナー★
★ラファエル・シャリオット★

「今日、初めてあなたに微笑みかけてもらった瞬間から、
私のすべてはあなたのものになってしまいました」

「その美しい手の甲に醜い私が口付けることを、
どうか許してほしい……」
「初めてエル様にお会いした瞬間から、
わたしはあなたのものですわ」

「あ、ココ。君の髪に桜が」
「え？」
「きっとこの庭の桜は、
ココのことが大好きなんだろうね。
君にばかり花弁が降ってくるよ」
「そんなことありませんわ。エル様にも、
たくさん花弁が付いて
いらっしゃいますもの」

「いいや、君のほうだよ。だって君はまるで桜の精霊姫みたいだもの」
「エル様ったらっ♥」

CONTENTS

美醜あべこべ異世界で
不細工王太子と結婚したい！

三日月さんかく
ill. riritto

第一章 美醜あべこべ異世界に転生

わたし、ココレット・ブロッサムが前世の記憶を思い出したのは十歳の時のことだ。

流行《はや》り病に罹《かか》り、高熱でうなされている最中に泣きながら思ったのだ。

現世こそは実在のイケメンと結婚したいわ……っ!!! このまま死んで堪るもんですか!!! って。

それは、わたしの魂の奥底から迸《ほとばし》る強烈な願いだった。その願いが前世の記憶の蓋を開けてしまい――……前世では一度もまともな恋愛経験がなかったことを思い出してしまったのだ。

前世のわたしは、少女漫画や乙女ゲーム、ロマンス小説などに登場する可愛らしいヒロインに自己投影しては素敵なヒーローに愛される妄想にうっとりとする、夢女子だった。

学生時代は推《お》しキャラにバイト代を捧《ささ》げたし、社会人になってからもお給料を課金に溶かした。推しに注ぎ込んだお金でパリピな趣味でも始めてリアルの出会いを増やし、素敵な恋人を見つけても良かったはずなのに。わたしはお手軽で傷付くことのない疑似恋愛が味わえる、二次元世界の虜《とりこ》になってしまったのである。

だから現世こそ、三次元のイケメンに溺愛されてみせるわ!!!

心にそう固く誓ったことが、わたしの生きる原動力となったのだろう。後から父に聞いた話だけれど、あの時わたしは医者から今夜が峠だと言われていたらしい。底意地の悪いメンクイで本当に良かったわ。

わたしはイケメンへの渇望で、なんとかこの世からエターナルグッバイせずに済んだのである。

▽

イケメンゲットのために生にしがみついたわたしが暮らすのは、シャリオット王国という中世ヨーロッパふうの国だ。

前世を思い出す前は当たり前過ぎて、なんとも思っていなかったけれど、現世のわたしは侯爵令嬢という地位を持っていた。すごいわ。

しかも、これもやっぱり当たり前過ぎて気にしたことがなかったけれど、わたしは絶世の美少女であった。前世の記憶を取り戻してから初めて鏡を覗《のぞ》いた時、そこに映る美少女にわたしは唖然《あぜん》とした。

「これが、今のわたし……⁉」

ローズピンク色の柔らかな髪は緩いウェーブを描き、お人形のようなパッチリアイズはペリドットそっくりの黄緑色にうるうると輝いている。長い睫《まつげ》毛は重たそうで、頬と唇は薔薇色《ばらいろ》、肌は抜けるように白い陶器肌である。まさに春の精霊。花のお姫様だ。

確かに今まで父や侍女から「私のココは可愛いねぇ」「ココレットお嬢様は精霊姫ですわ！」とチヤホヤされてきたけれど、ただの身内贔屓《びいき》だと思っていた。そういうレベルじゃなかったのね。

「神様、人生イージーモードスペックを授けてくださってありがとうございます！　このスペックを大切に使って、わたしは必ずやイケメンと結婚してみせますわ！」
絶世のセレブ美女になることが確定したわたしの未来はとっても明るいわ♡
十歳のわたしはそう信じ切っていたが、人生はそれほど甘くはなかった。

「それではココ、私は仕事に行ってくるね。ココはまだ病み上がりだから、少しでも体調が悪くなったらベッドで休んでいなさい」

「はい、お父様。お気を付けていってらっしゃいませ」

「出来るだけ早く仕事を終わらせてくるからね」

現世のわたしの家族は父一人だけだ。母はわたしを生んだ際に体調を崩し、そのまま帰らぬ人になったと聞いている。母の肖像画はすべて父の部屋に飾られているのだが、将来わたしはこんなふうに成長するのだろうな、という感じの絶世の美女だった。

あの父が美人の母を捕まえられたなんて、本当に不思議ね。性格はとても素敵だけれど……。

そんなことを考えながら父を見送ったわたしに、侍女のアマレッティが突然こんなことを言った。

「ココレットお嬢様は本当にお父様によく似ていらっしゃいますわね！　美男美女親子ですわ！」

「……はい？　美男美女親子⁇」

「ええっ、そうです！」

美男美女親子という言葉の意味が、わたしは本気で分からなかった。

だって、わたしの父は超絶オーク顔なのである。流石《さすが》に牙は生えていないけれど、ごつい顔の輪郭に大きな鼻と口、立派な太い眉の下の目つきは鋭く尖《とが》っていて、体格も大きい。前世のゲームに登場するオークにとてもそっくりである。夜中に不意打ちで父の顔を見ると、怖くて泣いてしまうほどのド迫力だ。

わたしの髪と瞳の色は父譲りなので、そこだけは『似ている』といわれても納得出来るのだけれど……。よく似た美男美女親子……⁇　父が美男子……⁇

……いや、わたしには父がイケメンとはまったく思えないけれど、アマレッティにとっては父のような男性が最高に萌《も》えるのかもしれない。オーク系紳士推しなのよ、きっと。

わたしも夢女子歴が長いので、他人の推しの魅力が全然理解出来なくても、相手と波風立てずに今まで通り接することくらい出来る。

自分の萌えは誰かの萎《な》えであり、自分の萎えは誰かの萌えなのだ。

「ありがとう、アマレッティ。お父様を褒めてもらえて、娘としてとても嬉《うれ》しいわ」

わたしはそうやって彼女の話を流し、父のイケメン説はそこで終わったかに思えた。

しかし、その後も侍女の間で父のイケメン説が流れていた。父推しの人間はアマレッティだけではなかったのだ。

「ブロッサム侯爵家に勤められて本当に最高だわ。なんたって、あんなに格好良い旦那様とお美しいお嬢様にお仕え出来るのですから！」

「きゃっ、今日の旦那様の給仕当番はアタシだわ。ラッキー！」

「まぁ、羨ましい。早く私の番にならないかしら……」

オーク顔がここまでメジャーとは、一体どういうことなのだろう？

流石に疑問に思ったわたしは屋敷の図書室へ向かい、シャリオット王国の文化について調べてみることにした。

そして判明したのは、この世界の美醜の基準が前世とは若干異なっていることだった。

女性の美醜に関しては前世と同じ。わたしはちゃんとこの世界でも絶世の美少女だった。問題は男性のほうである。

なんとシャリオット王国では、オーク顔の男性こそが超絶イケメンとして持て囃《はや》されていたのだ……っ!!!

前世ではイケメン扱いされていたはずの端正な顔立ちの男性が醜いとされ、強面《こわもて》なモンスター顔が美しいとされているらしい。そのヒエラルキーの頂点に君臨するのが、父のようなオーク顔なのである。

しかも美醜に厳しくて、不細工（つまり前世的イケメン）に対してものすごく差別的なのだ。不細工を無視するくらいならまだ善良なほうで、か弱い令嬢などは不細工に出会うと泡を吹いて失神してしまうこともあるらしい。

まさか、男性のみ美醜逆転異世界に転生していただなんて……。

こんな世界で果たしてわたしは、前世的イケメンとちゃんと結婚出来るのかしら？

▽

前世の記憶を取り戻して早一年。わたしは外面を磨きまくっていた。

もう少し詳しく説明すると、令嬢としての教養やマナー、ダンスを完璧に習得し、教会での慈善活動にも励み、『心優しい乙女ココレット』という絶大な評価を手に入れていた。

これもすべて、前世的イケメンと結婚するための下準備である。

前世的イケメンは世間一般から嫌われており、不当な扱いを受けていることは理解した。

そんな彼らに接近して愛を育んで結婚するには、全人類に対して心優しい天使な令嬢の地位くらい築かないと、不自然過ぎるのだ。

まぁ、多少は『徳を積めば、超絶イケメンに出会えるかもしれない』という神頼みの気持ちもあったけれど。すべてはイケメンゲットのためである。

だから勿論《もちろん》オーク顔の男性にも優しくするし、身分を笠《かさ》に着るような傲慢な真似もしなかった。

前世の記憶を取り戻す前のわたしの性格が大人しかったこともあって、よくある『悪役令嬢が前世の記憶を取り戻して、性格が百八十度変わって周囲の人間が困惑する』みたいなこともなかった。

絶世の美貌にもあぐらはかかず、必死に手入れをした（主に侍女のアマレッティが）。

元々、可愛いヒロインになりきるタイプの夢女子だったので、自分の美貌にもすぐに慣れたしね。いくら可愛いからって、ぶりっ子したり、我儘《わがまま》になったりすると、すぐに評価が落ちちゃうもの。

武器として上手に使わなくちゃ損よ。

お陰で順調に、ココレット・ブロッサムは身も心も光り輝くような美しい少女だと周囲から誤解されている。計画通りだわ。

そして本日ようやく、この磨き抜かれた外面を存分に使う機会がやって来た。シャリオット王国王宮にて、ガーデンパーティーが開催されるのである。

この一年、わたしは一度も前世的イケメンと出会うことが出来なかった。一般的な十一歳の侯爵令嬢の生活範囲が狭いという問題もあり、わたしが今日まで出会った異性(親戚や父の知り合いなど)の殆《ほとん》どがオーク顔だった。下働きの男の子に、たまに平凡顔を見かけるくらいで。

だから、わたしはずっと、たくさんの異性に出会うチャンスを待っていた。数打ちゃ当たるわ。きっと一人くらい、わたし好みのイケメンが見つかるはずよ。

そういうわけで、わたしは今日のガーデンパーティーを心待ちにしていたのだ。

「あぁ、お美しいですわ、ココレットお嬢様！　王宮の薔薇《ばら》園が見頃だとお聞きしましたが、お嬢様の前では薔薇も霞《かす》んでしまいますわ。はぁ……、私の精霊姫……！」

「妄想の世界から帰ってきてちょうだい、アマレッティ？」

アマレッティの手で可愛らしいドレスに着替えたわたしの姿は、確かに人外レベルである。肌の調子を整える程度の化粧も十一歳の少女らしくて嫌みがない。綺麗にセットされたローズピンク色の髪には、天使の輪がキラキラと輝いている。ドレスに合わせた宝飾品さえ霞むほどの精霊度を、わたしは全身から放っていた。流石はアマレッティね。

アマレッティはうっとりと溜息《ためいき》を吐《つ》いた。

「第二王子殿下のお心を射止めるのは、私のお嬢様に決まっていますわねぇ」

「第二王子殿下？」

本日のガーデンパーティーの目的は、王太子殿下と第二王子殿下の婚約者候補を三人ずつ選定することだと、父から聞いていた。

シャリオット王国の公爵家から嫁いだ正妃からお生まれになったのが王太子殿下で、隣国の皇女だった側妃からお生まれになったのが第二王子殿下である。二人の年齢は半年しか離れておらず、わたしとも同じ年らしい。

普通なら王太子殿下を話題にあげるものではないかしら？　と、わたしは首を傾げた。

「清らかなお心をお持ちのココレットお嬢様には、俗っぽいお話なのですが……」

「何かしら？」

「第二王子殿下はそれはそれはもう、お美しい御方らしいのです！　性格もとても気さくで、男らしいと評判なんです」

つまり、オーク顔かぁ……。

第二王子殿下への興味が一瞬で消えた。

だが、わたしは表面上は淑《しと》やかに微笑んだ。オーク系男子という覇権ジャンルに抗《あらが》っても仕方がないのだ。マイナージャンルはマイナージャンルなりに、人生を謳歌《おうか》して行きましょうね。

「お会い出来るのが楽しみだわ」

オーク顔の第二王子殿下には、挨拶が終わったらすぐに離れることにしよっと。わたしは絶世の美少女だから、気を付けないと第二王子殿下にも惚《ほ》れられちゃうもの。間違って婚約者候補にでもなったりしたら、前世的イケメン探しどころじゃなくなるからね。

わたしはそう心に決めると、自室を後にした。

父と共に馬車で王宮へと向かう。

向かいの座席に座った父は、わたしを見てデレデレとしている。前世の世界だったらすぐに職務質問されてしまいそうだわ。シャリオット王国では『美形の甘い微笑み』扱いだけれど。

「出会った頃のクラリッサを思い出すよ。ますます美しくなったね、ココ」

「ありがとうございます、お父様」

クラリッサとは亡き母の名前である。アマレッティはわたしのことを父似だと言っているが、父から見れば、わたしはやはり母似らしい。良かったわ。

オーク顔の父は社交界でもかなりモテるらしいのだが、未だに母一筋で再婚の予定はない。娘のわたしにも極甘だ。こんなふうに愛情をいっぱい注いで育ててくれる父を、わたしは心から慕っている。

「今日は初めての王宮で緊張しているかもしれないが、ココのマナーは完璧だからね。落ち着いて行動すれば良いよ。楽しんでおいで」

「まぁ、お父様。婚約者候補の座を射止めてこいとおっしゃらなくても良いのですか?」

「ははは。我が家は中立派だし、一人娘のココには婿を取ってもらいたいからね。そんなことは気にしなくていいよ。でも、私のココは精霊姫だから、殿下から婚約を申し込まれても仕方がないだろうなぁ。上位貴族や隣国の王侯貴族からも縁談が来るかもしれないね」

「まぁ、そんなこと……（本当に有りそうで怖いわ）」

「ココは婚約者候補のことは気にせず、美味しいお茶菓子や美しい庭園の花々をのんびりと楽しんでおいで」

「はい、お父様」

父に優しく頭を撫《な》でられながら、どうせならわたし好みのイケメンたちから縁談が殺到すればいいのに、と思った。


父に見送られて、ガーデンパーティーの会場へ向かう。

王宮の庭園には立食形式のテーブルが整えられ、同じ年頃の令息や令嬢で溢《あふ》れていた。婚約者候補、もしくは側近候補として招待されたのは伯爵家以上の上位貴族だけれど、それでもすごい人数だわ。

これだけ人がいれば、わたし好みのイケメンに本当に出会えるかもしれないわね。

わたしはウキウキと会場に足を踏み入れた。途端、ざわめきに満ちていた庭園が静かになっていく。

わたしの美貌を見てポカンとした表情を浮かべる令嬢、真っ赤な顔で息を飲む令息、うっとりする給仕係、二度見してくる騎士。反応は様々だけれど、会場中の人がわたしに注目していた。ごめんね、絶世の美少女で。

わたしはそんな人々の間をゆっくりと歩いて、イケメンを探す。

しかし見渡す限りオークの群れだわ。たまに平凡顔もいるけれど。

時折、数少ない顔見知りを見かけては一言二言挨拶を交わし、またオークの大群の中を突き進む。出現するモンスターの先に、お宝《イケメン》が見つかると信じて……。

暫《しばら》く会場内を探索していると、二人の王子が登場した。

「ラファエル王太子殿下と、オークハルト第二王子殿下のご入場です！」

オークハルトって凄い名前ね……と思いつつ、王子たちに視線を向けようとすると。

会場内から二種類の悲鳴が上がった。第二王子殿下に対する黄色い悲鳴と、……恐怖の悲鳴だ。何人かが倒れたような音も聞こえてくる。一体何事かしら？

わたしは人だかりの間から、悲鳴と騒動の起こった原因――二人の王子を見やった。

最初にわたしの視界に入ったのは、たぶんオークハルト第二王子殿下だ。金髪蒼眼《そうがん》のキングオークみたいな外見をしていたから、間違いない。わたしの父より数段オーク度が高かった。令嬢たちの甘い声は彼が原因だろう。

続けて王太子殿下に目を向けて――わたしの視線は釘《くぎ》付けになった。

なんてイケメンなの……！

そこにいたのは、金髪蒼眼の天使だった。

すべすべの白い陶器肌、薔薇のつぼみのような唇、すっと高い鼻梁《びりょう》。サラサラの長い前髪の隙間から覗く伏し目がちな蒼《あお》い瞳は、サファイアのように美しい。前世の西洋画に登場する愛らしい天使みたいに、非常に整った顔立ちの少年だった。

わたしは呼吸をするのも忘れて、ラファエル王太子殿下を見つめた。胸がドキドキと高鳴って、頬がどんどん熱くなっていくのが自分でもよく分かった。

わたしは一目で彼に恋に落ちてしまったのだ。

ラファエル殿下は目元を隠すように前髪を伸ばし、肩より少し伸びた髪を一本に結わえている。王太子らしい豪奢《ごうしゃ》な衣装が太陽の下でキラキラと輝いていたが、前髪の間から見え隠れする彼の表情はとても暗かった。

先程の恐怖の悲鳴は、ラファエル殿下が原因で起こったのだろう。わたしにとってはとてつもないイケメンだけれど、他の人にとっては受け入れがたい容姿だから。

倒れた令嬢や、具合が悪くなった人々が庭園から運ばれていく。取り乱して泣き喚《わめ》く子供たちの声が耳に痛い。

会場に残った令息令嬢たちも顔色が悪かった。流石に王族に対して暴言を吐くことはないが、まだ十歳前後の子供たちにポーカーフェイスは難しい。

対照的に、第二王子殿下は大勢に囲まれて次々に挨拶を受けていた。甘い声をあげる令嬢たちや、すり寄る令息たちの声がかしましい。ラファエル殿下の近くに居合わせた者たちも、彼を避けて第二王子殿下のほうへと去っていく。

「あれが例の王太子殿下か……」

「噂《うわさ》通りだったな」

すれ違った令息たちから、そんな冷ややかな声が聞こえてきた。それは直接的な表現ではなかっ

たけれど、ラファエル殿下に対する悪意や侮蔑に満ちていた。

ラファエル殿下の周囲には奇妙な空白が出来た。彼はもはや苦行に耐えているという様子で、ぽつねんと立っている。

……これが、この国での前世的イケメンの扱いなのね。王太子という地位がある分、これでもまだ血筋や権力で守られているのだろうけれど。

わたしの胸に沸々と怒りが込み上げてくる。この世界では不細工かもしれないけれど、前世的にはとんでもない美少年なのよ！　イケメンを傷付けるなんて万死に値するわ、コラァ！

わたしはゆっくりとラファエル殿下に近付いていく。こちらを見ていた人たちが驚いた表情をしているのが視界の端に映ったけれど、どうでもいい。

ラファエル殿下の前でわたしはカーテシーをする。ラファエル殿下がハッと息を飲む音が大きく聞こえた。

不自然な沈黙の後で、ようやくラファエル殿下がわたしに声をかけてくれた。

「……私は王太子、ラファエル・シャリオットです。どうか顔をあげて、あなたのお名前を教えてください」

変声期を迎える前の美しいボーイソプラノに聞き惚れながら、わたしは顔をあげた。

「ブロッサム侯爵家の長女、ココレットと申します。どうぞお見知りおきを」

わたしが鮮やかに微笑んでみせると、ラファエル殿下は愕然《がくぜん》とした。周囲の人々も、わたしの微笑みに見惚《みと》れている。うふふ、これが現世のわたしの武器なのよ♡

わたしはこの短い間に、もう心を決めていた。

絶対に、この傷付いた天使を手に入れる。この人はもう、わたしの運命の王子様に決定なの。

これがわたしの前世も引っくるめて、初めての本気の恋だった。


わたしの挨拶の後、ラファエル殿下の行動はピュアピュアだった。顔を赤らめたり、かと思えば青ざめたりして、次の言葉が出てこない。

本来なら王太子に対して挨拶の列が出来るべきなのだけれど、わたしの後ろには誰もいなかった。

ラファエル殿下も他の令息令嬢に挨拶に向かう気はなさそう。それをいいことに、わたしは彼の前から下がらなかった。

針の筵《むしろ》のような状況から離脱するために、この場から移動したほうがいいわね。

そのためには、わたしはラファエル殿下を言葉巧みに誘い出さなければならなかった。

「本日はガーデンパーティーにお招きいただきありがとうございます。王宮の庭園は非常に美しいとお聞きしていたので、とても楽しみにしてきました」

「……は、はい」

「今は薔薇園が見頃なんですよね？　わたし、ぜひ拝見してみたいですわ」

「……はい、ぜひ。ブロッサム嬢も庭園を散策してみてください。ば、薔薇園はあちらの、橋を渡った先にあるので、ご自由に……」

誘ってよ、ラファエル殿下ぁ！

会話中もまともに視線が合わず、けれど前髪の奥からチラチラとこちらの様子を窺ってくるラファエル殿下に、わたしは心の中で叫ぶ。こっちは強引に茂みに連れていかれて突然ラブシーンが始まっても問題ないくらい、お誘い待ちの状態だからっ！

けれど、彼にはわたしを誘うという考えは全くないらしい。

わたしはラファエル殿下に手をすっと差し出した。

「初めて向かう場所ですから、迷ってしまいそうで不安ですわ。どうか、わたしのお傍《そば》にいてくださいませんか、ラファエル王太子殿下……？」

うるうると輝くペリドット色の瞳で上目遣いをし、小首を傾げてみせれば。ラファエル殿下はこれ以上なく顔を赤らめて、唇を震わせた。

「……私などで、よろしければ……」

ラファエル殿下は恐る恐るといった様子で、わたしの手を取った。彼の声も指先も震えていた。

「……ご案内いたします」

「まぁ、ラファエル殿下はとてもお優しいのですね！　感謝いたしますわ♡」

白々しくわたしが手を握り返すと、彼の蒼い瞳が長い前髪の向こうで潤んだような気がした。

薔薇園は生気に満ち溢れていた。

何十種類もの薔薇が色とりどりに咲き、芳しい香りを漂わせている。蝶《ちょう》や蜜蜂が花々の間を飛び交い、どこからか野鳥の鳴く声が聞こえてくる。葉や枝の間から差し込む陽光がとても暖かかった。

他の人たちはまだ第二王子殿下に群がっているのか、人影も少ない。束の間の楽園のようね。

離れた場所にいる護衛の騎士たちに見守られながら、わたしたちは薔薇園を進んでいく。

ラファエル殿下はずっと口をつぐんだままだ。わたしはそれをいいことに、彼の横顔を堪能することにした。

こうして近くでじっくりと観察すると、ラファエル殿下の睫毛《まつげ》がしっかりとした金色で、マッチ棒が乗りそうなほど長いことがよく分かる。すらりとした手指や爪の形まで綺麗だなんて、流石イケメンだわ。彼が付けている香水の爽やかな香調《ノート》まで好き過ぎる。これが実在のイケメンの芳香なのね。

自己肯定感が低そうな言動をするラファエル殿下だけれど、ピンと伸びた姿勢や優雅な歩き方から、王族らしい凛《りん》としたオーラが滲《にじ》み出ていた。きっと、いろいろと努力をされているんだわ……♡

そんなふうにイケメン観察を楽しんでいると、ラファエル殿下はこちらを盗み見しようとして
――わたしとばっちり目が合ってしまい、ボンッと音が鳴りそうなほど急激に赤面した。

なんなの、この可愛い生き物はっ⁉　天使ね⁉　天使に決まっているわっ‼　好き‼　大好き‼

結婚して‼!

わたしは悶《もだ》える心をおくびにも出さず、彼ともっと親睦を深めるために話しかけた。

「本当に立派な薔薇園ですね。一度にこれほどの種類の薔薇を見たのは初めてです」

「…………」

「まぁ、あそこに咲いている薔薇はとても不思議な形の花弁をしていますのね。なんという種類の薔薇なのか、ラファエル王太子殿下はご存じですか？」

「…………」

「ラファエル王太子殿下？」

「……ブロッサム嬢」

ラファエル殿下がようやく口を開いてくれたので、わたしは少し安堵《あんど》する。

薔薇を背景に立つラファエル殿下は、まるで乙女ゲームのスチルみたいに美しかった。

「あなたに、ご兄弟は……。……弟はいらっしゃいませんか？」

「え？　弟？」

彼の突然の発言に驚きながらも、わたしは首を横に振る。

もしかして、家族の話題で会話を広げようとしてくれているのかしら？　ラファエル殿下には異母弟の第二王子殿下がいらっしゃるし。

「いいえ。おりませんわ。一人娘ですの」

「……そう、ですか。あの、今までに何か、大きなご病気をされたことはありますか？」

「一年ほど前に流行り病に罹《かか》ったことがありますけれど」

なんの質問かしら、これ？　と思いつつも答えると。

ラファエル殿下は何かを合点したように頷《うなず》いた。

「ブロッサム嬢、あなたの家は長年中立派を維持してきたと思うのですが……」

彼は困った顔をしながら、そんなことを言い出した。

困り顔のラファエル殿下も素敵……って、そんな場合じゃないっ！　もしかしてわたし、すごく

誤解されてる⁉

「ブロッサム領の税収はずっと安定していますし、ブロッサム侯爵家にも借金などはなかったはず。ブロッサム侯爵にもお会いしたことはありますが、少なくとも、王宮の権力争いに積極的に関わる方だとは思っておりませんでした」

「違います……！　いえ、父は確かに、権力争いに自ら首を突っ込むような人ではありませんが！　ラファエル殿下はどうしてそのようなことをお尋ねになるのでしょうかっ⁉」

父の指示でラファエル殿下に近付いたと思われてる⁉　権力のために正妃になりたがっていると……⁉

確かに貴族に政略結婚は付き物だ。イケメンと恋愛結婚がしたいだなんて生ぬるい考えを持っているわたしは、令嬢失格なのだろう。

でも、わたしがラファエル殿下に近付いたのは、ただ彼に捧《ささ》げた初恋のためなのだ。誤解されるのは非常につらい。

「……私は酷《ひど》く醜いでしょう？」

ぽつりと、ラファエル殿下が呟《つぶや》く。

「そんなことありませんわ、殿下。絶対にそんなことはありませんっ！」

「いいえ、世辞はいいのです。自分が影でなんと言われているかなんて知っていますから。不細工王太子、化け物、異形の王子、シュバルツ王の再来だと。母でさえ私を生んだことを後悔していますし、使用人ですら私に触れるのを嫌がっています。ブロッサム嬢も先程見たでしょう？　私の姿を見て倒れた令嬢たちの姿を。あの会場には正妃派の家の子供たちもいたはずなのに、あなた以外は誰も私に近寄っては来なかった……」

ラファエル殿下は、エスコートのために彼の腕を摑《つか》んでいるわたしの手を見下ろす。

「あなたの望みは次期国王の正妃ですか？　それならそれで、いいのです」

「ちが……っ！」

「私に触れても微笑んでくれる女性がいるとは、夢にも思っていませんでしたから」

「わたしはラファエル王太子殿下のお姿をとても好ましく思っておりますわ！」

「あなたの慰めの言葉さえ嬉しい」

ラファエル殿下の抱える闇が深過ぎる。わたしの言葉をまったく信じてくれなかった。

……きっと、それだけの扱いを受け続けてきた人なのね。

わたしがこのまま愛の告白をしても、ラファエル殿下は絶対に信じないだろう。出会ったばかりのわたしはラファエル殿下にとってまだ信用に足る人物じゃないし、わたしも彼のことを知らな過ぎる。

でも、こんなに悲しい勘違いをされたくない。どうしたら彼にわたしの好意が届くのだろう？

わたしは泣きそうだった。本当に傷付いているのはラファエル殿下のほうなのに。

「ブロッサム嬢？」

「わ、わたし、わたしは……」

なんて言葉を続けたらいいのか分からない。ただ唇を震わせてラファエル殿下を見つめれば、彼は恥ずかしそうに視線をそらす。

甘いような、苦いような沈黙が辺りに広がった時――……。

「兄君！　兄君っ！　こちらにいたのだなっ！」

薔薇園に金髪のキングオークが現れた!!!

思わずRPGの一文みたいな文章が脳裏に浮かんだけれど、よく見ると第二王子殿下だったし、同伴の令嬢もいた。

第三者の登場に少しだけ緊張が和らぐ。問題が先延ばしになっただけだけれど、今のわたしとラファエル殿下には、どうしたってお互いを理解し合う時間が足りなかった。

ホッとするわたしとは反対に、ラファエル殿下は肩を強張《こわば》らせた。どうやらラファエル殿下は異母弟の第二王子殿下のことが苦手みたいね。

まぁ、あそこまで高レベルのオーク顔が近くにいたら、コンプレックスを刺激されても仕方がないわよね。わたしにはラファエル殿下のほうが一億倍もイケメンに見えるけれど。

第二王子殿下は満面の笑みを浮かべてラファエル殿下に近寄り――……隣にいるわたしに気が付いて、口を大きくポカンと開いた。すぐに第二王子殿下の瞳にハートマークが浮かぶ。

しまった、第二王子殿下から一目惚《ぼ》れされちゃったわ。美し過ぎるのも困りものよね。

「あ、兄君……っ、そちらの令嬢は、一体……？」

「ブロッサム侯爵家のご令嬢、ココレットだよ。ブロッサム嬢、異母弟のオークハルトです」

「お初にお目にかかります、オークハルト第二王子殿下」

「あ、あぁ……。よろしく。俺のことは、ぜひ気軽にオークと呼んでくれ。代わりに君のことはココと呼ばせてもらおう」

「畏《かしこ》まりましたわ、オーク様」

結構ぐいぐい来る男である。ラファエル殿下にもまだ愛称で呼んでいただけていないというのに。

それにオークと呼べって、まんまじゃないの。

けれど、わたしはこれ幸いとラファエル殿下へ顔を向ける。

「ラファエル王太子殿下も、わたしのことはどうぞココとお呼びくださいませ」

「……ココ。では、私のことは……エルと、お呼びください」

「はい、エル様♡」

愛称呼びの許可が出たので、わたしはホクホク顔になる。こうやって少しずつ距離を詰めて信頼を勝ち取り、いずれエル様にわたしの愛を信じてもらおう。

それから、オーク様が隣の令嬢を紹介してくれた。

「彼女は筆頭公爵家のルナマリア・クライストだ」

ストレートのシルバーブロンドと、アイスブルーの瞳を持つ美少女ルナマリア様は、どこか冷たい印象を受ける令嬢だった。

けれどわたしは生粋のメンクイなので、一目見た瞬間からルナマリア様にメロメロだ。めちゃめちゃ可愛いぃぃぃ～！　こういうクール系美少女も大好きだわ！

ルナマリア様は青ざめ、眉間にシワが寄るのを堪《こら》えるようにしながら、エル様と向かい合った。

彼女はエル様と目が合わないように俯《うつむ》きながら、挨拶をする。

「ラファエル王太子殿下、本日はお招きいただきありがとうございます。お会い出来て光栄です」

エル様はわたしと二人きりだった時とはまるで違う表情をしていた。スッと冷静な顔つきになり、静かに目を伏せて頷く。

「クライスト嬢、本日はぜひ楽しんでいってください」

「……はい」

ルナマリア様が嫌悪感を堪えている様子に、エル様は十分誠実さを感じているようだった。

続いてルナマリア様はこちらを向くと、無表情ながらも熱っぽい瞳でわたしを見つめた。

「初めまして、ココレット様。ブロッサム侯爵家のご令嬢の噂は以前からよく聞いております。私、あなたとお会い出来る機会を楽しみにしておりました」

「まぁ、光栄ですわ。ルナマリア様の期待外れにならなければよいのですけれど」

噂ってアレかしら？　イケメンゲットのために頑張ってきた、『心優しい乙女ココレット・ブロッサム』詐欺についてかしら。

わたしの疑問を解決してくれたのはオーク様だった。

「ルナ、ココの噂ってなんだ？　俺もぜひとも知りたい」

ルナマリア様はオーク様を見ると、ポッと愛らしく頬を染める。彼女はどうやら無表情キャラらしいが、感情がぽろぽろと零れ落ちるタイプの無表情らしい。

「ココレット様は教会や孤児院へ熱心に寄付や慰問をされていると伺っております。身分や美醜に囚われず人々にお優しく接するので、『愛の天使』と呼ばれているそうですわ。そして『愛の天使』のお姿があまりにもお美し過ぎて、ブロッサム侯爵様が親しい方以外にはお隠しになっているという話でした」

『愛の天使』呼びは流石に知らなかった。絶妙にダサいわね……。

恥ずかしくて扇で顔を覆うわたしのことを、横からエル様が眺め、「なるほど……」と呟いた。オーク様も納得したように頷いている。

「その噂は本当だったということか。確かに、兄君に対する態度を見れば一目瞭然だな。あなたほど身も心も美しい令嬢にお会いするのは、俺も初めてだ」

「まぁ、そんな……」

オーク様から注がれる熱っぽい視線に、わたしは逃げ出したい気持ちでいっぱいになる。

しかも、エル様はショックを受けたようにオーク様を見つめているし、ルナマリア様が寂しげな雰囲気を醸し出しているのも、非常にいたたまれない。

「兄君、俺にもチャンスをくれ」

「オークハルト……？」

オーク様はキリッとした表情でエル様を見つめた。

「俺はココの美しさに参ってしまったようだ。俺にもココｔお二人きりで話をさせてくれ。今日のパーティーは兄君だけでなく俺の婚約者候補も選定するのだから、俺にもココを誘う権利があるはずだ」

「なっ、何を言っているんだ！　オークハルト！」

エル様は厳しい眼差しでオーク様を睨《にら》み、ルナマリア様はハッと息を飲み、わたしは死んだ魚のような目になった。

オーク様のせいでエル様がわたしを婚約者候補に選んでくれなかったら、どうしてくれようか。

「兄君も少しくらいルナと話し合ったほうがいい。クライスト筆頭公爵家は正妃派閥だ。正妃様はルナを兄君の婚約者候補の一人にねじ込むつもりだろう。ルナも、クライスト筆頭公爵から何か言われているんじゃないか？」

どう見てもオーク様に熱を上げているルナマリア様に、そんなお家事情があるとは。

わたしはビックリしてルナマリア様を見つめた。彼女はつらそうに顔を伏せている。

「それはそうだが……。クライスト嬢の気持ちも考えてあげるべきでは……」

「ルナの気持ちを考えろと言うのなら、俺のココに対する気持ちにも配慮してほしい」

オーク様が「ココ」と、わたしにエスコートの手を差し出す。

「兄君とルナの話が終わるまででいい。俺の手を取ってくれ」

「……はい」

他家のお家事情に首を突っ込むわけにもいかないだろう。わたしは諦めてオーク様の手を取った。

ただ、あまりの憂鬱さにエル様へ縋《すが》るような視線を向けてしまう。エル様は顔面蒼白《そうはく》で、去って行くわたしたちを見つめていた。

「ココは本当に美しいな。外見も内面も」

薔薇に囲まれたベンチに並んで腰かけると、オーク様は無駄に素敵な声でわたしに囁《ささや》いた。

陽に当たってきらめく彼の金髪は爽やかな初夏の風に揺れ、すべすべのお肌に埋もれるようにして瞬く蒼い瞳はサファイアのようだ。色彩だけがエル様と同じである。

父のお陰でオーク顔に慣れているわたしでも、オーク様は悪い意味で破壊力が抜群だった。

「兄君に対してあんなに普通に接することが出来る女性を見たのは初めてだ」

「……エル様は、普段はどのような扱いを受けているのです？」

「優しいココには理解出来ないかもしれないな……」

オーク様が語ったエル様の境遇は、とても孤独なものだった。

王族は王宮内で暮らすのが習わしだが、エル様は醜さゆえに幼い頃から敷地内にある離宮に隔離され、国王や正妃から愛情など欠片も与えられずに育てられたそうだ。今も王太子教育を詰め込まれるだけの毎日らしい。

「兄君の味方は非常に少ないんだ。俺と、乳兄弟のフォルトだけだな。父上は兄君にも俺にも関心がないから、ある意味中立だな。問題は正妃様だ。プライドの塊のような御方だから、自分が生んだ子供が醜いことが許せないんだ。だが次の子が生めないから、兄君を虐げながらも王太子の座を盤石にしようと必死なんだ」

オーク様は顔を顰《しか》めた。

「俺と兄君は世継ぎ争いに巻き込まれているが、俺は兄君のことをとても尊敬しているんだ」

「エル様は素敵な御方ですものね」

見た目はキングオークだが、オーク様の中身はまともなようだ。強引なところはあるけれど、兄想いだし、いろいろと考えているみたい。

わたしはオーク様を見直した。わたしはイケメン好きだが、人が見た目では判断出来ないことだって知っているタイプのメンクイである。オーク顔にも人間性の素敵な人はいるのだ。わたしの父のように。

「兄君はとても素晴らしい人なんだ。あれほど周囲から嫌悪の視線に晒《さら》されても、逃げることなく王太子教育を受けている。教養もマナーも剣術も馬術も、俺は何一つ兄君に敵《かな》わない。なのに兄君は周囲から正当な評価を受けていないんだ。あの人こそが天才なんだ。何故この国は、兄君に対してこうも理不尽なのか……」

オーク様は深く溜息を吐いた。

「俺の存在がなければ、兄君はこれほど悪意に晒されずに済んだのかもしれないと思うと、やはりつらいものがある」

「オーク様の存在が？」

「俺の母である側妃は隣国の元皇女だ。この国の公爵家の出である正妃様は、隣国の皇室の血が入った者を王太子にしたくないんだ。俺の血だけでも鬱陶《うっとう》しいのに、俺はこの見た目だろ？」

オーク様は「フ……ッ」とアンニュイな微笑みを浮かべる。

「遺憾ながら、俺は美し過ぎる容姿に生まれてしまった。醜い兄君の比較対象としては最悪だろ」

この世界ではオーク様は超絶美男子なので、わたしは困ったように微笑むだけにとどめる。他に反応のしようがないもの……。

わたしのその表情に何を勘違いしたのか、オーク様は熱っぽい表情をした。

「あぁ、ココは面の皮一枚の美醜なんて俗なものに興味はないだろうな。だってココは兄君にも優しく微笑みかけ、この俺の姿にもまるで惑わされない人だからな」

「まぁ、そんな……」

「兄君はすでにココに心を奪われているだろう。婚約者候補の一人にココの名をあげるはずだ」

王子一人につき、三人の婚約者候補が選ばれる。選ばれた婚約者候補は王宮で妃教育を受け、王子が十八歳になるまでに最終的に一人の婚約者を決定するそうだ。

選ばれなかった候補者には多額の報償金を与え、望む縁談を結べるらしい。上位貴族や他国の王族などだけではなく、過去には平民の想い人と結ばれた令嬢さえいたとか。それに、王族の婚約者候補に選ばれただけで経歴に箔《はく》がつく。

エル様に選ばれたら嬉しいなぁと、わたしは心の中でニヤニヤする。

「俺は兄君が大切だ。もしいつか兄君に愛する人が出来たら、兄君を応援しようとずっと思ってきた。だけれどココ、俺もあなたに心を奪われてしまったんだ」

「オーク様……」

「俺も婚約者候補にあなたの名前をあげる」

切実にやめてほしい。王族から指名されたら、こちらに拒否権などないというのに。オーク様に選ばれたい令嬢は他にいっぱいいるでしょうが。ルナマリア様とか!

オーク様はわたしの片手を取ると、恭《うやうや》しく口付けた。

「どうか俺の妃になってくれ、ココ」

オーク様が懇願する声は無駄に甘く、わたしと彼の間に余韻を残して響いた。


その後、わたしとオーク様はエル様とルナマリア様の元に戻った。

エル様とルナマリア様は奇妙に離れて立っていた。ルナマリア様は真っ青な顔で口許にハンカチを当てていたし、エル様の表情は凍りついていた。

わたしたちが現れた途端、二人は「助けが来た！」と言わんばかりの表情になった。二人きりは相当大変だったらしい。

「エル様！」

わたしが手を振れば、エル様が足早にこちらへ向かってくる。

ルナマリア様も無表情ながら飼い主を見つけた子犬のような目をして、オーク様の傍に侍《はべ》る。

おずおずと差し出されたエル様の手を、わたしはしっかりと取った。エル様をうっとりと見つめれば、彼の頬がぶわっと紅潮した。

「……オークハルト、クライスト嬢は疲れたようだ。休ませてやってほしい。クライスト嬢、私に付き合わせてしまい申し訳ありません」

「いいえ、滅相もございません。私が軟弱なのです……」

「兄君たちはこれからどうするんだ？」

「もう少し散策するよ。ココ、この先に美しい噴水があるのですが、ご案内してもよろしいでしょうか……？」

「はい、ぜひ！」

わたしはニッコリと頷いた。めくるめく二人だけの世界へ連れ去ってほしい。

そんなわたしたちを引き裂くように、オーク様が「兄君」と張りのある声を出した。

オーク様は正々堂々と宣言する。

「兄君、俺はココを婚約者候補に選ぶつもりだ。兄君に対する俺の敬愛は真《まこと》のものだが、ココに関しては恋敵《こいがたき》として扱ってほしい」

ちょっと、オーク様……っ⁉　この場で一体何を言っているの⁉

オーク様の突然のライバル宣言に、わたしは啞然《あぜん》としてしまう。

エル様は絶句し、ルナマリア様も押し黙る。しばし辺りに沈黙が続いた。

やがてエル様が苦しそうにオーク様を見つめ、「……そうか」と頷いた。

「オークハルト、お前はいつでもそうなんだな」

唇の端を歪《ゆが》ませ、何かを含むように言うエル様の瞳は酷く暗かった。


大きな噴水が打ち上がり、飛沫《しぶき》が虹色に輝く。辺りは涼やかだ。

エル様と並んで噴水の前に立ち、水の波紋を眺める。

わたしたちの間に流れる空気は非常に重い。先程のオーク様のライバル宣言が尾を引いていた。

「オークハルトとは、どのような話をされましたか？」

彼の声には苦さが滲《にじ》んでいた。

「エル様の話ばかりでしたわ。オーク様はとてもエル様のことを気に掛けていらっしゃいましたよ」

「あいつらしい」

エル様は皮肉げに笑った。

「きっと、私を持ち上げるような内容だったのでしょう？　ココを口説く絶好の機会だというのに、あいつは……」

「エル様をたくさん褒めていらっしゃいましたわ」

「オークハルトはいい奴なのです。いつも自信に溢れていて、ひたむきで、真っ向勝負で戦う。私はずっとあいつが羨ましくて、妬《ねた》ましくて、……憎い」

「エル様……」

「時々思うのです。もしもオークハルトが私のように醜い姿で生まれていたら、どのような性格だったのだろうと。私の容姿は王家の先祖返りでして、度々このような王子が生まれるのだそうです。三代前のシュバルツ王もそうでした。……きっとオークハルトは醜い姿であっても、あの勇敢な性格は変わらない気がするのです。私など、どう足掻《あが》いてもあいつに敵わないのだろう、と……」

最後の言葉に、わたしはとても焦った。

エル様はわたしに好意を感じていると思う。それだけではなく、彼に触れても平気そうにしているわたしは、世継ぎを生む役目を十分果たせると判断されていると思う。侯爵令嬢だし、中立派閥なので、家柄としても大きな問題はない。エル様の妃になれる条件は十分揃《そろ》っているのだ。

ただ、オーク様から聞いたエル様の境遇を考えると、彼はあまりにも愛を知らな過ぎた。

わたしからの愛を信じられず、オーク様に対しても卑屈な感情を持つ彼が、『私なんかよりオークハルトのほうがココに相応しい』などと言って、わたしを婚約者候補から外してしまうかもしれない。そんなことは絶対に嫌だった。

どう説得すれば、エル様の婚約者候補に選んでもらえるのだろうか？

ぐるぐると考え込むわたしの前で、エル様が突然跪《ひざまず》いた。

「でも、私はもう心を決めてしまいました。……ココ」

「エ、エル様……っ⁉」

「今日、初めてあなたに微笑みかけてもらった瞬間から、私のすべてはあなたのものになってしまいました。あなたのような美しい方に、醜い私が釣り合うはずがないことは分かっています。でも、皮肉なことに私には、あなたを召し上げるだけの力があるのです。他の美しい貴公子からも、オークハルトからも、あなたを奪うだけの権力が」

エル様が片手をわたしに差し伸べた。

「私の婚約者候補になることを受け入れてくださるのなら……。ココ、その美しい手の甲に醜い私が口付けることを、どうか許してほしい……」

よ、よかった……！　なんとかエル様の婚約者候補になれそうだわ！

権力があると言いながら、それを行使することを許してほしいと言うエル様は、とても優しかった。

わたしが一目で恋に落ちてしまった王子様は、見た目だけでなく中身まで素敵だったらしい。

わたしはニッコリと笑い、エル様の手に自分のそれを重ねる。

「初めてエル様にお会いした瞬間から、わたしはあなたのものですわ」

「……あなたがどのような思惑を抱えていても構いません」

やっぱり、わたしの好意に関しては全く信じることが出来ないのね……。

エル様はまるで大切な宝物を扱うかのように慎重な様子で、わたしの手の甲に唇を近付けた。しっとりと濡《ぬ》れた唇の柔らかさが、ほんの一瞬だけ触れる。

こうして、わたしはエル様の婚約者候補に選ばれたのだった。

▽

後日、王家から手紙が届いた。

『ココレット・ブロッサム侯爵令嬢を、王太子ラファエル・シャリオットと第二王子オークハルト・シャリオット両名の婚約者候補とする』

え？　両名って一体どういうこと？　王太子のエル様の婚約者候補になったら、自動的にオーク様の候補から外れたりしないの……⁇

理解が追い付かなくて、わたしと父は何度も手紙を読み返すことになった。

――前回の人生の記憶は、未だ鮮明だ。

「ラファエル・シャリオット廃太子!! そなたは王族の身でありながらスラム街の裏組織と手を組み、王都を襲撃して内乱を引き起こした前代未聞の大罪人である!! よって斬首刑とする!!」

王宮前の広場に設置された断頭台に引きずり出され、私は顔を上げる。

断頭台はすでに大量の血液で濡れており、血溜《だ》まりに浮いた脂が光っていた。私の前に処刑されたレイモンドやダグラスたちの生首が、板切れで出来た粗末な台の上に並べられている。処刑台の隅には首無しの死体が山のように積まれていた。

……これが私たちの末路か。

やるせなさを感じながらも、私は異母弟を見上げた。

オークハルトは断頭台を見下ろす席に座り、つらそうな表情で私を見下ろしている。

それを見た途端、身の内で黒い感情が膨れ上がり、私は血が出るほど歯を喰《く》いしばった。

「兄君、俺は本当にあなたのことを実の兄として尊敬していたんだっ!! それなのに何故、こんなことを……っ」

「私は昔からお前が大嫌いだったよ、オークハルト」

憎い。

あぁ、お前が憎いよ、オークハルト。

私よりも能力が劣っていたくせに、美しい容姿のお陰で常に周囲に人が溢れ、優しく扱われて、愛されていたお前のことが。私のものだった王太子の地位さえ奪っていったお前のことが、どうしようもなく憎いんだ。

お前は私と違って何もかもを持っていたくせに。優しい母親、お前を慕う三人の婚約者候補、将来有望な側近たち。学園に入ってからは真実の愛を見つけたなどと言って、平民上がりの男爵令嬢と親しくしていた。そして優秀な婚約者候補たちを捨てて、男爵令嬢を正妃にまでしてしまった。

醜い私は結局誰からも愛されず、婚約者候補たちともうまく行かなかった。妃のいない私には世継ぎが作れないからと、オークハルトに王太子の座を譲り渡すはめになった。私にはそれしかなかったのに。

その後の私は復讐《ふくしゅう》のためだけに生きた。もうそれしか、生きている理由が分からなかったから。

オークハルトや、醜いというだけで人を虫けらのように扱うこの世界に復讐するために、私はなんだってやった。私と同じように不細工な者たちを集めて王都を襲撃し、国家転覆をはかった。

けれど騎士団の数の力に勝てず、復讐を成し遂げることは叶《かな》わなかった。

「……さようなら、兄君。どうか苦しまないように、一息に……っ」

オークハルトは泣きながら片手を上げ、死刑執行人に処刑の合図を出した。

私は、断頭台に無防備にさらし出された首に刃が落ちてくる最後の瞬間まで、心の内でオークハルトへの呪詛《じゅそ》を吐き続ける。

憎い。憎い。……羨ましい。

私だって、愛されたかった。

オークハルトのように、私も人から優しくされたかった。

もしも次に生まれ変われるのなら、たった一人だけでいいから私を愛してほしい。

首に刀が触れた瞬間、シュバルツ王の遺産である『黄金のクロス』が胸元から滑り落ちるのを感じた。


二度目に生まれ変わっても、私は『不細工王太子ラファエル・シャリオット』だった。

大きな目はぎょろぎょろとして恐ろしく、高いばかりの鼻は頼りなく、薄い唇には覇気がなかった。

王宮の者が顔を顰めるのも仕方がないと納得出来るほど、不細工な顔をしている。

実母や乳母でさえ私を嫌悪した。泡を吹いて失神する侍女があまりにも多いので、私が住まう離宮には従者や男の下働きしかいない。前回の人生とまるで同じだ。

ならば今回の人生でも、私は王太子の座をオークハルトに奪われなければならないのだろう。妃が出来ないせいで。

実際、王宮のあちこちから「不細工王太子の花嫁に選ばれる令嬢は憐《あわ》れだ」「しかし、娘を一人犠牲にするだけで、王家との繋《つな》がりが出来るのだから問題はあるまい」「娘をそんな目に遭わせたくないのだがな……」「政略結婚が貴族の常さ」といった、我が子への愛情と政治的思惑が入り混じった声が聞こえてくる。

一体なんのために、私はまた私として二度目の人生をやり直すはめになってしまったのだろう。私はもうこれ以上、誰からも、自分が『愛されない存在』であることを突きつけられたくないというのに。

愛や恋など、私には夢物語のように遠い存在だ。

……けれどそれでも、愛されたい。受け入れられたい。

たった一人だけでいいのだ――私に微笑みかけてくれる女性がいるのならば。

乳兄弟であり専属従者であるフォルトの手によって、ガーデンパーティーの支度を終えた私の姿は、今日も変わらず化け物だった。

「この顔では、どんな衣装を着ても意味がないな。もういっそ、仮面をつけていくのはどうだろうか、フォルト？　私を見て倒れるご令嬢の数がきっと減るよ。救護の者たちも喜ぶだろう」

「仮面舞踏会じゃないんですから……」

困ったように答えるフォルトは律儀だ。ここ一週間はガーデンパーティーについて愚痴り続け、時間ギリギリになっても性懲《しょうこ》りもなく現状を憂いている私に、まだ付き合ってくれる。

フォルトは前回の人生でも、国家転覆をはかった私を諫《いさ》めたり、地下牢《ろう》に入れられた私に差し入れをするなど、最後まで従者らしく接してくれた。彼に対しては今も親しみを感じている。

「せめてローブでも被りたいよ」

「ガーデンパーティーなんてすぐに終わりますよ。どうせエル様は、正妃様がお選びになられる婚約者候補をそのまま受け入れるおつもりなのでしょう？」

前回はそうだった。母上が選んだ婚約者候補であるクライスト嬢、ワグナー嬢、バトラス嬢を受け入れた。しかし、誰一人として私の妃になることはなかった。

だからといって『ならば今回は私自ら婚約者候補を選ぼう』という気にもなれなかった。母上からの指名ならばまだしも、私からの指名では好意が含まれることになってしまう。――私からの好意など、誰もほしくはないだろう。むしろ、私なんかに好かれたと思うことで、相手を苦しめてしまうかもしれない。

溜息を吐きつつ、フォルトに頷く。

「クライスト筆頭公爵家やワグナー公爵家あたりだろうね。大切な娘を不細工に差し出さなければならないなんて、かわいそうに……」

「エル様、そんなふうにおっしゃるのはやめてください。僕はエル様がお優しい御方だと知っていますよ。あなたの性格を知れば、きっと心を開いてくれる女性もいるはずです」

「私の性格を知ることが出来るほど長い時間を共に過ごしてくれる女性がいるだなんて、フォルトは本当に思っているのかい？」

私がそう問いかければ、フォルトは黙りこんだ。

鏡越しにフォルトを観察する。彼の顔は中の上というところだろう。髪と瞳は深緑色で、見る者を和ませるような落ち着いた色合いをしている。せめて私もフォルトくらいの顔立ちをしていたら、太い眉をしょぼんと下げている表情はどこか幼い。私より五歳年上だというのに、と考えてしまう。

美しくなくてもいい。せめて人として受け入れられる範囲の見た目だったら、たかがガーデンパーティーくらいで心臓が壊れてしまいそうな程の苦痛を感じずに済んだだろうに。

私は溜息を一つ吐くと、フォルトに向き直って彼の肩を軽く叩《たた》いた。

「いざとなれば仮面を被って結婚生活を送ればいいよ。相手も許してくれるだろう」

「エル様……。僕はあなたに幸せになっていただきたいです……」

泣きそうな表情で言うフォルトは、やはりとても優しかった。

ガーデンパーティーの控え室には、すでに異母弟のオークハルトがいた。彼はただ紅茶を飲んでいるだけだというのに、まるで英雄像のように美しい。

太く凛々《りり》しい眉の下の蒼い瞳は星のように強く瞬いて、周囲の者を激しく魅了する。大きな口は勇ましく、分厚い唇の隙間から見えた白い歯並びまでもが腹の立つほどに完璧だった。髪も瞳も私と同じ色だというのに、雲泥の差だ。

オークハルトは私と目が合うと、フッと微笑みかけてきた。

彼の目には私に対する嫌悪感がまるでない。彼が外見だけでなく性格まで良い男であることに惨《みじ》めさを感じ、私の腹の底で黒い感情がドロドロと渦を巻いていく。

「あまり気構えるなよ、兄君。お茶でも飲んで緊張を解《ほぐ》したほうがいい」

「……ご忠告をどうも、オークハルト」

オークハルトが侍女に目配せをする。侍女はポッと頰を赤らめて、お茶の用意を始めた。

前回も今回も、彼の周りはいつだって賑《にぎ》やかだ。使用人は大勢いるし、側妃様だってオークハルトとよく会っている。派閥の令息令嬢からお茶会の誘いも多く、毎日のように出掛けている。

オークハルトばかりが、私のほしいものをすべて持っているのだ。

私を見て吐き気を堪えたような表情をする侍女が、お茶を差し出した。ここでお茶に口を付けなければ、異母弟の厚意を無碍《むげ》にする最低最悪の不細工王太子になってしまうのだろう。私は黙ってお茶を飲んだ。

「俺の挨拶回りが終わったら、すぐに兄君のところへ行くから。兄君の挨拶回りを手伝うよ」

「私のことは気にかけなくていい。オークハルトには婚約者候補の選定があるだろう」

「何を他人事みたいに言っているんだ。兄君だって選定しなければならないんだからな！」

「私はお前のように選《よ》り取《ど》りみどりではないからね」

「パーティーが始まる前から諦めてどうするんだ、兄君」

オークハルトが心配そうにこちらを見る。その視線にすら腹が立つ私は狭量《きょうりょう》なのだろう。

「今日はもしかしたら、兄君が運命の女性に出会える日かもしれないだろ？」

オークハルトの最も嫌なところは、こういうところだ。本気で私を兄として慕い、心配し、お門違いな期待を向けてくるところ。

私は異母弟のそんなところが憎くて、……とても羨ましい。

善意のかたまりのようなオークハルト。愛されることが当たり前のオークハルト。きっとその善良さを傷付けようとする人間なんて、彼の周りにはいないのだ。

せめて、その見目麗しさを鼻にかけて、私に嫌悪の眼差しを向けてくれればいいのに。そうしたら私の自尊心は救われたのに。

こんなことを考えてしまう自分が情けなくて仕方がなかった。

「パーティーでは、俺も出来るだけ兄君の傍にいられるようにするよ。俺が兄君を守るから」

私のちっぽけな自尊心まで木っ端微塵《みじん》にするオークハルトは、窓から差し込む陽光に照らされて、

身も心もキラキラと光り輝く本物の王子様だった。——身も心も不細工な私とは違って。

ガーデンパーティーの会場である庭園へ足を踏み入れた途端、恐怖に満ちた悲鳴が広がった。

「イヤァァァァ!!! 化け物ぉぉぉ!!!」

「お母様っ、お母様、助けてぇぇぇっ!!!」

泡を吹いて倒れる令嬢や号泣する令息たちの姿を見てしまい、私は視線を逸らす。

だからこんなパーティーになど出席したくなかったのだ。前回の人生でも、私は泣くのを堪えるのに必死だった記憶しかない。

オークハルトのほうを見れば、彼はすでに令嬢たちに囲まれていて、その人垣の隙間から私を案じるような視線を向けている。離れたところで護衛の騎士と共にこちらを見つめているフォルトも、心配そうに両手を組んでいた。

だが、私にとってこのパーティーは二度目だ。周囲の冷ややかな目は息苦しいが、前回ほど傷付いたりはしない……。私は自分にそう言い聞かせて、地面を見つめた。

ふいに、視界の端に上品なデザインのドレスの裾が映った。恐る恐る顔をあげると、一人の令嬢がカーテシーをしていた。ローズピンク色の髪が俯《うつむ》いた顔に垂れかかり、相手の表情が見えない。

前回の人生では、こんなことは起きなかった。令嬢自ら私に近付くだなんて。

私はかなり混乱してしまい、令嬢へ声をかけることを思い出した時には随分な時間が経っていた。

慌てて声をかけると、令嬢が頭をあげる。

「ブロッサム侯爵家の長女、ココレットと申します。どうぞお見知りおきを」

小鳥のように愛らしい声でそう言って、ココレット・ブロッサム侯爵令嬢は微笑んだ。

そのあまりの美しさに、私は言葉を失う。

ペリドット色の澄んだ大きな瞳、薄紅色の頬と唇、精霊のように整った顔立ち。美の女神が自らの手で丹精を込めて作り上げたような女の子が、そこにはいた。

ブロッサム嬢の瞳には不細工な私に対する悪感情がまるでなく、むしろ慈愛のこもった眼差しを向けてくる。わけが分からない。

この世の奇跡を目の当たりにして許容範囲を越えてしまった私は、ただブロッサム嬢の美しさに見惚れ、優しい微笑みに混乱し、胸がいっぱいで、頬が熱くて、心臓が痛くて、泣きそうで、自分の醜さがほとほと嫌になり、でも、でも彼女を見つめていたくて――……。

『今日はもしかしたら、兄君が運命の女性に出会える日かもしれないだろ？』

ふいに、先程のオークハルトの言葉を思い出す。

憎い異母弟の言葉にさえ縋りついてしまいたい程の恋が、私の中に生まれてしまっていた。

薔薇園へ向かうまでの記憶はまるでない。それでもこれが夢ではなく現実であることを、私のエスコートを受けるブロッサム嬢の柔らかな手の感触が教えてくれていた。

彼女の体温を感じて、『あぁ、これが女の子の手なのだな』と涙が溢れそうになった。母のぬくもりさえ知らず、乳母と手を繋いだ記憶もない私には、この手の温かさこそが初めての異性の温度だった。

ブロッサム嬢の美しい横顔が見られたらと、私は隣を歩く彼女をそっと窺う。けれど彼女はずっとこちらを見ていたようで、ばっちりと目が合ってしまった。彼女から優しく微笑みかけられて、私は羞恥《しゅうち》で全身が燃えるように熱くなる。

こんなに綺麗な女の子を、どうして前回の人生では見つけられなかったのだろうか？　彼女ならば社交界に出てしまえば注目の的となるだろうに。

……ブロッサム侯爵家。

私はハッとした。前回のブロッサム侯爵家には、実子がいなかったはずなのだ。

ブロッサム侯爵は早くに愛妻を亡くし、その忘れ形見であった愛娘《まなむすめ》も流行り病で幼くして亡くした。そのためブロッサム侯爵は養子をもらうことになったのだが――……。

私は前回と今回の人生の違いを探すべく、ブロッサム嬢にいくつかの質問をした。彼女は不思議そうな表情をしつつも、どの質問にも答えてくれた。

……やはり、ブロッサム嬢は前回の人生では流行り病で亡くなっている。

今回の彼女は何故か流行り病を生き延びることが出来て、ブロッサム侯爵家は養子を取らずに済み、お陰で私もブロッサム嬢に出会うことが出来たというわけか。これほどまでに美しく、それでいて私のような醜い男にも笑いかけてくれる女神のような彼女と。

私なんかと会話までしてくれる素晴らしい女性だ――と考えたところで、私は首を傾げる。

初めての恋に舞い上がっていた私の心に、当たり前の疑問が湧いた。

どうしてブロッサム嬢は、私に優しくしてくれるのだろうか？

彼女の態度は演技には見えない。というか、女性は私を見ると生理的嫌悪でいっぱいになってしまい、私に笑いかけることすら出来なくなるのが普通だ。彼女の優しさは本物なのだろう。なら、彼女が私に優しくする理由はなんだ？

同情から優しくするにしても、今日が婚約者候補選定のパーティーであることを考えると日が悪過ぎる。こんな日に私に優しくすれば、候補に選ばれてしまうかもしれないのに。実際、私はすでにその気になっている。

……もしかすると、ブロッサム侯爵は王家に取り入りたいのではないだろうか？

ブロッサム侯爵家は堅実な領地経営のお陰で領民からの信頼も篤《あつ》く、王家からも一目置かれている。現在の侯爵は、正妃派閥と側妃派閥の間で火花が散っている王宮内で静観の立場を取り、中立を維持していた。

なんらかの事情で侯爵の気が変わり、彼女に王太子へ近付くよう指示を出したのだとしたら――……、それは願ってもないことになる。

私なんかがブロッサム嬢に愛してもらえるだなんて、そんな甘い夢は見ない。けれど利害の一致で、彼女自ら私の正妃になることを受け入れてくれるのなら。こんなに都合の良いことはない。

私が恐る恐るブロッサム侯爵の意向を問いただすと、彼女は口では私の言葉を否定しつつも、酷く焦っていた。どうやら彼女は嘘《うそ》が下手なようだ。

「……私は酷く醜いでしょう？」

「そんなことありませんわ、殿下。絶対にそんなことはありませんっ」

誰の目から見たって醜いこの私に、必死な様子で気遣ってくれるとは。ブロッサム嬢の可愛らしい嘘に癒《い》やされると共に、彼女が父親の指示に忠実な娘であることを確信する。

ブロッサム侯爵家の思惑がなんであれ、これはチャンスだ。彼女が私のものになってくれるのならそれでいい。

そう思って彼女と向かい合っていると、遠くのほうから憎い異母弟が私を呼ぶ声が聞こえた。


オークハルトがココを婚約者候補に選ぶのは、流石に誤算だった。

どの令嬢でも選び放題のくせに、と腹が立つ。

だが、どうせオークハルトは今回も学園に入学すれば、例の男爵令嬢と出会って『真実の愛』とやらに目覚めるのだろう。前回はそうだったのだから。……何故か嫌な予感は拭えないが。

それでも、今はまだ王位継承順位は私のほうが上なので、余程のことがない限りは私がココを娶《めと》れるだろう。そこに彼女の心がなかろうと。……胸の奥がチクリと痛くなる。

「それにしても素敵なご令嬢でしたね、ブロッサム嬢は」

パーティー用の衣装を脱がせてくれるフォルトが、はしゃいだ声を出した。

フォルトもココのことをしっかりと観察していたらしい。好感触のようだ。

「エル様が幸せになってくれることが僕の願いです」

「ああ。いつもありがとう、フォルト」

「オークハルト殿下に一歩も譲ってはなりませんからね、エル様。たとえブロッサム嬢のお心がオークハルト殿下に傾かれても、陛下に勅令をいただければ問題ありませんから」

「……分かっているよ」

私の幸せを願ってくれているフォルトですら、この台詞《せりふ》だ。

分かってる。……分かっているんだよ。

醜い私なんかが、春の精霊のように美しいココに愛してもらえるだなんて、幸福な夢を見てはいけないことくらい。

第二章　婚約者候補たち

　本日は王子二人と婚約者候補たちの初めての顔合わせの日である。

　わたしは王宮の応接室で、まずは他の婚約者候補と挨拶をすることになった。

「私はルナマリア・クライストです。この度、ラファエル殿下とオークハルト殿下の婚約者候補に選ばれました」

　トップバッターは筆頭公爵家のルナマリア様である。御年十二歳。どうやら彼女も王子二人の婚約者候補に選ばれたらしい。わたしだけが特殊な状況じゃなくてホッとする。

　王子二人の婚約者候補になったことを通達された日。流石《さすが》に父も想定外で、「手違いじゃないだろうか？　まさか、お二人ともだと？」と慌てふためきながら、確認のために王宮まで出向いたほどだ。

　無事に帰宅した父は、疲れたように笑った。

「殿下二人ともがココを選んで譲らなかったらしいよ。まだ候補者の段階だから重複しても問題ないだろう、と判断されたようだ」

「まぁ、そうでしたのね」

「それでココはどちらの殿下が好みかな？　オークハルト殿下？」

「勿論《もちろん》エル様ですわ♡」

「なるほど。ココは王妃になりたいんだね。ココなら素晴らしい国を作ってくれるだろう」

父から何故か野心家扱いされた。わたしはちゃんとエル様が大好きなのだと訴えたけれど、父はたぶん信じていない。

そんなことを思い出していると、次の令嬢が挨拶を始める。

「わたくしのことは皆様も勿論ご存知だと思いますが、ラファエル殿下の婚約者候補のミスティア・ワグナーよ」

ワグナー公爵家は宰相を多く輩出している名家である。現宰相も彼女の父が務めている。

艶やかな黒髪の縦ロールに、紅い瞳のすぐ下にホクロのあるミスティア様は、わたしと同じ十一歳だというのに色っぽい。将来はお色気ムンムンの美女になるだろう。

続いて、侯爵家のわたしの番。

「ココレット・ブロッサムですわ。ラファエル殿下とオークハルト殿下の婚約者候補になりました。皆様どうぞよろしくお願いいたします」

わたしがニッコリと微笑めば、ルナマリア様が熱っぽい眼差しを向けてくださり、ミスティア様の顔が真っ赤になった。この美貌は女の子にも大変有効である。

そして最後の一人、辺境伯爵家の令嬢が挨拶をする。

「ベルガ辺境伯爵家のヴィオレットですぅ。オークハルト殿下の婚約者候補に選ばれましたわぁ」

おっとりと話すヴィオレット様は、一つ年下の十歳。栗色《くりいろ》の巻き毛にスミレ色の瞳を持つ、小動物系の美少女だ。

だが、ベルガ辺境伯爵家の人間は男女問わず幼い頃から武術を仕込まれるそうで、ヴィオレット様も愛らしい見た目に反して戦闘系の令嬢という噂《うわさ》だ。

というわけで、婚約者候補の内訳は以下の通り。

【ラファエル殿下の婚約者候補】
ココレット・ブロッサム侯爵令嬢（ラファエル殿下本人の推薦）
ルナマリア・クライスト筆頭公爵令嬢（正妃の推薦）
ミスティア・ワグナー公爵令嬢（正妃の推薦）
【オークハルト殿下の婚約者候補】
ココレット・ブロッサム侯爵令嬢（オークハルト殿下本人の推薦）
ルナマリア・クライスト筆頭公爵令嬢（ルナマリア本人の立候補）
ヴィオレット・ベルガ辺境伯爵令嬢（側妃の推薦）

ここに集まっているのは四人だが、王子二人の婚約者候補はぴったり三人ずつというわけらしい。

それにしても、ルナマリア様はお家が正妃派だと聞いていたけれど、よくオーク様の婚約者候補にねじ込めたわね。筆頭公爵家にはそれだけの力があるのかしら……？

「ルナマリア様、わたくし、あなたが大っ嫌いですわっ！　クライスト筆頭公爵家は正妃派でしょう⁉　それなのに公爵様に泣きついて、オークハルト殿下の婚約者候補になるだなんて……！　貴族としての自覚が足りないわ！　あなたなんて、どちらの殿下の妃にも相応しくなくてよっ！」

突然、ミスティア様が大声をあげた。ちょうどお茶を飲んでいたわたしは咽《むせ》てしまう。

「……ラファエル殿下の正妃の座をお望みでしたら、どうぞミスティア様がお座りください。まあ、出来るものでしたら、ですけれど。ライバルが一人減るのは、ワグナー公爵家にとっても喜ばしいことでしょう？」

「あなたのその態度が気に入らないって言っているのよ、わたくしは！　王家に対する忠誠心がないと言ってるの！」

ミスティア様とルナマリア様がバチバチと火花を散らしている間に、やっと咳《せき》がおさまった。

目尻に浮かんだ生理的な涙を拭っていると、ミスティア様は今度はわたしのほうに顔を向ける。

思わずこてんと首を傾げると、ミスティア様がまた赤くなり、ワナワナと唇が震えた。

「こ、ココレット様っ！　ラファエル殿下の正妃になるのは、わ、わたくしですからね！」

「はい？」

エル様がイケメンに見えている人間が、わたしの他にもいたの⁇

わたしは純粋に驚いたが、ミスティア様の話の続きを聞けば、そうではないことが分かった。

「わたくしが正妃になることは、ワグナー公爵家の総意よ。失敗は許されないの。けれど、でも、その、……ココレット様はラファエル殿下ご本人から、すでに御寵愛《ごちょうあい》を受けていらっしゃるのでしょう？　だから、あなたが側妃になりなさい。わたくしが正妃としてラファエル殿下と白い結婚をするから、あなたはラファエル殿下の御子を産み、国母となればいいわ！」

要は『権力はほしい。でも男女の仲になるのは無理だから、あなたに押し付ける』ということらしい。

十一歳でお家のために頑張っているミスティア様を尊敬しないわけではないが、言われっぱなしは良くないわね。

「それを決めるのはミスティア様ではございませんよね？　それに、殿下の御子を生む覚悟もなく正妃になろうだなんて、少々虫が良過ぎるのでは？」

「うぅ……っ！　あ、あなただって、オークハルト殿下の御寵愛も受けているのでしょう⁉　本当はオークハルト殿下に嫁ぎたいくせに……！」

「そんなことありませんわ」

それだけは本当にない。

ルナマリア様がわたしの援護をするように、ミスティア様に言い返した。

「そもそもミスティア様は、先日のガーデンパーティーで真っ先にお倒れになったはずでは？　ラファエル殿下にご挨拶も出来なかったと聞いておりますけれど。そんなことで、どうやって正妃の務めを果たすおつもりなのでしょう？」

エル様を見て一番最初に失神したのがミスティア様だったらしい。確かにそれでは、正妃の公務をするのは難しいんじゃないかしら？

ミスティア様の肩がプルプルと震え、ルナマリア様を睨《にら》みつける。

「貴族としての誇りもないあなたなんかに言われたくないのよ！　……ヴィオレット様っ！」

「はぁい？　何かしらぁ、ミスティア様ぁ？」

我関せずといった態度でクッキーを齧《かじ》っていたヴィオレット様が、のんびりと返事をする。

「わたくし、あなたをオークハルト殿下の妃として推薦いたしますわ！　ルナマリア様なんかに負けては駄目よ！」

「正妃派の人間がぁ、側妃派の人間を応援するってぇ、どうなんですぅ？」

「利害関係が一致してるからいいのよ！」

「フフ……。貴族の誇りがぁ、とか、忠誠心がぁ、なんておっしゃりながら、ミスティア様はご自身の好悪を優先しますのねぇ」

ひぇぇぇ！　愛らしく笑うヴィオレット様の周りに黒いオーラが見えるわ！　流石は辺境伯爵家ね。とても好戦的だわ……。

「くぅ……！　何よ、何よっ！　全員生意気だわっ!!」

全員の腹の内がすべて見えたわけではないけれど、とりあえず、恋愛的なライバルがいないことは分かった。後はミスティア様との正妃争いだけということだ。

わたしは彼女にエル様の正妃の座を渡す気はない。好きな人に自分以外の妻がいるだなんて、普通に嫌だもの。それがたとえ白い結婚だとしても。

大体、ミスティア様だってつらいだろう。いくらお家のためとはいえ、エル様を見て真っ先に失神するほど生理的に受け付けないのだから。

やはり正妃に選ばれるためには、エル様と相思相愛になることが重要ね。今はまだわたしの信用が足りなくて、エル様にわたしの好意はまったく届いていないけれど。婚約者決定までにはどうにかしなくっちゃ。

わたしは心の中で気合いを入れた。


キャットファイトから暫《しばら》くすると、エル様とオーク様が応接室へとやって来た。

きゃー♡　今日のエル様もとっても格好良いわ♡

入室してくるエル様のお姿にうっとりとしていたわたしの隣で、ミスティア様がさっそく失神した。

ミスティア様は部屋から運び出され、本日はそのまま帰宅されることに。ものの五分で起こった出来事に啞然《あぜん》とする。

ミスティア様はあれで本当にエル様の正妃になれるおつもりなのかしら……？

わたしはつい彼女の将来を心配してしまうが、王子と婚約者候補の顔合わせが始まる。

エル様はわたしの右隣の椅子に腰かけると、不安そうに首を傾げた。

「今日からココは私の婚約者候補です。これから妃教育が始まって大変になるけれど、私のために頑張ってくれますか？」

「はい、エル様♡　あなたの正妃になるために精一杯励みますわ！」

「……ありがとう」

恥ずかしそうにはにかむエル様に、わたしの胸は甘くときめく。

はぁ～、素敵♡　この人のためなら、どんなに妃教育が大変でも頑張っちゃうんだから！

エル様と見つめ合うわたしの左隣に椅子が追加され、オーク様が腰かけた。

「兄君、ココを独り占めしないでくれ。ココは俺の婚約者候補でもあるんだ。ココも、妃教育を兄君のためだなんて言わないでくれ。俺のためでもあるだろう？」

「まぁ、オーク様ったら……」

王家からの打診に嫌と言えないだけで、こちらあなたの婚約者候補であることは認めていませんわ！　という心の叫びを飲み込む。いつだって外面《そとづら》は大事だもの。

アルカイックスマイルを浮かべるわたしの隣で、エル様が顔を強張《こわば》らせた。

「オークハルトがココを望もうとも、お前より私のほうが王位継承順位が上なんだ。私の婚姻のほうが優先される」

「婚姻に大事なのは継承順位よりもココの気持ちであるべきだろう？　彼女が俺と兄君、どちらを愛してくれるのかが重要だ。兄君、ココをかけて俺と正々堂々戦ってくれ！」

わたしをかけて勝負ってどういうこと？　すでにエル様の圧勝ですが？

エル様は陰った眼差しでオーク様を見やった。

「オークハルト、これは政略結婚なんだ。醜い私の妃になれるのは、私に触れられても堪《こら》えることの出来る女性が第一条件だろう。どんな女性とも結婚出来るお前と同じように考えないでほしい」

「どんな女性でもいいわけじゃないっ！　俺はココがいいんだっ！　俺はココを愛している！　どちらがココに愛されるかで勝負してほしい！」

「……私だってココがいいんだ。それにどうせお前は、学園に入学すれば……」

エル様は何かを言い淀《よど》み、視線をさ迷わせている。

ふと、他の婚約者候補の様子が気になって視線を向ければ、ルナマリア様は無表情ながらもハラハラした眼差しでオーク様を見つめ、ヴィオレット様はのほほんと紅茶のおかわりを頼んでいた。

二人とも、王子たちの言い争いを止める気はなさそうだ。……仕方がない。

「オーク様、少しよろしいでしょうか？」

「うん？　なんだ、ココ」

「わたしがお二人の内どちらを愛しているか、というお話ですよね？　振られたほうは潔く身を引いてくださるということですよね？」

「まっ、待ってください！　ココっ！」

わたしの言葉に、エル様が焦ったような声を出す。どうやら自分が選ばれるとは微塵《みじん》も考えていないらしい。

反対に、オーク様は自信ありげに満面の笑みを浮かべた。

「勿論そうだ」

「では、オーク様、ハッキリとお伝えいたします。わたしがお慕いしているのはエル様です！」

「は？」

「わたしはエル様を心から愛しておりますの。ですからオーク様、潔く身を引いてくださいませ」

オーク様はわたしの言葉に目を見開き、首をひねった。

「率直に言って……、ココの言葉が信じられんな。ココは兄君と出会ってから、まだ日が浅いだろ」

「人を好きになるのに時間は関係ありませんでしょう？」

「確かに俺も一目でココを好きになったから、その言い分は分かる。だが、兄君の良さはたった一、二度会ったくらいで理解出来るものではないと思うのだが……」

「オーク様、エル様は一目見て好きになるほど素敵な殿方ですわ。お兄様のことをそのようにおっしゃるのはどうかと思います。引き際が美しくありませんわよ」

「いや、だが、信じられないんだ！」

エル様からの援護はないのかしら、と視線を向けると。彼は片手で口許を押さえながら赤面していた。……もしかして、ついにエル様にわたしの気持ちが伝わったのかしら？

「エル様？」

期待を込めて彼の名前を呼べば、エル様は潤んだ瞳で微笑んだ。

「嘘《うそ》でも嬉《うれ》しいです……。ココから『愛してる』と言われるのは……」

ちっとも伝わってない～！　嘘告白だと思われてる～！

心の中で頭を抱えるわたしに、オーク様が言った。

「俺は『愛してる』だなんて言葉だけでは、到底ココの気持ちを信じる気にはなれない。言葉だけなら、いくらだって言えるからな」

エル様だけでなく、オーク様もわたしの告白を信じていなかった。

わたしに愛されたほうが勝ちと言いながら、わたしの告白が信じられないってどういうことなの？

「だから、こうしよう。婚約者決定までに、ココが兄君を心から愛していると俺が納得出来れば身を引く」

「オークハルト、それは完全にお前の主観の問題だろう!?」

　エル様が声を荒げた。

「そうだ、兄君。俺の気持ち一つで決まる。本当に二人が愛し合っているのなら、俺にきちんとココを諦めさせることくらい、簡単だろう？」

「何故お前にそんなことをしてやらなければならないんだっ！」

「だってココは俺の初恋、真実の愛なんだ。勅命で兄君にココを奪われるよりもずっといい」

「は……？　真実の愛だと……!?」

　唖然とした声を出すエル様の隣で、わたしはオーク様の提案を飲むことにした。

「承知いたしましたわ。わたしが真実エル様をお慕いしていることを、オーク様に納得させてみせます。そしてその暁には、わたしをオーク様の婚約者候補から外してくださいませ」

「分かった」

「ココ、何を言って……」

「エル様も。その時はわたしの愛を信じてください！」

　どうせ、前世的イケメンが不細工として忌《い》み嫌われているこの世界では、わたしがエル様を愛しているということを多くの人に納得してもらわなければ、わたしの幸せな結婚はありえないのだ。

　ならば納得してもらうしかない。オーク様にも、エル様自身にも。

　これはエル様VSオーク様ではない。オーク様VSわたしであり、エル様VSわたしの戦いなのだ。

正妃争いも王子たちとの戦いも制して、絶対にエル様を攻略してやるんだから！

闘志に燃えるわたしに、エル様は困惑したように蒼《あお》い瞳を揺らしていた。

▽

様々な戦いの火蓋が切って落とされたけれど、何はともあれ、まずは妃教育である。

わたしは毎日のように登城し、他の婚約者候補たちと共に多くの授業を受けている。

この妃教育が厳しいのなんのって……。わたしも今まで家で令嬢教育を受けてきたけれど、その比じゃない。政治や法律や歴史、外国語などの授業を何時間もぶっ通しで受け、食事やお茶の時間もマナーの授業として扱われた。貴族の顔と名前を一致させ、その方の領地経営や交遊関係なども覚えなければならない。宿題には毎日たくさんの本が用意される。勿論レポート提出あり。

とにかく、わたしは必死で勉強した。

こうやって頑張っていると、同じ境遇である他の婚約者候補たちにも親しみを感じるようになってくるから不思議だ。競い合う相手でもあるので、戦友という感じ。

ミスティア様は挨拶のように「わたくしが正妃で、あなたが国母としてラファエル殿下をお支えするのよ！」とか言ってくるけれど、その目の下にはクマが出来るくらい頑張っているし。

ルナマリア様は最初からわたしに好意的だ。現状オーク様はわたしに想いを寄せているが、わたしがエル様の妃になれば、ご自分がオーク様の妃になる確率が上がるという打算もあるのかもしれない。

ヴィオレット様とは今のところ関わりがないけれど、彼女の愛らしい外見に勝手に癒《い》やされている。

本日の妃教育がようやく終わると、従者がわたしの元へやって来た。エル様がお呼びらしい。

エル様は週に二回ほど、わたしをお茶に呼んでくださる。彼も王太子教育で忙しいのに、わざわざ会う時間を作ってくださるのだ。推《お》しからのご褒美で妃教育の疲れも吹っ飛ぶわ。

ちなみにオーク様とはあまりお会いしていない。彼は毎日のようにどこかのお屋敷のお茶会に呼ばれていて、王宮にいないのだ。

たまにオーク様と鉢合わせすると、「ココに出会えると分かっていたら、これほど予定を入れなかったのだが……！」と嘆いている。派閥が大きいのも大変ね。

わたしは他の婚約者候補たちに退出の挨拶をすると（ミスティア様から「ラファエル殿下からの御寵愛が長く続くよう励みなさいっ！」と言われた）、従者の案内でロングギャラリーへと向かった。

ロングギャラリーの端には、護衛の騎士たちが並んでいた。彼らはわたしを見て一瞬デレッと口元が緩んだが、職務を思い出してわたしの到着を告げる。

すぐにエル様の専属従者であるフォルトさんが迎えに来た。フォルトさんはわたしより五つ年上で、エル様の乳兄弟らしい。そこそこのオーク顔である。彼の案内でエル様の元に辿《たど》り着く。

「ココ、今日もご苦労様。妃教育のほうはどうだい？」

お茶会を繰り返したお陰で敬語がとれたエル様が、わたしを歓迎してくれた。

「エル様っ！　お陰様で順調ですわ」

わたしは思わず駆け寄りたくなる足を必死になだめて、しずしずとエル様に近付いた。

今日もなんて麗しいご尊顔なのかしら……♡

わたしがうっとりと見つめれば、エル様は恥ずかしがって両手で顔を覆ってしまう。

「ご、ごめんね。まだ、ココの視線に慣れなくて……」

「わたしのほうもエル様を不躾《ぶしつけ》に見つめてしまって申し訳ありません。でも、エル様のお顔をずっと眺めていたいですわ。とても綺麗《きれい》な瞳なんですもの」

「ココ……っ！」

自分を醜いと卑下するエル様は、わたしがいくら「あなたのお顔も大好きです♡」と言っても、ちっとも信用してくださらない。なので最近はパーツを褒めるようになった。

瞳が宝石みたい、髪の毛がサラサラで綺麗、肌がすべすべで素敵、というふうに。これならまだ、顔が好きと言うよりは信憑性《しんぴょう》があるみたいだ。

エル様は両手をそろそろと下ろし、サファイアの瞳を覗《のぞ》かせた。

「私の瞳なんかより、ココの瞳のほうがずっとずっと綺麗だよ。君の瞳には、きっと他の人たちとは違って優しい世界が映っているんだろうね。もしかしたら醜い私でさえ、少しはマシに見えているのかもしれない。だからココは私に優しいのかな……」

「まぁ……。ならば、わたしは自分のこの瞳に感謝いたしますわ。大切なエル様を見つめることが出来るんですもの」

「私も、神がココに世界を優しく見せる瞳を与えてくれたことに感謝するよ」

わたしたちは照れながらも、しばし見つめ合った。

「……えっと、まずはロングギャラリーを案内しよう」

「はい、エル様。とても楽しみですわ」

気を取り直し、広いロングギャラリーに飾られた王家所有の美術品を鑑賞する。

エル様は美術品を一つ一つ説明してくださった。

「これは神話に出てくる女神の像だよ。ココのほうがずっと美しいけれどね」

「まぁ、エル様ったら……！　あら、こちらは聖女様の絵画ですわね。今では世界中で聖女様の数が減少してしまい、国内には一人もいらっしゃらないけれど、大昔にはたくさんいらっしゃったと歴史の授業で習いましたわ」

女性をモデルにした石像や絵画はとても素敵だ。だって美女の基準は前世と同じなんだもの。

でも、英雄像や歴代の王の肖像画になると、途端にテンションが下がる。ここでもモンスター系男子が覇権を取っていた。

「シャリオット王国の歴代の国王陛下たちの肖像画だよ。どの御方も凛々《りり》しくて素敵だよね」

「……まぁー、そうかしらー？」

わたしは適当に相槌《あいづち》を打つ。歴代の国王陛下の肖像画を見るより、エル様の横顔を眺めるほうが有意義だわ。だってエル様がこの世で一番の芸術作品だもの。わたしの視線に気付いて恥じらうエル様、プライスレス……。

暫くすると、エル様が一つの小さな肖像画を指差した。

「そしてこれが、この世に唯一現存するシュバルツ王の肖像画だよ」

シュバルツ王って、なんだか聞いたことがあるような？

わたしはようやく肖像画に視線を向けた。

えっ⁉　何この人、めちゃくちゃイケメンだわ……!!!

今度こそ本物の美術品がそこにあった。金髪紫目の、エル様が大人になったらこんなふうに成長しそうな、色気駄々漏れのとっても麗しい青年王の肖像画だった。

シュバルツ王って、確か三代前の国王陛下よね。そんな話を前にエル様から聞いた気がする。

わたしはうっとりと肖像画を見つめた。あぁ、早く大人になって、美青年になったエル様とラブラブイチャイチャしたいわ……♡

「過去には他の肖像画も残っていたけれど、あまりの醜さに『見た者の気分を害する』と言われて、これ以外の肖像画はすべて燃やしてしまったらしい」

「まぁ!!　芸術作品を燃やすなんて、なんて酷《ひど》いことを……!!」

「でも、こんな不細工の絵など見たくないのが普通の感性だよ」

「そんなふうにおっしゃらないでください！　わたしは好きですわ、シュバルツ王の肖像画が！」

なんなら寝室に飾りたいくらいだわ。イケメンのいい夢が見られそう。

「ココ、立ちっぱなしで疲れただろう。お茶にしよう」

「ありがとうございます、エル様。嬉《うれ》しいですわ」

ロングギャラリーには美術品を鑑賞しながらお茶が飲めるように、テーブルが用意されていた。

わたしはエル様とお茶をゆっくり楽しんでから、またシュバルツ王の話題へと戻る。

「シュバルツ王は『祖先返りの王族』の中で、唯一文献が残っている御方なんだ」

「エル様、『祖先返りの王族』とは、なんでしょうか？　不勉強で申し訳ありません」

「いや、これはあまり有名な話ではないんだ。実はシャリオット王国があるこの地には、かつては別の王国があったと言われている。その王国の王女と結婚した我が一族が新しく建国したのが、シャリオット王国なんだ。今ではもうお伽噺《とぎばなし》みたいなものだから、ココが知らないのも無理はない」

「まぁ。そうでしたのね」

「シャリオット王国の前にあった王国の王族が、たいそう不細工な者たちばかりだったらしい。それで今の時代になっても、私やシュバルツ王のような不細工がたまに生まれてしまうんだ」

つまり大昔には、エル様のようなイケメン王族がいっぱいいたってこと？　何それ、楽園じゃない！　どうしてそんな楽園を捨てて、シャリオット王国を建国してしまったのよ……！

「他にも『祖先返りの王族』がいたという話は民間伝承には残っているのだけれど、王家の公式記録からは抹消されているんだ。シュバルツ王は退位されてからまだ百年も経っていないから、文献が残せているのだろう」

わたしはかつてこの地にあった楽園に恋焦がれる気持ちを抑えつつ、シュバルツ王の話を続ける。

「そうなのですね……。シュバルツ王は、どのような王様だったのですか？」

「不細工ゆえに嫌われていたけれど、疫病を食い止めた賢王だったそうだよ」

シュバルツ王は父王が早くに崩御されたために、十五歳という若さで即位された。彼には年の離れた美しい（つまりオーク顔の）弟がおり、弟が成人する十八歳までは、と政務に取り組んだそうだ。

シュバルツ王の在位期間中に、大陸全土で新種の疫病が大流行した。すぐさま物流を制限し、人の流れを抑えることで疫病がシャリオット王国に入り込まないように対策を取ると、各国へ医師団を派遣して疫病を調べ、ついには特効薬を作り上げてパンデミックを抑えたらしい。

そのため、王都から離れた領地に住む民や、他国からの支持は高かったのだとか。

ただ、貴族や王都の民からは忌み嫌われていた。――不細工という理由だけで。

どれほど国や民に尽くしても、醜さのせいで味方が出来ない。妃を娶《めと》ることも出来なかったシュバルツ王は、激しい孤独に苛《さいな》まれた。弟が成人した頃にはすっかり心が病み、退位すると同時に王宮から姿を消した。

その後のシュバルツ王の詳しい足取りは分からないが、だいぶ後になってから、彼の遺産が田舎の教会から見つかったそうだ。

「虚しい人生だよね」

エル様は持ち上げたティーカップに視線を向ける。琥珀色《こはくいろ》の水面《すいめん》に映る自身の姿を見つめ、自嘲ぎみに言った。

「どれほど国や民に尽くしても、誰からも愛されない人生だなんて。シュバルツ王に同情するよ」

「エル様……」

「少し前までは、私もシュバルツ王と似たような孤独な人生を歩むと思っていたんだ」

顔を上げたエル様は、わたしをジッと見つめる。

「……王になろうとなるまいと、やがてこの心は壊れていくのだと思っていた。それが醜く生まれた者の定めだと。……ココ、君に出会うまでは」

エル様にとってシュバルツ王は、映し鏡のような存在だったのかもしれない。『シュバルツ王の再来』と呼ばれるほど姿が似ていて、オーク顔の弟がいる境遇も似ていて。シュバルツ王の人生と、自らの未来を重ね合わせてしまったのも、仕方なかったのだろう。

エル様はテーブルの上に置かれたわたしの手に自身のそれを重ね、そっと力を入れる。

「今生でココに出会えて良かった……」

わたしは重ねられたエル様の手にもう片方の手も乗せて、彼を励ました。

「わたし、絶対にエル様を孤独にはさせません！　エル様の正妃になるために頑張りますからね！」

「ふふ、ありがとう、ココ。心強いよ」

妃教育は大変だけれど、ちゃんと頑張ろう。一緒に頑張ってくれる戦友たちもいるし。

頑張った先には、愛しいエル様がいらっしゃるんだもの。

▽

今回の人生は本当に前回の人生との違いが多過ぎる。生存したココが私に出会ってくれたことが、まず一番大きな違いだが。その他にも違うところがたくさんあった。

一つ目はココの父、ブロッサム侯爵だ。

先日、婚約者候補について尋ねたいことがある、と王宮に乗り込んできたブロッサム侯爵と面会したのだが、私が知っていた彼とはもはや別人だった。

前回のブロッサム侯爵は男らしい美貌にいつも冷たい表情を浮かべた、冷酷な人間だった。愛妻と愛娘《まなむすめ》を相次いで亡くしたことにより性格が一変し、二度と笑うことが出来なくなったそうだ。

誰に対しても冷徹に接し、合理的な領地経営をしていたが、融通が利かずあまりにも情がないので、影では『氷の侯爵』などと呼ばれていた。

そんな侯爵が今回は娘想いの優しい紳士になっていた。こちらが本来の彼の性格だったのだろう。ココが生きていてくれたお陰で、侯爵の心は壊れずに済んだのだ。

二つ目は、私とオークハルトがココを婚約者候補に選んだことで、他の候補者の顔ぶれが大きく変わったことだ。

私には前回、母上が選んだバトラス伯爵家の令嬢が婚約者候補にいたが、今回はいない。

バトラス嬢の前回の人生はとても悲惨なものだった。

彼女は私の婚約者候補であることを厭《いと》い、学園に入学してすぐに美しい恋人を作った。そして在学中に妊娠が発覚し、恋人と駆け落ちしたのだ。

だが、生粋の貴族育ちの二人に市井《しせい》での暮らしは耐えられなかった。結局バトラス嬢は恋人に捨てられて、幼子を抱えて高い崖の上から飛び降りたと聞いている。

今回のバトラス嬢がもう一度恋人と出会い、家族に祝福される結婚をしてくれればいい。そうすれば前回のような悲しい結末にはならないはずだから。

クライスト嬢とワグナー嬢は今回も私の婚約者候補に入ったが、クライスト嬢が父親にねだってオークハルトの婚約者候補にもなることが出来たのは、やはり大きな違いだ。——前回のクライスト嬢は私の婚約者候補でありながらオークハルトに一途な愛を捧《ささ》げ、最後には自ら修道院へ駆け込んだのだから。

ガーデンパーティーで二人きりになった時、クライスト嬢は私にこんな話をした。

「ラファエル殿下はココレット様にお心を向けていらっしゃるのですね？」

「……ええ」

「それは大変喜ばしいことですわ。想う御方と結ばれるのが一番良いと私は思います」

「ありがとうございます、クライスト嬢」

「ラファエル殿下、正妃様はきっと私のことも婚約者候補にお選びになるでしょう。クライスト筆頭公爵家の後ろ楯《だて》を得るために。けれど私の心はすでに決まっております。私はずっと以前より、オークハルト殿下をお慕いしているのです。ラファエル殿下のお心も決まっている以上、私は正妃様の言いなりになるつもりはございません。私は私のために、オークハルト殿下と結ばれることを諦めませんわ」

「クライスト嬢……」

「ラファエル殿下とココレット様のご成婚が、私、今からとても楽しみですわ」

私と視線を合わせないように俯《うつむ》いているが、クライスト嬢は覚悟が決まった表情をしていた。

きっとクライスト嬢は何度人生を繰り返しても、オークハルトに対する想いの強さは変わらないのだろう。けれど今回の彼女は、より自由にたくましく生きていた。

もしかすると前回のクライスト嬢は、正妃のため、公爵家のため、そして結婚出来そうにない私のために、ギリギリまで自分の心に蓋をして苦しんでいたのかもしれない。それでも蓋をしきれなかったオークハルトへの想いが溢《あふ》れて、どうすることも出来なくて、修道院へ駆け込んだのだろう。

「クライスト嬢の初恋が叶《かな》うよう、私も祈っております」

下を向いたままコクリと頷《うなず》いたクライスト嬢が、宣言通り形振《なりふ》り構わずオークハルトの婚約者候補になったことを、私は心から祝福したい。

ちなみにワグナー嬢は相変わらず不細工が駄目なようだ。彼女は前回の人生でも私に会う度に泡を吹いて失神し、私との夫婦生活は無理だと判断されたのだ。……今回も先が思いやられる。

オークハルトの婚約者候補は、前回とは全員変わることになった。

前回はオークハルトに本命の候補がおらず、軽い気持ちで三人の令嬢を選んでいた。だが今回は本命のココ以外、誰のことも指名しなかったのだ。

そのため王家側も無下にすることが出来ないクライスト嬢と、側妃の推薦でベルガ辺境伯爵家の令嬢が候補になったらしい。

ベルガ嬢に関しての前回の記憶は殆《ほとん》どない。彼女は王宮の夜会で社交デビューした後は領地に引きこもり、噂話《うわさばなし》でさえ聞かなかったと思う。

そして三つ目の違いは――前回あったはずのシュバルツ王の遺産が存在していないことだ。

「エル様、どうかなさいましたか？」

ロングギャラリーでのお茶会の途中で物思いに沈んでしまった私へ、ココが声をかけてくれた。

慌てて思考の海から顔を上げると、ココの整った顔立ちが目の前にあって、また胸が高鳴ってしまう。こんなに綺麗な女の子が目の前に座って、私と顔を合わせ、言葉を交わしてくれるなんて。いつまで経っても夢のようだ。

私はココから思わず視線を逸らし、「いや、別に……」などと不明瞭な答えを返してしまう。

そんな情けない私に、ココは柔らかく微笑みかけてくれた。

「王太子教育でお忙しい中、わざわざ時間を作ってくださったのですもの。わたしと二人きりの時はどうぞ、のんびりなさってください」

「……ココの前でこそ、少しはまともな姿を見せたいのだけれどね」

苦笑混じりに答える。

不細工な私がどれほど取り繕っても、格好良い男になれはしない。それでもココの前でだけは、せめていつもより少しでもまともな人間でいたいと足掻《あが》いてしまう。

そんな私は他人の目から見ればきっと、とても滑稽なのだろう。けれどココが「そのままのエル様が大好きですわ」と優しく言ってくれるから、勝手に勇気づけられて、足掻くことをやめられないのだ。

今日のお茶会の場所をロングギャラリーに指定したのは、確認したいことがあったからだ。

前回の人生との違いを探すために、私は時間を見つけては図書館で調べものをしていた。そして気が付いた。シュバルツ王の遺産である『黄金のクロス』についての記述が一つも見つからないことに。

『黄金のクロス』は、シュバルツ王が王家から失踪して数十年経ってから、とある田舎の村の教会で見つかったペンダントのことだ。

前回の人生では少ないながらも『黄金のクロス』に関する記述が載った本があった。実際の真贋《しんがん》は分からないが、そのペンダントに使われていた金や施された細工が王族にしか所持出来ないような良質のものであったため、シュバルツ王の所持品なのではないかと学者たちの間で議論されていた。『ある村に突然とてつもなく不細工な旅人がやって来て、数年間滞在していた』と記述された本を読んだ記憶もある。

だが、今回はどの本からも『黄金のクロス』に関する記述が消えていたのだ。まるで魔法のように。

前回の人生で『黄金のクロス』の現物は、シュバルツ王の肖像画と一緒にロングギャラリーに飾られていた。確かに王族が持つに相応しい、とても美しいペンダントだった。

オークハルトに王太子の座を奪われて王宮から出ていくことを決めた日、私は『黄金のクロス』を盗んだ。『シュバルツ王の再来』と畏《おそ》れられた私にこそ相応しい品だと思ったのだ。

王宮を去った私は胸元にいつも『黄金のクロス』を下げていた。世間から爪弾きにされた不細工たちと反乱軍を立ち上げた時も。支援や物資を集めて王都を襲撃した時も。騎士団に捕らえられ、地下牢《ろう》に入れられた時も。断頭台に首を差し出した時も。『黄金のクロス』は私と運命を共にし、最後に鎖が切れたのだ。

そんな思い出深い『黄金のクロス』は、情報だけでなく現物まで消えていた。

訪れる前から予感していたことではあったのだが、喪失感を感じてしまい、ココの前で少しぼんやりしてしまったというわけだ。

冷めた紅茶をフォルトが淹《い》れ直してくれたので、そちらに口をつける。温かな渋味が喉を滑り落ちてきてホッとする。

「いつもエル様からお茶会にお誘いしていていただいてばかりなので、わたしのほうからも我が家のお茶会へご招待させていただきたいですわ。庭ではそろそろ夏の花が見頃になりますし、うちの料理人が作るお菓子は絶品なんですの。エル様にも食べていただきたいですわ」

ココが優しく会話を繋《つな》いでくれる。

私からもっと会話を盛り上げていくべきなのだが、人付き合いの苦手な私に巧みな話術などない。それを情けなく感じながらも、ココの明るさに救われている自分がいる。

「うん。ココが暮らす屋敷にぜひ行ってみたいな」

「エル様のご予定の空いている日を教えてくださいませ。セッティングいたしますわ！」

「分かった。後で確認しよう」

「うふふ、エル様にどんなお茶菓子をお出ししようかしら」

楽しそうなココの笑顔を見て、私も小さくはにかんだ。

断頭台にしか辿り着けなかった前回の人生とは多くの違いを抱えて、今回の人生はどこへ辿り着くのだろうか。

辿り着いた先がどこであっても、この美しい女の子が私の隣で笑っていてくれたらいいなと、心から思う。

第三章 ★ キツネのお面の義弟 ★

不遇の美青年シュバルツ王のことがもっと知りたくて、わたしは妃教育の休憩時間を利用して王宮の図書館へと向かった。しかし、司書に探してもらっても彼に関する本は二冊しか見つからなかった。少々ガッカリしつつ、二冊とも借りて帰宅した。

一冊目は王家に関する本で、シュバルツ王の即位から退位までが数行書かれているだけだった。

二冊目は、シュバルツ王の在位中に王宮で勤めていた侍女の日記だ。『見るのもおぞましい。王の専属侍女にだけはなりたくない』『王を遠目で見かけてしまい、一日中気分が優れなかった』など、悪口のオンパレードだった。元々この日記は、この時代を生きた女性の仕事や家庭生活に関する資料として後世に残されたのだろう。けれど皮肉なことに、今では数少ないシュバルツ王の資料となっていた。

たぶんエル様も、この日記を読んだのでしょうね……。『シュバルツ王の再来』などと言われているエル様には、この日記の悪口が自分に向けられたもののように感じてしまったかもしれないわ。

きっとトラウマ本よね。

「はぁ……」

自室の机で侍女の日記を読んでいたわたしは、ついつい溜息《ためいき》を吐《つ》いてしまう。

「私のお嬢様、どうかされましたか？」

部屋の隅に控えていたアマレッティが心配そうに声をかけてくる。

わたしは机から振り返り、小さく首を横に振ってみせた。

「なんでもないわ、アマレッティ。心配してくれてありがとう」

「はぅん……！　見返り美人……！」

「……アマレッティは本当にわたしのことを心配してくれたのよね？」

「勿論《もちろん》でございますっ！　お嬢様はきっとお勉強のし過ぎで疲れたのでしょう。お茶を淹《い》れますわ」

「ええ、ありがとう」

アマレッティがお茶の準備をしていると、わたしの部屋の扉がノックされた。

「はい、どなたかしら？」

「私だよ、ココ」

「まぁ、お父様！　もうお帰りになったのですね！」

扉をアマレッティに開けてもらうと、廊下にはピンク髪のオークこと父が立っていた。わたしはにっこりと笑って、父に抱きついた。

「おかえりなさいませ、お父様！　それで例の子は……？」

「ただいま、ココ。例の子は無事に連れて帰ってきたよ」

例の子とは、ブロッサム侯爵家の跡継ぎになる子のことだ。

元々、我が家は一人娘のわたしが婿養子をもらう予定だった。けれどエル様とオーク様の婚約者候補に選ばれてしまったので、わたしが王家に嫁いでも家が存続出来るように、血縁者から養子をもらうことにしたのだ。

わたしは新たな家族が出来ることをとても楽しみにしていた。

ブロッサム侯爵家の血筋は美形ばかりなので、つまり養子になる男の子は完全にオーク顔だろう。けれど、今まで父と使用人しかいなかった我が家に、年の近い義弟がやって来るのだ。それだけでワクワクする。オーク顔だろうと、たくさん可愛がってあげなくちゃね。

「ココ、この子が君の義弟になるレイモンドだよ。二つ年下の九歳だ」

父の後ろから現れたのは……、前世日本を思い出すような和風のキツネのお面を被った少年だった。確か、シャリオット王国の東方に和風文化の国があった気がする。

「かなり遠縁の子だけれど、この子が一番跡継ぎに相応しい能力を持っていたんだ。それにココなら気にせずこの子を可愛がってくれると思ってね」

「わたしなら気にしないとは、どういう意味でしょうか、お父様？」

「見れば分かるよ。さぁ、レイモンド。お面を取って、お義姉様に挨拶しなさい」

身の置き所がなさげに立っていた少年は、父に促されて、恐る恐るといった様子でお面を外した。

お面の下にあったのは――……。

「……レイモンド・ブロッサムです。よろしくおねがいします……」

柔らかそうな白髪、白い睫毛《まつげ》、翡翠《ひすい》色の瞳を持ったイケメンショタがそこにいた。

かっ、可愛い!!　なんなの、このアイドル系美少年は!?　神聖な天使エル様とはまた違う、親しみやすい感じのイケメンで、か〜わ〜い〜い〜!!

わたしは嘘偽《うそ》りのない満面の笑みを浮かべた。

「あなたの義姉のココレットよ。これからよろしくね、レイモンド」

わたしの笑みを間近に見たレイモンドは、白い肌をぶわっと一気にピンク色に染めた。口をパクパクと動かし、そのまま下を向いてキツネのお面を抱き締める。

……ちょっと刺激が強かったかしら？　自分が絶世の美少女であることに、もっと気を付けないといけないわね。

自分の美貌を反省しつつ、「レイモンド？」と義弟の顔を覗《のぞ》き込むと。

レイモンドは何故か目元を真っ赤にさせて、しゃくり泣いていた。

「ヒックッ、ヒック……ッ」

「あらあら。どうしたの、レイモンド……」

わたしより幾分か小さいレイモンドを抱き寄せる。はぁ、イケショタいい匂い。

レイモンドの白髪を撫《な》でると、彼の涙の量がさらに増える。熱い雫《しずく》がわたしのドレスの胸元を濡《ぬ》らし、彼の吐く熱い呼吸でさらに湿り気を帯びた。

「レイモンド……？」

わたしが困惑して父を見上げると、父は穏やかに目を細めてこちらを見守っていた。

ついでにアマレッティに視線を向ければ、彼女はわたしの美貌にうっとりしていた。通常運転ね。

「お、お義姉さまぁ……！」

「よしよし、いい子ね、いい子」

レイモンドが抱えている事情がまだ見えてこないけれど、もしかするとエル様みたいに不細工扱いされて、今まで不遇な生活を送っていたのかもしれない。

それならわたしが義弟として、この子をたっぷりと可愛がってあげないとね。

こうしてわたしにイケショタな義弟が爆誕したのである。

▽

わたしが想像した通り、レイモンドのこれまでの境遇はとてもつらいものだった。

レイモンドは我が家の分家であるガストロ子爵家の当主と、平民の愛人との間に生まれた子供だ。

母親は優しい方で、不細工なレイモンドにもたくさんの愛情を注いで育ててくれたらしい。けれど乗り合い馬車の事故で亡くなり、レイモンドは子爵家へと引き取られることになった。

レイモンドは正妻や異母兄弟から虐《いじ》められ、屋敷の中で暮らすことが出来ず、庭の隅にある小屋で寝起きさせられた。日がな一日、庭師の手伝いをすることで賄《まかな》いにありついていたそうだ。

そんなところへやって来たのがわたしの父だ。ブロッサム侯爵家の跡継ぎを探すためにガストロ子爵家の嫡男以外の子供たちに会いに来たのだ。

子爵家の子供たちは野心家で、ぜひとも我が家の跡継ぎになりたいと面接を受けたのだが、父はどの子供も気に入らなかったらしい。父から「他に男の子はいないのか」と問いただされたガストロ子爵がしぶしぶ差し出したのが、レイモンドだった。

レイモンドには恐るべきチートがあった。一度読んだり学んだりすれば忘れることがない、完全記憶能力だ。彼の母親はそれを理解していたらしく、教会で開かれている読み書きの授業に通わせたり、近所の人から本を借りたりして、彼の能力を伸ばしていたらしい。

父はレイモンドの能力に気付き、その場で彼を引き取ることに決めたそうだ。

そんなわけでわたしは、つらい境遇のせいですっかり自己肯定感が低くなってしまったレイモンドのことをたっぷりと可愛がることにした。元々どんなオーク顔でも義弟として可愛がるつもりだったけれど、傷付いてきたレイモンドには特に、ブロッサム侯爵家には味方がいて、安全で、信頼しても平気だと思ってほしかったのだ。

最初の頃のレイモンドは『僕が近寄ったらお義姉さまは迷惑かもしれない……』という弱気な様子だったので、わたしから近付いてたくさん話しかけた。すると彼はすぐにパァッと明るい表情を浮かべて懐いてくれた。

最近ではレイモンドから手を繋《つな》いでくるし、わたしが登城する際などとても寂しがってくれる。わたしが帰宅するとレイモンドはいつも嬉《うれ》しそうな様子で、屋敷でどんな一日を過ごしたのか話してくれる。今日はこんな授業を受けて、こんな食事をして、自由時間にはこんなことをして……と。

そんな義弟の様子が可愛くて仕方がない。

わたしは甘えてくるレイモンドの頭を撫でながら、毎日彼の進歩を褒めた。この子の心の傷がいつか癒《い》えるといいな、と願いながら。

そんなふうに甲斐甲斐《かいがい》しく義弟の世話を焼くわたしに、父や使用人たちは「一生懸命にお姉さんぶっていて可愛い」などと、温かな視線を向けてくる。

今のところレイモンドは、わたし以外の人の前ではキツネのお面を被っているので、使用人たちが失神することもなく、穏やかに暮らせている。

ちなみにキツネのお面はレイモンドの母親の手作りらしい。他人からの悪意に晒《さら》されないようにと、被せていたそうだ。お面が和風デザインなのは、亡くなった祖父が東方の国と仕事をしていて、母親にとって思い出深いものだったからだとか。


そして本日、久しぶりに妃教育がお休みになった。

「お義姉さまっ、本当に今日は一日中ずっと、僕と一緒に遊んでくださるんですよねっ⁉」

朝からレイモンドが興奮ぎみに尋ねてくる。昨日から何度も同じ質問をしてくるのだけれど、わたしと丸一日遊ぶのは初めてなので、まだ信じられないみたい。

「ええ、そうよ。今日は王宮で大きな会議が開かれるから、妃教育がお休みなの。レイモンドの後継者教育も、わたしに合わせてお休みよ」

「湖まで連れていってくださるんですよね？」

「ええ。王都の外れにある湖へ遊びに行きましょうね。湖の周りには綺麗《きれい》な花畑もあって、とても素敵なところなのよ。料理人たちが昼食にレイモンドの好物をたくさん用意してくれたみたいよ」

「はいっ！　とても楽しみです！」

出掛ける準備が整うと、わたしたちは侯爵家の馬車に乗り、王都の外れにある湖へと向かった。湖は王都有数の観光地で、夏は避暑地として賑《にぎ》わい、釣りやボート遊びなどが盛んだ。冬には凍った湖の上でスケートを楽しんだりも出来る。貴族にも平民にも愛されている場所だった。

レイモンドは湖に行くのは初めてらしく、キツネのお面を被っていてもご機嫌な様子が見てとれる。ボート遊びがしてみたい、釣りにも挑戦してみたいと楽しそうに喋《しゃべ》っている。

「お義姉さまも僕と一緒に釣りをしましょう？」

「わたしは生き餌はちょっと……。レイモンドが釣りをしている傍《そば》で、お花でも摘んでいるわ」

「では、ボートは一緒に乗ってくださいますよね？」

「ええ。それは勿論。わたしもボート遊びは好きなの」

「えへへ。楽しみです！」

馬車は無事に目的地へと到着した。

湖にはたくさんの観光客の姿が見えた。ボートに乗っているカップルや、釣りを楽しむ人たち、花畑を散策する親子など。湖の周辺には観光客目当てのお店やカフェなどが建ち並び、貴族や平民で賑わっている。

「この先にはブロッサム侯爵家の別荘があるのよ」

湖の奥まった場所には森があり、貴族の別荘地になっている。ブロッサム侯爵家の別荘は湖のすぐ脇に建てられており、桟橋から湖へ繋がっていた。先に別荘へ来ていた使用人たちが準備を整えていてくれたので、桟橋にはすでにボートがあった。

「お義姉さまっ！　ボートがありますよっ」

「ええ。これに乗って湖を一周しましょうね」

「はいっ」

わたしとレイモンド、そして漕《こ》ぎ手の従者と共にボートへ乗り込む。

「私のお嬢様、レイモンドお坊っちゃま、楽しんでいらしてくださいね！　私どもは昼食の準備をしておりますので！」

栈橋でアマレッティたちがにこやかに見送ってくれる。

「わたしたちがいない間くらい、アマレッティたちもゆっくりしてね」と微笑んで手を振れば、アマレッティたちは顔を真っ赤にして身悶《みもだ》えた。

「湖の女神様……っ!!」

「アマレッティたちはもう英気を養ったみたいね。さぁ、ボートを出してちょうだい」

「畏《かしこ》まりました、お嬢様」

わたしとレイモンドが顔を見合わせクスクス笑うと、ボートは力強く進み出した。

水の透明度が高いので、水草の間を泳ぐ魚の姿がよく見える。水面《みなも》に映る木々の影も幻想的だった。

レイモンドはキツネのお面の小さな穴から、一生懸命に景色を眺めていた。

「今くらいお面を外しても大丈夫よ？」

ここにいるのは漕ぎ手の従者だけで、ボートの近くに女性の姿は見えない。何故か女性のほうが不細工に対する拒絶反応が強いのよね……。

他は、どこかの別荘の下働きらしい男性を森の木々の間から見かけたくらいだ。下働きにしては身なりが薄汚れていたけれど。

せっかくの休暇なのだから、人目のないところでくらい、お面を外して思いきり観光を楽しんでもいいはずだわ。

けれどレイモンドは首を横に振る。

「……いいえ。やっぱり外でお面がないのは、怖いですから」

「そう……。ごめんなさいね、無理強いをするつもりはなかったの。お面がないほうが周囲の景色がよく見えると思ったのよ」

わたしは慌てて言った。レイモンドのトラウマを刺激したかったわけではないのだ。

レイモンドの翡翠色の瞳がやわらかく細められたのが、目元の小さな穴から見えた。

「分かっています。お義姉さまは僕の母さんと同じように、心優しい人です。無理強いされただなんて、僕はちっとも思いません」

「レイモンド……」

「ただ、このお面は僕にとって、他人と少しでも繋がるためのお守りだから。ないと不安なんです」

「レイモンドのお母様が作ってくださったのよね、そのお面。可愛いあなたによく似合っているわ」

わたしがそう褒めれば、レイモンドはわたしの手をぎゅっと握った。

「あなたが僕のお義姉さまになってくださって、本当に良かったです……」

わたしはにっこりと笑うと、レイモンドに握られているのとは反対の手で彼の頭を撫でた。

ボート遊びが終わって桟橋へ戻ると、別荘のテラスでは昼食の準備が整っていた。

わたしとレイモンドはテーブルに着き、さっそく食事を始めた。

テラスには木漏れ日が降り注ぎ、目の前には美しい湖が広がっていて、最高のロケーションだ。

我が家の料理はいつでも美味しいけれど、こういう場所で食べると贅沢《ぜいたく》感が増してさらに美味しく感じる。わたしもいつもより食が進み、レイモンドもお面を傾けながら器用に食事を楽しんだ。

昼食が終わると、レイモンドが楽しみにしていた釣りの時間である。

護衛兼釣りの指導係である従者を一人連れて、わたしたちは釣り場へと移動した。

レイモンドは従者の指導を受け、さっそく釣りを始めた。その間、わたしは周辺を散策する。

足元には可憐《かれん》な花々が咲いていた。せっかくだから押し花でも作ろうかしら？　植物図鑑でも持ってくれば良かったわ、と思いつつ、花を吟味していると。

背後から突然、ガシャンッ!!　と何かが割れたような音が聞こえてきた。

慌てて振り返れば、キツネのお面が割れて素顔を晒しているレイモンドと、茂みへと走り出す従者の後ろ姿が見えた。茂みの奥から「お前！　レイモンド坊っちゃまに石を投げつけるとは、どういうつもりだっ⁉」「うるせぇ！　来るんじゃねぇ！」と、争う声が聞こえてくる。

わたしは急いでレイモンドの元へと駆けつけた。

レイモンドは呆然《ぼうぜん》とした様子で浅瀬に座り込み、真っ二つに割れてしまったお面を見下ろしている。

わたしはレイモンドの体が冷えないよう、すぐに水の中から立たせると、彼の両肩に手を置いた。

「レイモンド、大丈夫？　怪我はない？　一体何があったの？」

「お、面が……。母さんがくれたお面が……」

どうやら体に怪我はないみたいだ。けれど心に大きなショックを受けたようで、見開かれた翡翠色の瞳から大粒の涙が溢《あふ》れ出した。

レイモンドは割れたお面を抱えあげ、ボロボロと泣く。

「っ、母さん……っ、かあさんが、くれたものなのに」

わたしはレイモンドを抱き寄せた。レイモンドはお面を両腕で抱き締めたまま、わたしの腕の中で「かあさん、かあさん」と嗚咽《おえつ》混じりに泣いた。

下手な慰めも言えず、わたしはレイモンドの頭や背中を撫で続けた。


暫《しばら》くすると従者が、薄汚れた格好の男を捕縛してきた。

どこかでこの男を見かけたような気がするな、と訝《いぶか》しんだ途端、思い出した。ボートに乗っている最中に、森の木々の間から見かけた男だ。どこかの別荘の下働きかと思ったのだけれど……。

「この男が茂みから石を投げつけて、レイモンド坊っちゃまのお面を割りました」

従者が説明してくれたことで、ようやく事件の内容を知ることが出来た。

「一体何故このような犯行に及んだのですか？」

最初、男は拘束を外すように従者に対して文句を言っていたが、わたしに話しかけられて渋々こちらを振り向くと――ハッと息を飲み、恍惚《こうこつ》とした表情になった。

「遠目で見た時はよく分かりやせんでしたが、なんて美しいお嬢様なんだ……！　まるで天使、いや、女神様そのものでさぁ……っ！」

わたしの美貌に瞬殺された男は、拘束された状態でもこちらへ近付こうとした。従者が慌てて「コレットお嬢様に近付こうとするな！」と押し止めたが。ハッキリ言ってドン引きである。

わたしは自分の絶世の美貌を心から愛しているが、義弟に石を投げつけるような男にまで熱愛されたくないわ。

わたしは男を厳しく睨《にら》み付けてみたが、あまり効果はなかった。男は「なんて凛《りん》とした表情なんだ……！　神々しいというのはこういうことか……！」と目に涙まで浮かべ始めた。

「何故わたしの義弟に石を投げつけたのか、とにかく話してください！」

「はいっ！　なんでもお話ししやす、女神様！」

男は怒濤《どとう》の勢いでわたしの質問に答え始めた。

「何日か前に酒場で飲んでいたら、どこぞのお貴族様にそこのガキのおかしな面を割ってこいと頼まれましたんでさぁ。ちょいとした復讐《ふくしゅう》だと言われて、前金を渡されましてね。オイラは侯爵家の屋敷から後をつけてきたんでさぁ」

「その貴族と言うのは誰です？」

「名前は聞いとりません。ですが、残りの報酬は同じ酒場で受け渡されることになっとります」

「そうですか。分かりました」

「女神様！　他にお知りになりたいことがあれば、なんでもオイラに聞いてくだせぇ！」

わたしは従者に指示を出し、まだまだわたしと話したがる男を連れて別荘に戻ることにした。

別荘に着くと、他の者にレイモンドの入浴と着替えの手伝いを頼んだ。その間にアマレッティたちに帰宅の準備を急がせる。

わたしは割れたキツネのお面を見つめながら、溜息を吐く。

せっかくレイモンドと楽しいひと時を過ごすつもりだったのに、これでは台無しだわ。

あの男から酒場の場所を聞き出せば、犯行を依頼した貴族を捕まえることはそんなに難しくないだろう。父に言えばすぐに動いてくださるはずだ。これはブロッサム侯爵家の跡継ぎを狙った悪質な犯罪なのだから。

けれど、壊れてしまったお面はどうすることも出来ない。

どうして犯行を依頼した貴族は、あえてこのお面を壊すことを狙ったのだろう？　これはレイモンドの母親の思い出がたくさん詰まった、彼の宝物だったのに。まさかそれを知った上での犯行かしら？　レイモンドに復讐するために？

考えても答えは出ない。

わたしは意気消沈したレイモンドを連れて、ブロッサム侯爵家へと帰宅した。

▽

普段は温厚な父が、今回の事件では激怒した。「これは我が侯爵家への宣戦布告だね」と黒いオーラを撒《ま》き散らしながら微笑む姿は、どこかのダンジョンの中ボスオークみたいで恐ろしかった。

父は騎士団に協力を要請し、酒場にやって来た真犯人をあっさりと捕まえた。

真犯人はガストロ子爵家の子供たちだった。レイモンドさえいなければ自分たちがブロッサム侯爵家を継げるはずだったのに、と逆恨みしていたらしい。レイモンドがいなくても、彼らの能力では父に選ばれるはずもなかったのに。

お面を壊してレイモンドの醜さを知らしめれば、侯爵家から拒絶されて捨てられると思ったようだ。あのお面が母親から贈られた大切なものであることも知っていて、壊せばレイモンドの心を傷付けられて一石二鳥だと考えたらしい。

何それ、ほんっと、最低っっっ!! 心が不細工過ぎる!! なんでこんなに心の醜い犯人たちに、うちのレイモンドが容姿を貶《おとし》められなくちゃいけないのよ!!

結果、わたしだけでなく、父の怒りをさらに燃え上がらせた。

そんなことを知る由もないガストロ子爵は、我が家へと謝罪にやって来た。

父は、ファイティングポーズを取っていたわたしと、落ち込んだままのレイモンドに対して、「ここは父親である私に任せて、部屋で待っていなさい」と格好良く言うと、応接室に向かった。

まぁ、絶世の美少女であるわたしが登場すると、実行犯の時みたいにガストロ子爵が気持ち悪い状態になっちゃうかもしれないものね……。

しかし、わたしはレイモンドを連れて庭に出ると、窓から応接室を覗き込んだ。盗み見である。

「レイモンドはもはや私の愛する息子だ。レイモンドを傷付けた君たちを、私個人としても、ブロッサム侯爵家としても許すことはない。君たちガストロ子爵家とは絶縁する！」

父は厳しい表情で宣言し、ガストロ子爵は大慌てになった。どうやらガストロ子爵は、子供たちがまだ成人しておらず、やったことも器物損壊なので大した罪にはならない。示談金でどうにかなると考えていたようだ。

父も、法の下では大した罰を与えられないのが分かっているからこそ、縁切りを選んだらしい。

ブロッサム侯爵家の不興を買ったということで、これからガストロ子爵家は社交界から爪弾《つまはじ》きにされるだろう。何せ今の我が家には、王太子と第二王子の婚約者候補であるわたしがいるのだから。エル様と結婚すれば王太子妃、ゆくゆくはこの国の正妃になる。正妃の実家に楯突《たてつ》いた家に誰が近寄りたいというのだ。

縋《すが》りつこうとするガストロ子爵を屋敷から追い出すと、父はわたしたちの元へやって来た。隠れていたことがバレていたらしい。

父は、すでに感動でいっぱいになっているレイモンドと真っ直ぐに向き合い、笑いかけた。

「レイモンド、君は私が認めたブロッサム侯爵家の大事な跡継ぎだ。君は確かに美男子ではないが、その心根はとても美しいよ。また今回のようなことがあれば、すぐに私たち家族を頼りなさい」

「は、はいっ、お義父さま……！」

レイモンドは涙を流さないよう、必死で瞬きをしていた。泣くのを堪《こら》えた分、顔が真っ赤になっている。

「お義父さま、ぼっ、僕を家族に選んでくださって、本当にありがとうございます……！」

父はレイモンドの背中を優しく叩《たた》いて励ました。

母親の思い出が詰まった大切なキツネのお面を壊されてしまったレイモンドの悲しみを癒やしたのは、父の『家族』という言葉だった。

▽

今回の件で、我がブロッサム侯爵家とレイモンドの距離はぐっと近付いた。

父はレイモンドを単なる跡継ぎとしてだけではなく、息子として慈《いつく》しむようになったし。使用人たちも、レイモンドの素顔に慣れようと彼の肖像画をあちらこちらに飾ったりしている。そのお陰で男性たちはだいぶレイモンドの顔に慣れたようだ。女性たちはまだ難しいみたいだけれど。

それでも素のままのレイモンドを受け入れようと努力している皆の様子を見て、レイモンドは嬉しそうに顔を綻ばせていた。

「レイモンド、失礼するわね」

わたしがレイモンドの部屋に入ると、彼は机から振り返った。

「お義姉さま！　おかえりなさいませ。街からお戻りになったのですねっ」

「ええ、ただいま」

今日は妃教育の後に街へ寄ってきた。依頼していたものを受け取るためである。

「レイモンドに渡したい物があるの」

わたしはそう言って、後ろ手に隠していた二つの箱をレイモンドに手渡した。

レイモンドは愛らしく首を傾げる。

「これは一体なんですか、お義姉さま？」

「開ければすぐに分かるわ」

レイモンドは一旦机の上の勉強道具を片付けると、二つの箱を置いた。

「まずはその白い箱を開けてみて」

「はい」

わたしの指示に従って、レイモンドは白い箱を慎重そうな手つきで開ける。

中に入っていたのは――修理されたキツネのお面だ。

ガストロ子爵家と縁切りした後、レイモンドはわたしに頼み事をした。真っ二つに割れてしまったお面を捨ててほしいのだ、と。

「壊れてしまったものをいつまでも持っているのは、つらいので。本当は自分で捨てるのが一番なんですけれど、……僕には出来そうにないので、お義姉さまが捨ててください」

本当に捨てていいのか何度も聞いたけれど、レイモンドは頑なだった。

「僕にはもうお義姉さまもお義父さまも、先生や使用人たちもいます。母さんの思い出に縋って生きなくても、大丈夫ですから」

レイモンドは侯爵家の跡継ぎとして生きる覚悟を決めた顔つきで、そう言った。

なのでわたしは彼からお面を受けとると、修理してくれる工房に預けてきたのだ。

レイモンドは呆然とした様子でお面を見つめている。

「どうして……」

「修理はしたけれど、長時間使うことは出来ないらしいの。やはり一度割れてしまったものだからね。大切に保管してちょうだい」

「だって、僕、捨ててほしいって……」

「使えなくたって、壊れたものだって、無理に捨てることはないわ」

わたしはレイモンドの両肩に手を置く。彼の肩は震えていた。

「だってそれはレイモンドのお母様がくださった、大切なお守りなのでしょう？　新しい家族が出来たって、お母様の大切な思い出を捨てる必要なんてないのよ」

「……ぁっ……」

レイモンドはキツネのお面を手に取ると、そっと額に押し当てた。堪え切れなかった涙が彼の頬を伝い、顎先からポタポタと落ちていく。

「……っ、どうして、お義姉さまは、僕に優しくしてくださるの……？　僕はっ、こんなに醜い……、不細工なのに……っ！　ずっと、最初から、どこまでもやさしくて……！」

「あなたを醜いだなんて、わたしは一度も思ったことはないわ。だって、あなたは出会った時からわたしの可愛い弟レイモンド・ブロッサムでしかなかったもの。姉が弟を可愛がるのは当然でしょう？」

レイモンドがイケショタではなくオーク顔だったとしても、わたしは義弟として受け入れるつもりだった。それがこんなに可愛くて、出来たばかりの義姉を慕ってくれるいい子だったのだもの。

倍増しで優しくしてしまうのは当然だろう。

わたしがレイモンドの白髪を撫でれば、彼は顔を上げた。翡翠色の瞳が涙に輝いて、まるで宝石みたいに美しい。

「わたしが嘘を言っていると思う?」

「……いいえ、ちっとも」

レイモンドは涙に濡れた顔で、最高の笑顔になった。

「だってお義姉さまはいつも、母さんみたいに優しい笑顔で、僕をまっすぐに見てくださるもの」

そう言うレイモンドの笑顔が本当に綺麗で。――わたしが内心激しく悶《もだ》えていたことは、一生秘密にしておこう。

それから、もう一つの箱に入っていたプレゼントも、レイモンドは喜んでくれた。修理したお面とは別に、普段使い用のお面を用意したのだ。

「ちょっと口の形が変なのだけれど……」

「もしかして、お義姉さまが作ってくださったのですか?」

「絵付けだけやらせてもらったの」

修理を依頼した工房では、普段はお面の生産をしていた。なので、ついでに新しいキツネのお面を発注することにした。その際にお店の人から絵付け体験も出来ると言われて、キツネの顔を描いてみたのだ。

ちょっと歪《いびつ》な口になってしまったキツネのお面を、レイモンドはとても喜んでくれた。

「ありがとうございます、お義姉さまっ！　僕の大切なお守りが増えました！」

「喜んでくれて嬉しいわ」

イケショタをこんなに間近で堪能出来るなんて、現世はとても贅沢だわ！

▽

お義姉さまを探して屋敷の廊下を進んでいくと、すれ違う使用人たちが僕に向かってお辞儀をしてくれる。ブロッサム侯爵家にやって来たばかりの頃は皆、お面を被った僕の姿に戸惑っていたようだったけれど。今ではお面を被らなくても、一人の人間として扱ってもらえた。

そのことに未だ戸惑っているのは僕のほうだ。

だって、僕がレイモンドという人間でいられるのは、母さんの前だけだとずっと思っていたから。

僕は酷《ひど》く不細工で、街で暮らしていた頃は近所の人たちから意地悪をされてばかりいた。年の近い男の子たちから「化け物」「気持ち悪いんだよ、お前」などと暴言を吐かれるのはいつものことで、時には暴力も受けた。女の子たちは僕を見ればすごく嫌そうな顔をして逃げていく。泡を吹いて倒れる子もいた。大人たちは僕を視界に入れようともしなかった。「確かにこいつは不細工だが、父親がお貴族様なんだろ？　下手に関わったら俺たちの命が危ないぜ」と言って。

誰も、僕のことを同じ人間として扱ってはくれなかった。

そんな僕を抱き締め、慰め、愛してくれるのは母さんだけだった。

母さんは街一番の美人で、見た目以上に心が綺麗な人だった。だから母さんはお貴族様である〝父上〟に目をつけられてしまったのかもしれない。僕が生まれる前のことだから、よく分からないけれど。

お貴族様の〝父上〟は見目麗しく、とてもお金持ちだった。他に〝正妻〟や〝ご子息たち〟がいたけれど、母さんのことだけは蔑《ないがし》ろにせず、僕たちが住む家を用意してくれたり、生活費などを出してくれた。〝父上〟は母さんのことがとても好きだったのだと思う。

けれど〝父上〟は僕のことは愛していなかった。僕の白髪も翡翠色の瞳も〝父上〟譲りだったのに、顔だけは化け物のように不細工だったから。

でも、母さんだけは僕を愛してくれた。

いじめられて泣いて帰れば、母さんが温かな食事を用意して待っていてくれた。僕を抱き締め、「レイモンドはなんにも悪くない。レイモンドはあたしにとって、世界で一番の宝物なんだから」と言ってくれた。

僕が怪我をしていれば手当てを、服が汚れていれば清潔な着替えを、未来が不安になれば勉強を出来る環境を探してくれた。そして友達がほしいと言えば、キツネのお面を作ってくれた。

「これはお守りだよ、レイモンド」

「お守り？」

「あんたが他人から傷付けられなくて済むように。あんたが他人と繋がることが出来るように。その中であんたに優しくしてくれる人が現れるよう、あたしが願掛けしといたから」

「……そんな人、本当に現れると母さんは思う？」

「分かんないけれど、でも他人と出会って、関わってみなくちゃ。そうしなきゃ、いるかどうかも分かんないじゃないか」

母さんはカラリとした笑顔になると、僕にお面を手渡してくれた。

「……そうだね」

母さんがそう言うなら、そうだといいなぁ。

誰かと出会って、たとえその度に傷付けられたとしても。その先にまだ見知らぬ優しい誰かがいると、信じられたなら。

けれど、本当はそんな人に出会えなくても別にいいんだ。だって僕には母さんがいるから。

母さんの息子として生まれ、愛情を込めて育ててもらった。きちんとした人間にしてもらえた。

だから、これからもっともっと勉強して、親孝行をしてみせる。孫の顔は見せてあげられないだろうけれど、よぼよぼのおばあちゃんになった母さんを、最期まで僕が面倒見るから。

そんな人生を送れたら、僕は十分幸せだ。

「ありがとう、母さん。このキツネの顔、とっても可愛いね」

「ハハハ。頑張って作った甲斐《かい》があるよ」

お面を被って見せれば、母さんは「よく似合ってる」と頭を撫でてくれた。

まさかそんな母さんが事故に遭い、亡くなってしまうとは思いもしなかった。あまりにも突然過ぎて、僕は泣くことも出来なかった。

ガストロ子爵家での暮らしは酷いものだった。

〝父上〟が愛してもいない僕のことを引き取ってくれたことに、本当なら感謝をすべきなのだろう。けれど母さんを亡くしたばかりの僕には、これ以上の悲しみを受け入れる容量がなかった。

〝正妻〟は母さんの持ち物を「これはガストロ子爵が買ったものであって、お前の母の所有物ではない」と言って、すべて捨てたり、売り払ったりした。

〝父上〟から贈られた宝石やドレスなら納得するのだけれど、母さんが子供の頃から愛用していた裁縫箱だとか、母さんが自分の両親からもらったはずのペンなど、明らかに〝父上〟が買ったものではないものまで捨てられたことに腹が立つ。

お陰で母さんの形見と呼べるものは、僕に贈られたキツネのお面だけになってしまった。

僕は最初、屋根裏部屋で寝起きしていた。

屋根裏部屋には窓がなく、こもった空気が気持ち悪い。掃除なんて何年もされていなかったみたいで、床の上には分厚い埃《ほこり》の層があった。すこし歩き回るだけで埃が舞って、咳《せき》が止まらなくなる。

自分で掃除をしようと思い、使用人に掃除道具の場所を尋ねたが、「掃除は我々の仕事です。あなたの部屋の掃除は後ほどいたしますので、手出ししないように」と追い払われた。使用人はいつまで経ってもやって来なくて、結局僕は屋根裏部屋で眠るのを諦めた。

一応〝父上〟に他の部屋に移れないか聞いてみたけれど、出来ないの一点張りで。僕はその日から屋敷の中のあちらこちらをさ迷っては、寝る場所を探した。

安全な寝床を見つけるのは大変だった。〝正妻〟に見つかれば屋根裏部屋に追い返され、〝ご子息たち〟に見つかれば鞭《むち》で打たれた。近所の男の子たちだって、そこまでの暴力はしなかったのに。

僕は最終的に庭にある物置小屋を見つけ、そこで寝起きするようになった。

次第に食事が用意されなくなり、浴室での入浴も許されなくなった。僕は庭師のおじいさんの手伝いをすることでなんとか賄いにありつき、夜中に庭の噴水で体を洗った。

この屋敷にいる意味などない気がしたけれど、だからと言って九歳の僕にどんな仕事があるというのだろう。醜い僕が孤児として街に出ても施しなどもらえないだろうし。母さんが褒めてくれたこの記憶力も使い道が分からなかった。

――でも、このままずっと〝父上〟の元にいたって、同じように未来はないや。

どちらにしろ未来がないのなら、こんな息の詰まる場所より、もっと呼吸のしやすい場所へ辿《たど》り着きたい。僕はそう思った。

そんな時、ブロッサム侯爵家のお義父さまがガストロ子爵家にやって来て、僕に養子にならないかと言ってくださった。そこから僕の未来は開けていった。


「お義姉さまっ！　こちらにいらっしゃったんですねっ」

まだ食事の時間ではないのに、お義姉さまは食堂にいらっしゃった。テーブルの上に何やら紙を広げ、侍女のアマレッティと料理長の三人で話し合いをしている。

お義姉さまは僕へ振り返ると、すぐに両腕を広げた。僕はそのままお義姉さまの胸に飛び込んだ。……ああ、母さんみたいだ。

「マナーの授業はもう終わったの、レイモンド？」

「はいっ。先生が褒めてくださいました！」

「流石《さすが》はレイモンドね。飲み込みが早いわ」

「お義姉さまは何をされているのですか？　僕もご一緒しても？」

「ええ、勿論よ」

お義姉さまは僕を抱き締めてくれる腕を緩めると、隣の椅子へ座るように促してくれた。もっとくっついていたかったけれど、また後でいいかと思って、椅子に腰かける。お義姉さまに抱き締めてもらえるのも幸せだけれど、お義姉さまを傍で見ているのも好きだから。

僕のお義姉さまは本当にお綺麗だ。母さんもとても美人だったけれど、お義姉さまはなんだかもう、誰かと比べるべきじゃないくらい綺麗な人。

教会で見た女神さまの絵や、天使さまの像に似ている。ピンク色の髪はふわふわと柔らかくて、黄緑色の瞳は宝石みたいにピカピカで、いつもいい匂いがして。僕に優しく笑いかけてくれる。

初めてお会いした時から、お義姉さまは僕に優しい笑顔を向けてくださった。

母さんが亡くなってとても悲しくて、子爵家でとてもつらい思いをした後だったから、僕は養子にしてくれると言ったお義父さまのことも信じる気力を失っていた。お義姉さまにだって、会う前は期待なんかしていなかった。ただ、鞭で打つような人じゃないといいな、と思っていたくらいで。

だけれどお義父さまが、僕にお面を外して挨拶をするようにと言うから。もうどうにでもなれという気持ちでお義姉さまに素顔を見せた。

『あなたの義姉のココレットよ。これからよろしくね、レイモンド』

母さんのお葬式の時も、〝正妻〟に母さんの持ち物をすべて捨てられた時も、〝ご子息たち〟に鞭で打たれた時だって泣けなかったのに。

お義姉さまが綺麗なお顔で、でも母さんと同じ優しい笑みを浮かべるから。もう一度母さんに会えたような気がして、僕はわんわんと泣いてしまった。……今思い返すと、とても恥ずかしい。

「そうだわ。レイモンドの意見も聞いてみましょう。エル様と年の近い男の子ですし」

お義姉さまはそう言って、テーブルの上に広げていた紙を見せてくれる。そこにはお菓子の名前や材料が書かれていた。どうやら、今度我が家に遊びに来る王太子殿下にお出しするお茶菓子の相談をしていたらしい。

「料理長が夏らしい爽やかなお菓子を考えてくれたのよ。フルーツカクテルやゼリーや、ヨーグルトのケーキとか、たくさんあるの。レイモンドなら、どのお菓子が出てきたら嬉しい？」

「どれもおいしそうで、迷ってしまいます……」

「そうなのよねぇ……。わたしも同じなの」

困ったように笑うお義姉さまを見て、アマレッティも料理長も嬉しそうだ。こんなに優しい空間に一緒にいられる喜びで、僕はいっぱいになる。

いつだって優しくて綺麗なお義姉さま。家族だとおっしゃってくださった素敵なお義父さま。僕のお面が壊されたことを一緒に怒ってくれた使用人たち。

ガストロ子爵家よりもずっとずっと大きなこのブロッサム侯爵家は、いつだって日溜《ひだ》まりのように温かい優しさで満ちている。僕を一人の人間にしてくれる。

ふいに母さんの言葉を思い出す。

『これはお守りだよ、レイモンド』

『あんたが他人から傷付けられなくて済むように。あんたが他人と繋がることが出来るように。その中であんたに優しくしてくれる人が現れるよう、あたしが願掛けしといたから』

ねぇ、母さん。母さんが作ってくれたキツネのお面は壊されてしまったよ。

僕はそれがとても悲しくてたくさん泣いてしまったけれど、今考えてみるとあのお面は、お守りとしての役割を終えたということだったのかな。……そうだったらいいな。

母さんが僕のために願ってくれた優しい人たちにやっと出会えたんだって、僕はそう信じたいんだ。

「ねぇ料理長、何種類まで用意出来そうかしら?」

愛らしく首をかしげるお義姉さまの横顔を見上げながら、僕はそんなことを思った。

▽

今日は、以前から約束していたブロッサム侯爵家のお茶会だ。

ブロッサム侯爵家には、前回の人生で何度か訪ねたことがある。その殆《ほとん》どが夜会だったせいか、それとも、ここで暮らしていた人々の翳《かげ》りある表情のせいか、とても暗くて寂しい雰囲気の屋敷だった。

けれど今日訪れたブロッサム侯爵家の屋敷は、夏の明るい日差しとそれに伴って落ちる濃い影に彩られて、とても鮮やかだった。前庭に植えられた夏の花々が情熱的な色合いで咲き乱れ、芝生の緑が視界に眩《まぶ》しく飛び込んでくる。乳白色の石で造られた屋敷に派手さはないが、家族と穏やかに暮らすのに相応しい建物に見えた。

「我がブロッサム侯爵家へようこそ、ラファエル殿下」

「侯爵、本日はお招きいただきありがとう」

出迎えてくれたブロッサム侯爵は緊張したように肩が強張《こわば》っていたが、私を見る眼差しは穏やかだった。やはり前回の侯爵とはまるで別人だ。

周囲に並ぶ執事や使用人たちにも、不思議なほどに私に対する嫌悪の色が見られない。こんな不細工を見れば、侍女の一人や二人は倒れてもおかしくないはずなのだけれど。

私と共にやって来たフォルトも、不思議そうに周囲の様子を窺《うかが》っている。

「娘は庭で殿下を待っております」

侯爵はそう言って私たちの案内を執事に任せると、仕事に戻っていった。

屋敷の中から庭へ降りると、前庭よりもさらにたくさんの植物に囲まれていた。王宮の庭師たちが細部まで計算して作った庭とはまた趣が違い、どこか牧歌的な雰囲気のある庭だ。一番大きな木にはブランコまであった。

ココは涼しげな木陰にテーブルや椅子を用意して、私を待っていた。

「いらっしゃいませっ、エル様！」

爽やかなサマードレスを着たココが愛らしく手を振っている。今日のココは珍しく髪を纏《まと》め上げていて、晒された項《うなじ》が真っ白に光っていた。私は思わず照れてしまい、視線を逸らしてしまう。

もう何度もココに会っているのに、未だに彼女の美貌に慣れることが出来ない。彼女のどんな表情を見ても胸が高鳴り、どんな格好にも見惚《みと》れてしまう。

……今日は張り切ってココの瞳と同じペリドットのカフスボタンを着けてきたが、今更ながら恥ずかしくなってくる。私のような不細工がお洒落《しゃれ》をしても焼け石に水どころか、勘違い野郎にしか見えないのではないか？　どんなに身綺麗にしても、私がココと釣り合うはずがないのだから。

ぐるぐる考えて返事が出来ないでいる私の元へ、ココが近付いてくる。

彼女は私の手を取ると、こてんと首を傾げて笑った。

「エル様、炎天下の移動で喉が渇いたでしょう？　お茶の準備はもう整っておりますの。今日はオレンジたっぷりのアイスティーをご用意いたしましたわ」

「あ、……ああ、うん。ありがとう」

「料理長にお願いして、お茶菓子もたくさんご用意いたしましたからね。甘いものの他に軽食もございますわ。……あら、エル様？」

ココは私の手首に視線を向けた。そして私の手を自分の目線の高さまで持ち上げると、じーっとシャツの袖を見つめた。――カフスボタンに気が付いたのだ。

恥ずかしくて視線をさ迷わせてしまう私に、ココは目元を柔らかく細める。

「嬉しいです、エル様！　お傍にいられない時も、わたしのことを思い出してくださいね？」

「……私にはココのことを忘れる瞬間すらないよ」

「まぁ、情熱的なお言葉♡」

ココがクスクスと笑って、そっと私のカフスボタンを撫でる。日差しに当たったペリドットがキラキラと輝いていた。

「わたしもエル様の瞳の色の宝石を何か身に付けたいわね。推《お》しカラーを……」

ココが小さな声で呟《つぶや》く。最後のほうはよく聞こえなかったが、最初のほうはきちんと聞き取れた。

「ならば今度、私からココに何か装飾品を贈ろう」

ココは驚いたように目を見開く。そして、はにかみながら頷《うなず》いた。

「おねだりしてしまったみたいで恥ずかしいですけれど、ぜひエル様に選んでいただいたものを身に付けたいですわ」

「女性に個人的な贈り物をしたことなどないから、センスが悪いかもしれないけれど……」

「どんなものであろうと使いこなして見せますわっ！」

そう胸を張るココの様子に、思わず納得してしまう。私のセンスがどれほど悪かろうと、彼女の圧倒的な美貌の前ではマイナスにすらならないのだろう。

テーブルに案内され、ソバカス顔の侍女が給仕してくれたオレンジアイスティーに口をつける。ココがお茶菓子について説明してくれて、私は順番に口へと運んだ。

王宮で出されるもののほうが材料も料理人の技術も上のはずなのに、侯爵家のお茶菓子のほうがずっと美味しく感じる。きっとこの屋敷だと、王宮よりもリラックス出来るからだろう。

ココが生き延びてくれたから、この屋敷にはこんなにも幸福な時間が流れているのだ。

私は彼女を見つめ、二度目の人生の奇跡をまた噛《か》み締める。

「エル様、実は本日ご紹介させていただきたい子がいますの」

「紹介？」

「わたしがエル様の婚約者候補になったので、跡継ぎに養子をもらったのです。とても可愛い義弟なんですの！」

跡継ぎ、養子、義弟……。前回のブロッサム侯爵家にはココの代わりとなった一人の少年がいたが、まさか……。

「お義姉さまっ！　授業が終わりました！」

「あっ、エル様。あの子ですわ」

こちらに駆けてくる少年の姿に、私は呆然と目を見開く。

あの白髪に、翡翠色の瞳、そして私と同じくらい醜い顔立ちの男の子。

間違いようもない。彼だ。

前回の人生では心の凍りついた青年だったレイモンド・ブロッサムが、何故だか心からの笑みを浮かべて走ってきて――ココの腕の中へと飛び込んだ。

「レイモンド？　お客様の前でしょう？　まずはエル様にご挨拶しましょう」

「はい、お義姉さまっ」

レイモンドはココから体を離すと姿勢を正し、私にキラキラと輝く瞳を向けた。

「ラファエル王太子殿下、お会い出来てとても光栄です！　義弟のレイモンドと申しますっ」

そう頭を下げるレイモンドを見て、私は「ああ……、うん……」などと、あやふやな返事をしてしまう。

彼もまた、前回とは違い過ぎるようだ……。


レイモンド・ブロッサムは九歳の頃にその才能を見込まれて、ブロッサム侯爵家の養子となった。

ブロッサム侯爵の思惑は若隠居だった。愛妻と愛娘《まなむすめ》の墓がある領地で、ただ一人静かに暮らしたかったらしい。それゆえ侯爵はレイモンドに早く家督を譲り渡そうと、彼に徹底的に後継者教育を叩き込んだそうだ。

母を亡くしたばかりのレイモンドに、侯爵の対応は酷だった。家族としての愛情も与えられず、不細工ゆえに使用人からも嫌悪され、味方のいなかった彼はどんどん心を凍らせていったらしい。

私が前回の人生で初めてレイモンドに出会ったのは、学園の図書館でのことだ。

二学年下のレイモンドは不細工な容姿と、何故か半分に割れたキツネのお面で顔の左半分を隠しているという珍妙さから、入学当初から悪目立ちをしていた。

レイモンドの成績は学年トップどころか、全学年でもトップだった。なんでも彼は完全記憶能力という凄い力を持っていて、入学前に全学年の教科書を読み、すべて覚えてしまったそうだ。

そんなレイモンドは授業にはほとんど出席せず、代わりに図書館で日がな一日読書をしていた。

学園の図書館は、王宮の図書館の次に蔵書の多い施設だ。レイモンドはすべての本を在学四年間で読破するために毎日足繁く通っていた。たまたま私が図書館を利用した際に、彼と目が合ったのが交友の始まりだ。

私とレイモンドの友情は歪なものだった。醜さゆえの絶望が私たちを結びつけていたが、一つだけ分かり合えない所があった。レイモンドは私と違って、母の愛情を知っていたのである。

「このお面は母が手作りしてくれたものです。わけあって壊されてしまったのですが……。まぁ、実行犯も、指示を出した犯人たちも全員、数年かけて家ごと破滅させてやりましたけれどね」

悪い顔でレイモンドは笑う。

「母はこのお面をお守りだと言っていました。僕を悪意ある人から守り、僕を受け入れてくれる優しい人に出会えるよう、願いをかけたと……。お守りとしての効果はまるでなかったのですが」

レイモンドはそう言いながらも、半分だけのお面を大切そうに撫でる。

「それでもこのお面だけが、僕を唯一愛してくれた母の形見なのです。永遠に母の死に囚われて生きるのだとしても、手放すことが出来ないのです」

そう言って貼りつけたような笑みを浮かべる彼のことが、私は羨ましくてたまらなかった。私は母の愛情すら知らなかったのだから。

レイモンドだって、とても不幸だ。不細工ゆえに他者から傷付けられて生きてきた。

でも、それでも、レイモンドは母に愛されていた。

それが羨ましくて、妬《ねた》ましくて。——そんなことを考える自分が嫌になる。レイモンドと一緒にいることが、私は時々、本当に苦しかった。

学園を卒業してからも、レイモンドとの交友は続いた。社交界の陰湿さに揉《も》まれた私とレイモンドは、お互いに学生の頃よりも暗い目をしていただろう。

ある夜会で、レイモンドはいつものように暗い笑みを浮かべながら言った。

「母が死んでから、もう何年も泣けていません。泣きたくても涙が出てこないのです。きっと枯れ果ててしまったのでしょうね」

その日も私たちを見るなり令嬢が倒れ、騒ぎになったばかりだった。そのことに悲しむ心すら失ってしまったのだと、レイモンドは言う。

「涙どころか、もう、心からの笑みすら、浮かべることはないのかもしれません」

私たちの心はすり減り、疲れきっていた。世界のすべてを呪っていた。

だからだろう。レイモンドは王太子の座を失って王宮から逃げ出した私を匿《かくま》い、反乱軍を作ることにも協力してくれた。

断頭台で処刑される直前、レイモンドは静かにこう呟いた。

「早く母さんの元へ帰りたい……」

帰りたい場所が、人がいるレイモンドのことが、私は最期まで羨ましかった。

「レイモンドは本当に頭のいい子なんです。本をなんでも暗記してしまうんですよ。この子が跡を継いでくれれば、我が家は安泰ですわ」

「お義姉さまが喜んでくださるなら、いくらだって頑張りますっ！」

「喜ぶのはわたしだけじゃないわよ。お父様も使用人も領民も、優秀なレイモンドが領地を守ってくれれば、皆が喜ぶわ」

ココに頭を撫でられて、レイモンドがニコニコと笑っている。

彼の心からの笑みと言うのはこういうものだったのかと、私はとても驚いた。

とてつもなく不細工な少年だが、貼り付けたような笑顔より今のほうがずっと良い。

「……レイモンド。君はブロッサム侯爵家の養子になって、良かったかい？」

答えなど分かりきっていたが、私は彼にそう問いかけた。

レイモンドは一瞬不思議そうに瞳を瞬かせ、けれどすぐさま無邪気な子供の笑みを浮かべる。

「はい！　勿論ですっ！」

そう頷くレイモンドに、今回は羨ましさよりも微笑ましさを感じる。良かったね、と笑いかけてあげる心の余裕すら私にはあった。

一つひとつ、私の中で前回の人生の苦しみが解けていく。

ココ、君が生きていてくれたお陰で。

第四章 ★ ミスティアの事情 ★

最近のわたしの悩みは、我が家の侍女たちのことだ。未だにレイモンドの素顔に慣れることが出来ないようだ。本人たちもこれではいけないと努力しているのだけれど、どうしても生理的嫌悪を感じてしまうらしい。

とりあえず彼女たちにはレイモンドに関わらない仕事を回しているけれど、レイモンドが跡を継いだらそんな措置は取っていられなくなる。今の内になんとか慣れる方法はないかしらね……。

頭を悩ませつつも、わたしは今日も妃教育のために登城する。

廊下を歩くわたしの背後から、ミスティア様が特攻を仕掛けてきた。

一瞬よろけそうになったけれど、淑女として鍛えた体幹で堪《こら》え、何もなかったかのように微笑んでみせる。

「ごきげんよう、ミスティア様。本日も良いお天気で……」

「ココレット様っ！　妃教育の後はわたくしに付き合いなさいっ！　絶対ですわよ！」

艶やかな黒髪縦ロールをブォォンッと靡《なび》かせたミスティア様は一方的にそう言うと、本日最初の授業が行われる部屋へ颯爽《さっそう》と去っていった。

わたしの予定を聞く振りくらいしてほしい。

妃教育の後にミスティア様に連れて行かれたのは、王宮の温室の一つだ。わざわざ使用許可を取ったらしい。温室の中でも胡蝶蘭《こちょうらん》をメインに育てている場所だ。優雅な香りと相まって、ミスティア様に相応しいステージね。

王宮の侍女が用意した紅茶を飲みながら、わたしはミスティア様が話を切り出すのを待つ。彼女は紅い瞳を彷徨《さまよ》わせ、両手の指を弄《もてあそ》びながら、どう話を切り出すか思案している様子だ。

ミスティア様はようやく顔を上げると、真っ赤な顔でこう言った。

「こっ、ココレット様！　ラファエル殿下のお顔を拝見するコツを教えなさい……っ！」

「……はい？」

「わたくし、ラファエル殿下の婚約者候補になってから随分経つのに、まだ自己紹介も出来ていないのよ……！　これでは正妃になるどころか、ワグナー公爵家に泥を塗りかねないわ……っ‼」

そう言えばそうなのだ。ミスティア様はエル様にお会いする度に失神するので、初対面の挨拶すらまだなのである。とても切実な状況だ。

エル様はあまり気にかけていないご様子なのだけれど、わたしとしてはやはり胸が痛い。エル様が内心ミスティア様の態度に傷付いていたらとてもつらいし、ミスティア様がそんなに悪い子じゃないことも知っているので、エル様に誤解してほしくない気持ちもある。ミスティア様はただのツンデレ美少女なのだから。

わたしとしては、エル様の身近な範囲でくらい、穏やかな交遊関係を築いてほしかった。

なら、ここらでミスティア様の悩みをきちんと解決するべきね。その結果ミスティア様とエル様の間に確固たる絆《きずな》が生まれたとしても、エル様の正妃の座をもぎ取る自信はあるもの。絶世の美少女だからね。

それに、レイモンドと侍女の関係改善に繋《つな》がるヒントが手に入れられるかもしれないわ。

「コツと申されましても……。わたしはエル様のご尊顔もお慕いしておりますので、わたしの真似は難しいと思いますわ。それより、他の方法をお探しになったほうが良いですわよ」

「ほ、他の方法ってなんですの……⁉　山に籠《こも》って修行して、心を鍛えればいいわけ⁉」

なんだか脳筋みたいなことを言い出したわね、この子。

「いえ、そうではなく……」

「ココ！　久しぶりに会えたな！」

無駄に良い声が温室の入り口のほうから聞こえてくる。

視線をそちらに向ければ、大勢の使用人を引き連れたオーク様がそこに立っていた。

わたしとミスティア様は椅子から立ち上がり、オーク様へ挨拶をする。

「美女二人で何やら楽しそうだな。俺も、君たちの秘密のお茶会に混ぜてもらってもいいか？」

オーク様は相変わらず迫力のある顔でニヤリと笑いながら、わたしとミスティア様の手の甲へ順々に口付けを落とした。心がスン……とするわ。

ミスティア様は頬や額を赤らめ、小声でぶつぶつと「いいえ、わたくしは正妃派閥よ……っ！」と、ときめきを抑えているようだ。

オーク様付きの侍女が彼の椅子やお茶の用意を整えると、改めて三人でテーブルに着く。

「本当に久々だな、ココ。妃教育のほうはどうだ？」

「ええ、お陰さまで順調ですわ。オーク様もお忙しいでしょうに、わたしたちのお茶会に顔を出してもよろしいのですか？」

「今日は奥の庭園で母上主催のお茶会があったんだ。それも先程終わったから、温室を通る道から部屋に戻るつもりだったのだ。他の道を通らなくて良かった。ココに会えるなんて、一日の良い締めくくりだ」

オーク様は穏やかに目元を細めると、次にミスティア様へ顔を向ける。

「ワグナー嬢とこうして話すのは初めてだな。どうだい、我が兄君とはうまくやっていけそうか？あなたが兄君の妃になってくれれば、俺は心置きなくココを娶《めと》れるんだが」

「……いえ、その、わたくしは……」

ミスティア様は言い淀《よど》み、わたしのほうへチラチラと視線を向けてくる。

そこでわたしはオーク様に、ミスティア様の相談内容を話して聞かせた。

オーク様は顎に手を当て、思案げに眉間にシワを寄せる。

「確かに兄君の容姿は美しいとは言えない。……だが俺には、皆が言う嫌悪感が昔からよく分からないのだ」

ポツリと言うオーク様に、おや？　と、わたしは目を見開く。

「オーク様はエル様のお姿に対する嫌悪感がなかったのですか？」

「ああ。不細工なのは分かっているのだが、ただそれだけなんだ。どのような容姿をしていても、あの人は俺の尊敬する兄君だ。だから正直、ワグナー嬢の気持ちは理解してやれんのだよ」

「そんなっ！　ココレット様もオークハルト殿下も、不細工に対する生理的嫌悪がないだなんて……！　これはやはり、美しい心と姿を持つ選ばれし者だけが到達出来る境地なの……？」

「ワグナー嬢は何を言っているんだ、ココ？」

「わたしにも分かりませんわ、オーク様」

オーク様がとてもピュアな心を持った少年であることは理解したけれど、わたしは別にそうではないもの。たまたま絶世の美少女の器を持って生まれた、生粋のメンクイ夢女子である。下心たっぷりの不純物だ。

とにかく、そんな精神論でどうにかなる話ではないので、わたしはさっさと提案する。

「ミスティア様がエル様のお顔を直視しなければいいと思います」

「それはラファエル殿下に失礼ではなくて？」

「ですが、他の方々は視線を逸らしているようですわ。エル様の目を見ようとするのではなく、眉間などを見ていれば平気ですわよ」

わたしのアドバイスに、ミスティア様がへにょりと眉を八の字に下げる。

「それで上手くいくかしら……？」

「なら、ワグナー嬢がヴェールを被るのはどうだ？」

今度はオーク様が提案する。

「ヴェールですか？　冠婚葬祭くらいにしか着用しないものかと思いますが……」

「我がシャリオット王国ではそうだが、俺の母上の出身である隣国は南方にあるため、日差しが強くてな。日常使いされているんだ。ヴェールで視界を覆えば、兄君を直視せずに済むのではないか？」

「……そうですわね」

ミスティア様は覚悟を決めたように両手を拳に握ると、深く頷《うなず》いた。

「さっそく明日からヴェールを着用して、ラファエル殿下の眉間を見るようにしてみますわ！　オークハルト殿下、ココレット様、本日はわたくしの相談に乗っていただきありがとうございました。絶対にラファエル殿下にご挨拶してみせますからね！　ワグナー公爵家のために！」

ミスティア様は紅い瞳を輝かせて満面の笑みを浮かべた。

ふわわぁぁぁ、やっぱり可愛い子だわ～♡　将来は絶対に妖艶系美女になるであろうミスティア様の、幼い笑顔にわたしはうっとりとした。


温室でのお茶会が終わり、馬車乗り場までわたしに付き添ってくれたオーク様は、熱っぽい視線をこちらに向けながら尋ねた。

「先日、兄君がブロッサム侯爵家に招かれたと聞いたんだが……」

「はい。我が家でおもてなしをさせていただきました」

「……ココ」

オーク様は寂しそうに微笑みながら、わたしの髪を撫《な》でる。

あまり気軽に触らないで！　わたしは頭から爪先まで全部エル様の女なのよゴラァ！

わたしはそんな怒りを隠し、愛想笑いを浮かべてオーク様の手を払う。

「俺のこともブロッサム侯爵家へ招待してくれないか？」

「勿論《もちろん》ですわ、オーク様。他の婚約者候補のお屋敷にも訪れた後でしたら」

わたしがそう言えば、オーク様が「フッ」と苦笑した。

「参ったな。俺の初恋の人はどこまでも高潔だ。そんなココに俺はますます惹《ひ》かれてしまう」

オーク様はわたしの手を取ると、ブロッサム侯爵家の馬車へとエスコートしてくれる。わたしは大人しく馬車へ乗り込んだ。

「オーク様、初恋は叶《かな》わないものだそうですよ」

「それは兄君やココにも言えることじゃないか？」

「いいえ。わたしたちにだけは、関係のない言葉ですわね」

馬車の扉が閉まる前に、わたしはとびきりの笑顔で言ってやる。

「どんな運命だろうと、わたしがねじ曲げて、エル様をハッピーエンドにして差し上げますもの」

オーク様は驚いたように小さな目を見開いた後、穏やかに微笑む。

「やはり俺の初恋の人は高潔だ」

わたしはオーク様にお暇《いとま》を告げると、ブロッサム侯爵家へと帰宅した。

▽

結果だけを先に報告すると、今回の作戦は失敗に終わった。

ミスティア様はかなり気合いを入れて上質な黒のヴェールを用意し、エル様と面会したのだけれど、会った瞬間にあえなく失神。これには付き添っていたわたしも焦ったし、わざわざ時間を作って様子を見に来てくれたオーク様も驚いていた。

何故かエル様だけは冷静で、素早くフォルトさんにミスティア様の介抱を指示していた。

「ワグナー嬢の失神には慣れているからね……」

エル様はそう言って遠い目をした。婚約者候補になる前から彼女と交流があったのかしら？

というわけで、すぐに次の作戦会議に移る。場所は前回と同じ温室で、今回は最初からオーク様が参加されている。

「ヴェール程度ではダメでしたわ……。だってわたくし、両目の視力とも五・〇なんですもの……」

どこの狩猟民族の視力かしら、と思いつつ、落ち込んでいるミスティア様の背中を擦《さす》る。

「他の方法を考えましょう？　きっと他に何か手立てがあるはずですわ」

「そうだな。ワグナー嬢の視界をうまく遮ることが出来るものを考えてみよう」

わたしたちは様々な案を出していった。「ヴェールを二枚重ねするのはどうだろう？」「色の濃いサングラスは？」「まずは衝立越しにエル様に挨拶をしてみるのは？」「いっそ兄君に仮面を被ってもらうか？」『王族側にご負担をかけるのは臣下として駄目ですわよ、お二人とも!!』など。

そして翌日から再び実行に移していく。

ミスティア様は何枚も重ねたヴェールを被ってエル様にお会いしては失神し、サングラスをかけては失神し、度の合わない老眼鏡をかけては頭痛に陥った。

実験に付き合わされるエル様もおつらいだろうけれど、ミスティア様が一番しんどそうだった。

「頭痛さえなければ、老眼鏡が一番マシだったような気がいたしますわ。お顔が多少見えづらくて」

恒例になった温室のお茶会で、ミスティア様はテーブルの上に置かれた老眼鏡をつつきながら言う。ちなみに今日はオーク様は不在だ。また派閥のお茶会に呼ばれたらしい。

「……ミスティア様はどうしてそこまで頑張るのですか？　ミスティア様にエル様の正妃になるのは難しいと思いますわ。勿論、あなたの能力の問題ではなく……」

「分かっておりますわ。わたくしにラファエル殿下の正妃になる適性がないことくらい」

ミスティア様は疲れたように溜息《ためいき》を吐《つ》く。

「ですが、これはワグナー公爵家の総意ですの。……が、ああである以上は、わたくしが王家に嫁いで正妃の権力を得なければ……。……を自由には出来ないもの……」

「ミスティア様？」

途中の言葉がよく聞き取れない。わたしは再度説明を求めようとしたが、ミスティア様は溜息を再び吐くだけで、もう一度答えようとはしなかった。

「いっそ、エル様のお顔だけを見えづらくするような、そんな魔法のような眼鏡でもあればよろしいのですけれどねぇ」

ちなみにこの世界には魔法があるにはある。けれどラノベでよくある、貴族階級は全員魔法が使える設定とか、教会で自分の属性魔法を調べる儀式とかは全くない。魔法学校もないし、宮廷魔法使いとかもいない。

ただ、どこかの山奥に緑の魔女が住んでいるだの、不老の魔法使いが作り上げた呪われた城があるだの、盲目の聖女が不思議な力を持っていただの、そういう伝承や伝説がこの世界にはいくつも残っており、また一部は本当に実在している。呪われた城のミステリーツアーは貴族にも大人気だ。

つまり、魔法はなくはないけれど、扱える人間が極端に少ないために実生活に根付いていない。それがこの世界にとっての魔法なのだ。

魔力持ちの者が魔女や魔法使いに弟子入りして何十年も修行すれば免許皆伝になるらしいけれど、噂《うわさ》の域を出ないあやふやなものなのである。

ミスティア様は苦渋に満ちた表情で言った。

「魔法関連でしたら、心当たりがないわけではありませんけれど……」

「まぁ！　ミスティア様には魔女や魔法使いにお知り合いが⁉」

「……いえ、まだ」

ミスティア様はなんとも微妙な返しをした。

「相手が協力してくれるとは限りませんけれど、背に腹は代えられませんものね。……ぶつかるだけぶつかってみますわ」

何やら心を決めた様子でミスティア様は独りごちると、その日のお茶会はそこで終了した。

そして翌日。妃教育を終えて帰宅しようとしたわたしは、ミスティア様の手の者によってワグナー公爵家の巨大な屋敷へと拉致された。

どうしてミスティア様はいつも普通に招待してくれないのかしら……。

▽

たいした説明も受けずに連れて行かれたワグナー公爵家は、我が家の五倍はありそうな大豪邸だった。門から玄関までの長い道のりには黒薔薇《ばら》が咲き誇り、重厚な雰囲気を醸し出している。

ミスティア様と共に馬車から降りると、玄関先には数十人もの使用人たちがズラリと並んでいる。

流石《さすが》は宰相一族ね。

ミスティア様はそのまま使用人たちにお茶の準備を頼むと、わたしを屋敷の中へと案内した。

「これからココレット様にご紹介させていただくのは、わたくしの一つ年上の兄なの」

高価な美術品が等間隔に並ぶ長い廊下を進みながら、ミスティア様は歯切れ悪く説明する。

「兄は他人と関わることを拒み、あまり部屋から出て来ないわ。次期宰相としての教育だけは今も受けているけれど、兄にそのつもりはないようで……。自室で魔法の研究ばかりしているのですわ」

「まぁ……」

引きこもりのお兄ちゃんか。なかなかヘビーね。

でも、魔法の研究をしているということは、もしかしたら妹であるミスティア様に協力してくれるかもしれない。味方に出来たらとても心強いわね。

「兄が相談に乗ってくれるかは分かりませんけれど……。やるだけやってみますわ」

ミスティア様は合鍵らしきものを取り出すと、廊下の突き当りにある扉をノックした。

「フィス兄さま！　わたくしですわ！　扉を開けなさいっ！」

扉を数回叩《たた》くが反応はない。ミスティア様がノックする力を強めても駄目なようだ。

続いて合鍵を使って扉を開けようとするが、目の前に光の膜のようなものが突然現れて、バチッと火花を散らして鍵を弾いた。

「ミスティア様、今のは……？」

「フィス兄さまの魔法よ。勝手に扉を開けられないようにしているの」

苦々しげに言うミスティア様とは正反対に、わたしはむしろ興奮してしまった。

これが本物の魔法！　前世では二次元の世界にしか存在しなかった、あの魔法なのね！　ビバ、異世界転生！

「なんて素敵なの！　本物の魔法が見られるなんて！」

わたしの脳裏には、前世で愛した推《お》したちの姿が蘇《よみがえ》った。光魔法の使い手である王子様や、闇の魔法使いと恐れられた孤独な美少年、魔法協会に君臨する大魔法使いなど……。

あぁ、皆イケメンでとっても大好きだったなぁ。どれだけ課金したか覚えていないくらいに愛を捧《ささ》げたあなたたちの魔法の片鱗《へんりん》が、今わたしの目の前に!!　すごい!!

「ミスティア様、今の防御魔法をもう一度見たいです！　合鍵を貸してくださいませっ！」

大興奮するわたしの目の前で、……何故か急に、扉が内側から開いた。

「……ひとの部屋の前でうるさいんだけれど、アンタ」

部屋から顔を出したのは、ミスティア様と同じ黒い癖毛と紅い瞳をした――ドワーフ系男子だった。

魔法を見る機会を失った上に新たなモンスター系男子に出会ってしまったわたしは、しょんぼりと肩を落とし、……彼がわたしの顔を見て赤面するのを虚しく眺めた。


「僕はドワーフィスター・ワグナーだ」

ミスティア様の兄でありワグナー公爵家嫡男で、次期宰相として期待されているその少年は、一人掛けのソファーに足を組んで座ると、偉そうな態度で自己紹介をした。

シャリオット王国で王道イケメンとされているのがオーク顔なら、ドワーフ顔は所謂《いわゆる》クール系イケメンだ。髪や髭《ひげ》やしっかりとした眉など全体的に毛量が多いところが最高にイケていて、ちょっと不機嫌そうな目付きや、こじんまりとしてゴツイ体格がとてつもなくクールらしい。いや、説明しているわたしも理解出来ていないのだけれど、とにかくそういうことになっているの。

ドワーフィスター様も、将来は立派なお髭も生えてモジャモジャなＴＨＥ・ドワーフに成長するのだろう。完全にわたしの対象外だわ。

「ココレット・ブロッサムです。本日はミスティア様にお招きいただきました。ドワーフィスター様にお会い出来て光栄ですわ」

「……あっそ」

つまらなそうに頬杖《ほおづえ》をついているが、彼の目はわたしをしっかりと観察していた。

わたしの隣に座るミスティア様が、身を乗り出すようにしてドワーフィスター様に話しかける。

「フィス兄さま、わたくしの相談に乗っていただきたいの」

「ティアが僕に相談だと？」

会話を始めた兄妹をよそに、わたしは内心酷《ひど》く驚いていた。まさか彼の愛称が『ドワーフ』ではなく『フィス』だなんて！　変化球過ぎない⁉　けれど、そう言えば部屋の前で何度もミスティア様が『フィス兄さま』と呼んでいた気もするわね……。

「王太子の顔を見えづらくする魔法だと……？」

「ええ。フィス兄さまに何か妙案はございませんこと？」

ドワーフィスター様は何故かわたしを睨《にら》んだ。

「アンタも王太子の婚約者候補なのか？」

「はい。僭越《せんえつ》ながら」

「アンタも不細工王太子を直視出来ないのか？　それで僕の力を借りたいというわけか？　それなら早々に諦めるんだな。王太子妃の座など、アンタには相応しくない」

わたしが言い返す前に、ミスティア様が首を横に振った。

「いいえ、フィス兄さま。ココレット様はラファエル殿下のお姿に嫌悪感を持っておりませんわ。今回彼女はわたくしのアドバイザーですの。このままわたくしがラファエル殿下のお姿を受け入れることが出来なければ、ココレット様が正妃に選ばれてしまうでしょう」

「なっ、なんだとっ⁉」

ドワーフィスター様は驚きに目を丸くした。わたしはドヤ顔で頷いて見せる。

「エル様の正妃になるのはミスティア様ではなく、このわたしです。けれどライバルとはいえ、ご挨拶も出来ない現状ではミスティア様もエル様もおつらいですから。どうかわたしからも、ドワーフィスター様にご協力をお願いしたいのです。……駄目でしょうか？」

小首を傾げておねだりすれば、ドワーフィスター様はカァッと赤面し、狼狽《うろた》えた。わたしの美少女パワーは今日も絶好調ね！

「……試したことはないが、出来なくはない」

「まぁ！　ありがとうございます、ドワーフィスター様！」

「本当ですの、フィス兄さま!?」

「ただし条件がある」

ドワーフィスター様はビシッとわたしを指差した。人を指差すのは良くないですわよ。

「魔法が完成するまでアンタが僕の助手をしろ！　ココレット・ブロッサム！」

「それがエル様のためになるのでしたら、お引き受けいたしますわ」

エル様やレイモンドを見て失神する人間をこの世界から一人でも減らせるなら、やってやるわ!!

▽

ここ最近は何かと忙しい。

元々二回目の人生だ。王太子教育は前回一通り受けているので、そちらは問題ない。ただ個人的にシュバルツ王の『黄金のクロス』について調べているため、時間を効率的に使わなければならなかった。そうしないとココに会える時間がかなり減ってしまうからだ。

ココと会える時間は私の癒《い》やしだ。週二回ほどのお茶会はもはや定例化している。時折ブロッサム侯爵家でレイモンドを交えてのお茶会もしている。

レイモンドの完全記憶能力はやはり凄まじいものだった。せっかくの能力を伸ばさないのも勿体《もったい》ないと思い、お茶会の度に私の本を貸している。レイモンドは「わぁ、シャリオット王国の建築史と治水事業の本だ！　エル様、ありがとうございます！　お義姉さまとブロッサム侯爵家のお役に立てるように頑張りますっ！」と、喜んで受け取ってくれる。

それにしても、今回の彼はかなりのシスコンになったようだ。まぁ、ココが義姉では仕方がないか。

最近では他に、ワグナー嬢との面会でもココと会っている。

とても不思議なことだが、今回の婚約者候補たちはそれなりに良好な関係を築いているらしい。

前回はもっと不穏な空気が漂っていたのだが。

前回の婚約者候補六人は、誰一人として幸せにはなれなかった。私の候補者は全員去ったし、オークハルトの候補者は全員捨てられた。

前回のオークハルトの婚約者候補は、あいつへの愛ゆえにお互いの足を引っ張り合い、裏では何度か暗殺未遂もあったらしい。だが証拠がないので候補から外すわけにもいかず、しかも自分で三人を選んだ手前無下にも出来ず、オークハルトは頭を抱えていたようだ。……だからあいつは学園に入学した途端、平民上がりで教養もない男爵令嬢に堕ちたのかもしれない。

けれど、今回のオークハルトの婚約者候補であるココは私の正妃を狙っているし、ベルガ嬢は今のところなんの行動も起こしていない。オークハルトにアピールをしているのはクライスト嬢だけなので、とても平和そうだ。クライスト嬢はココにも好意を向けているようだし。

そんなココとクライスト嬢を婚約者候補に持つ私のほうも、今回は穏やかだ。

そして何やらワグナー嬢も、変わろうとしているらしい。

前回の彼女は正妃の座を強く欲するも、私に会えば失神を繰り返すばかりで体調が悪く、遠くから見かけた時も蒼褪《あおざ》めた顔ばかりしていた。上手くいかない焦りからか周囲とぶつかることも多く、バトラス嬢とクライスト嬢とは犬猿の仲だった。

だが今回のワグナー嬢は、フォルトの報告によると王宮の温室で何度もココとお茶会を繰り返しているらしい。たまにオークハルトも顔を出すのだとか。

オークハルトがココに近付くことにはどうしようもなく苛々《いらいら》するが、どうせ数年後にはあの男爵令嬢と恋に落ちるのだ。今はココに真実の愛だなどと世迷い言を言っていても……。

彼女たちがお茶会をした翌日には決まってワグナー嬢から面会要求があり、ヴェールやらサングラスをかけて対面しては失神するので、お茶会で三人がどのような会話をしているのか簡単に想像がついてしまう。心優しいココと、……あの正義感の塊のようなオークハルトのことだから。

ココの優しさは素直に嬉《うれ》しい。私と向き合おうとしてくれるワグナー嬢には心から感謝する。

けれど、どうしても——……前世から抱えるオークハルトへの苦々しい気持ちを、私は消化することが出来ずにいた。

私は王宮の図書館に通い、『黄金のクロス』が見つかったとされる教会を特定するために、教会関連の本を読み進めていた。図書館の蔵書で見つからなければ、次は民間伝承も調べなければならないだろう。……その時は、クライスト嬢に協力を求めなければならないかもしれない。

今日も芳しい成果はなく、フォルトと共に庭園を通って離宮に戻ろうとすると、突然、甲高い女性の声が聞こえてきた。

「ブロッサム侯爵家の調査書はたったのこれだけなの⁉　ちっとも役立つ情報がないじゃないっ‼　この役立たずがっ‼」

ヒステリックなその叫び声だけで、女性の正体がすぐに分かった。シャリオット王国正妃・マリージュエル——我が母上だ。

心配そうにこちらを見つめてくるフォルトに、人差し指を唇に当てて静かにするよう合図する。私は近くの茂みに入り、庭園の奥を覗《のぞ》き込んだ。

季節の花々を楽しめるようにと建てられた白いガゼボに、数人の従者に傅《かしず》かれている母上の姿があった。

藍色に輝く髪を纏《まと》め、青い口紅と青いアイシャドーばかりを愛用する母上は、禍々《まがまが》しい毒花のようだ。顔の作りこそ整っているが、いつも不機嫌で具合が悪そうに見える。母上の肌が異常に青白く見えるのは、独特の化粧のせいなのか、体調のせいなのか、いつも判断が出来なかった。

「一体何故あの色男の侯爵は、自分の娘をあの不細工に差し出そうとしているわけ⁉　今まで王家の権力など見向きもしなかったじゃないっ‼」

「ブロッサム侯爵の動向はこれからも引き続き調査いたします。ですが今のところ、彼の魂胆は分かりません。元々彼は中立派で、領地経営も安定しており、社交界でもその美貌以外特に目立った点はなく……」

「煩《うるさ》いわね、この役立たず‼　何がこれからも引き続き調査よ⁉　そんなことは当たり前でしょ‼　今の時点で侯爵の狙いに目星もつけられないような無能が、何をベラベラと言い訳しているのよっ!!!」

母上は従者を畳んだままの扇で殴打する。地面に頽《くずお》れた従者はそのまま頭を下げると、「大変申し訳ありません……」と苦しそうに答えた。

「それで、噂のココレットはどうなのよ？　ルナマリアやミスティアのように、私にとって使い勝手のいい駒になりそうなの？」

母上の問いかけに、今度は別の従者がココの身辺調査の結果について話し始める。ココの妃教育の成績、教師や使用人からの評価、その他にもココが過去に教会で行った慈善活動など。よくそれだけの情報を集められたものだ。

「……ふ～ん。心のお優しい馬鹿か、特大の猫を被る悪女か、判断がつかないわね。娘のほうも引き続き調査を続けてちょうだい」

「畏《かしこ》まりました、マリージュエル様」

「あ～あ。それにしてもあの化け物、この私に面倒なことをさせて……」

化け物、と母上が私を呼ぶ。

「婚約者候補は全員、私の駒で固められれば楽だったのに。大方、その娘に笑いかけられてコロッと堕ちてしまったのでしょう？　これだから女に免疫のない不細工はダメなのよぉ。お陰でこの私が一から調べ直しよ。化け物のくせに手間をかけさせやがって!!」

舌打ちしながら母上の呪詛《じゅそ》が続く。

「単なる馬鹿な娘なら、私の駒にしてやってもいいわ。不細工にさえ媚《こび》を売れる胆《きも》の据わった娘なら、私の駒になる場合は可愛がってあげる。そうではないのなら……、容赦はしないわっ!!!」

青く染まった唇からヒステリックな声を出す母上に、私はゆっくりと背を向ける。恐怖に震えているフォルトを促し、その場から離れた。

ココを守らなければ。

母上は苛烈な言動やその残虐性で評価が覆ることなどないほどに有能な人物だ。それが理由で父は母上を正妃に選んだのだから。

そんな母上からココを守らなければならない。母上に利用されないように、悪意の標的にもされないように。

ふいに私の脳裏に、焦げ茶色の髪をした青年の姿が蘇る。彼の鋭い眼差し、粗野な振舞い、荒々しい言動、そしてあの腕っぷしの強さ――……。

前回の人生で出会えた彼ならば、ココを守ることが出来るだろうか？

あぁ、ココ、今あなたに無性に会いたい。あなたやブロッサム侯爵が望むのなら、私の権力だろうと、富だろうと、この命だろうと、なんだって差し出せる。シャリオット王国を崩壊させたっていい。――どうせ前回の私は、それをやろうとした罪人なのだ。

ココに会えない時間は、一秒だって長過ぎる。

▽

わたしは今、とてつもなく暇である。やることが何もないのだ。

ドワーフィスター様の助手になってから、初のワグナー公爵家への訪問日。魔法のお手伝いとはどんなことをするのかとワクワクしながらやって来たのに、本当にやることがない。

ただドワーフィスター様の部屋で、彼が机に向かって何か書き物をしているのを延々と眺め、たまに紅茶を淹《い》れるくらいだ。

彼は一体なんのためにわたしを助手にしたのかしら？　もしかしたら、わたしに一目惚《ぼ》れの線もあるわね。わたしが男だったら、絶対にわたしに一目惚れしているもの。そんなくだらないことを考えてしまうくらいに暇だ。

わたしは暇潰しに、本棚に並んだ本のタイトルを端から順に読むことにした。壁一面に造りつけられた本棚はかなりの収納量だ。その三分の二が宰相教育に使う本で、残りが魔法関連の本らしい。王宮の図書館にも、これほどの数の魔法の本はないわね。集めるのはきっと大変だったでしょう。

「アンタは魔法に興味があるのか？」

本棚を見ていたわたしに、急にドワーフィスター様が問いかけてきた。思わず肩が跳ねる。

「最初に会った日に、僕の部屋の前で騒いでいただろう？　魔法が見たいと」

「そ、そうですね……。興味というか、憧れがありますわ」

かつて愛した推したちが魔法を使う場面を思い出しながら、わたしは恍惚《こうこつ》とした表情で頷いた。

イケメンと魔法って本当に絵になるわよね。きっとエル様にも魔法が似合うわ。神々《こうごう》しい聖魔法なんてピッタリよ。うふふ♡

「……ふ～ん。アンタも変わってんな」

ドワーフィスター様は机の上に高く積み上げられた本の中から一冊取り出すと、その本をわたしに突き出した。

「これでも読んでれば？　初歩的な内容だから、猿にだって理解出来るだろ」

「はぁ」

渡された本はかなりの年代物らしく、紅色の革表紙がかなりくたびれていた。

「ありがたくお借りしますわ、ドワーフィスター様」

「ああ。汚すなよ」

「はい」

この世界の魔法は、描いた魔法陣に魔力を込めて発動させるタイプらしい。魔法陣は数式のように簡単なものもあれば、曼荼羅《まんだら》のように複雑怪奇なものまであるようだ。

「アンタもやってみるか？」

「え？」

「ほら、紙とペンを貸してやる。簡単な火起こしの魔法陣を描いてみろ。手本は六頁《ページ》だ」

ドワーフィスター様から道具一式を渡されて、わたしは困惑の声をあげる。

「でも、わたし、自分に魔力があるかどうかも分かりませんわ」

「試して出来なければ魔力がないってことだろ」

それはそうなんだけれど。かなり適当ね……。

「僕はそうやって試してみて、実際に魔法が使えたから、今もこうして独学で続けているんだ」

「そうなんですの？」

「ああ。アンタもやるだけやってみろ」

言われるがままに手本通りの魔法陣を描く。そして完成した魔法陣に手のひらを当て、なんとなく力を込めるイメージで――。……火も、何も、起こらない。

「フッ。アンタ、才能がないな」

分かっていたこととは言え、実際に魔法が使えないと結構へこむ。ドワーフィスター様の容赦ない言葉にもへこむ……、どころか若干腹が立つ。

恨みがましい気持ちで顔をあげれば、ドワーフィスター様は明るい笑みを浮かべていた。

「ほら、見ていろ」

ドワーフィスター様はわたしが描いた魔法陣に片手を翳《かざ》し、あっという間に火を起こした。空中に小さな火が浮かぶ。ドワーフィスター様の瞳と同じ色だ。

「すごく綺麗《きれい》……」

思わずこぼしてしまった言葉に、ドワーフィスター様は笑みをさらに深めた。

きっとこの世界の普通の令嬢なら、ここでドワーフィスター様に恋に落ちてしまうのだろう。わたしは彼の子供らしい無垢《むく》な笑顔に和《なご》んだだけだけれど。

「ところで、ドワーフィスター様は今、何を書いていらっしゃるのですか？」

「既存の魔法陣を組み合わせて、『不細工を見ても平気になる魔法陣』を作ろうとしているんだ。普通の魔法使いなら師匠から教われば済むことなのだろうが、僕の場合は独学だからな。本で手に入る程度の魔法陣を反発させないように組み合わせて、それらしい魔法陣を新たに作るしかないんだ」

「独学で新しい魔法陣が作れるだなんて、ドワーフィスター様は本当に才能があるのですね」

純粋にすごいと思って伝えると、ドワーフィスター様は魔法との出会いを語り始めた。

「僕が魔法に出会ったのはこの本のお陰だ。父に連れて行ってもらった古本屋で見つけたんだ」

彼が指差したのは、わたしに貸してくださった紅色の革表紙の本だった。

次期宰相教育の一環として市井《しせい》の様子を見に連れて行ってもらった時に、古本屋に立ち寄ったらしい。父親に古本の流通について教えてもらいながら彼が店内を見て回っていると、一冊の本に妙に惹かれてしまう。手に取って見ると、それは今まで彼が触れたことのない知識——魔法だった。

「こんな分野があるのかって、僕は純粋に驚いたんだ」

ドワーフィスター様は元々勉強が好きだったそうだ。だから父親に言われるがまま宰相教育を受

けるのも嫌ではなかった。このまま次期宰相になることに、なんの疑問も持たなかった。

けれど、そんな時に出会ってしまった魔法という分野に、彼はすぐに魅了されてしまったらしい。

「アンタみたいに魔力がなければ、すぐに諦められたんだろう。けれど僕には魔力があって、魔法を使うことが出来た。もっともっと魔法が学びたいと、のめり込んでしまっても仕方がないだろ？」

宰相教育は今でも受けているが、社交や慈善活動などの時間をどんどん減らし、魔法の勉強にあてた。その結果、ほぼ引きこもり状態になってしまったらしい。

「両親やティアには悪いと思っている。けれど僕はもっと魔法が知りたい。魔法を学びたいんだ」

ドワーフィスター様は苦しげに言う。

「ティアには過激なところがあるが、兄想いの可愛い妹だ。僕がもし宰相を継がなくてもワグナー公爵家が傾かないように、次期国王の正妃になろうと必死に頑張っているんだ。……ティアを苦しめていると分かっているのに、僕はいずれこの家を出て、師匠になってくれる魔法使いを見つけたいと夢見てしまう。僕はそんなどうしようもない兄なんだ」

ミスティア様の『エル様の正妃になる宣言』は、そういった理由からだったのね……。

「でも、勿体《もったい》ないですわね。次期宰相の座を捨てるのは」

「……分かってる。次期宰相の価値くらい。だけれど、僕は魔法が……」

「いえ、そうではなくて。宰相って、魔法に関する国家プロジェクトだって提案出来る役職じゃないですか」

「は……？」

「ドワーフィスター様の師匠になってくれる魔法使いを当てもなく探すより、たとえば王宮のお抱えとして魔法使いや魔女を募集してみては？　福利厚生バッチリのホワイトな王宮魔法師団でも作れば、向こうから現れるんじゃないですか？」

やっぱり宮廷魔法使いとか、前世ではベタな設定よねぇ。

「王宮魔法師団には魔法研究や次世代教育に取り組んでもらって、数十年、数百年後には『シャリオット魔法王国』なんて呼ばれる。そんな下地作りが出来そうじゃないですか、宰相って」

「……王宮魔法師団……、魔法王国……っ！」

「独学でここまで魔法を扱えるようになった努力家のドワーフィスター様なら、きっと宰相業務の傍《かたわ》らでも本物の魔法使いから指導を受けて、偉大な魔法使いになれるのではないでしょうか？」

「で、出来るだろうか……。僕にそんなことが」

「今から宰相教育を完璧に学んで、社交界でどんどんご自分の味方を作って、宰相になった時に有利になる環境を作り上げればいいじゃないですか。ドワーフィスター様はせっかく地位も権力もあるのですから、ご自分の武器を有効活用すればいいですよ」

自分の武器は最大限に磨いて活用する。それが絶世の美少女侯爵令嬢に転生したわたしの信条である。地位も権力も美貌も、使わなくてどうするの！

啞然《あぜん》とした様子で話を聞いていたドワーフィスター様だったが、突然おなかを抱えて笑い出した。

「あっ、ははははっ‼　ココレット・ブロッサム、アンタ、スケールのデカイ女だな‼」

ドワーフィスター様は涙を零しながら笑い、拭いながらもまた笑う。

「本当だ‼　せっかくの宰相の座を諦めるだなんて勿体ない‼　僕は馬鹿か、アハハハハ‼」

あまりに大きな声で笑ったせいで、扉を激しくノックされた。ミスティア様が「フィス兄さまっ、どうなさったの⁉　ついに御乱心ですか⁉　笑い声が煩いですわよ‼」と喚《わめ》いている。

ドワーフィスター様は扉を開けると、驚いた顔をしているミスティア様に宣言した。

「ティア、僕は決めた。この国初の魔法宰相になってやる!!!」

「ハッ、ハァァッ⁉　急に何をおっしゃっているのです、この大馬鹿者は⁉」

「だから僕は魔法宰相に……」

「今まで一族全員を心配させておいて、何を爽《さわ》やかな顔をしていらっしゃるのですか、この馬鹿兄さまっ!!!」

その日はそのまま、ドワーフィスター様とミスティア様の兄妹喧嘩《げんか》が勃発したのだけれど。

ワグナー兄妹は本当にお互いよく似たツンデレで、まるで子猫のじゃれ合いのようだった。


帰りの馬車へ乗り込もうとすると、ミスティア様がわたしにこっそりと耳打ちした。

「よく分からないけれど……、兄の心境の変化はあなたのお陰なのでしょう、ココレット様？　……あの、その、……感謝いたしますわ」

そう言って照れたように笑うミスティア様が、本当にほんとうに可愛かった。

わたしは意気揚々と帰宅した。

▽

「アンタは本当に必要ないのか？　不細工相手でも直視出来るようになる眼鏡は」

ドワーフィスター様が魔法陣を組み直しながら、わたしに尋ねた。けれどその質問に答えたのは、隣のソファーに腰掛けているミスティア様だった。

「何度もお伝えしておりますけれど、ココレット様には必要ございませんのよ、フィス兄さま。彼女はラファエル殿下と仲睦まじいそうですから」

「そうなのか？　アンタ、よっぽど視力が悪いのか？」

「フィス兄さま、平均視力が四・八の我がワグナー公爵家に比べれば、下々の者たちの視力など総じてお悪いのですわよ」

「ふーん。そうなのか」

ドワーフィスター様が魔法宰相になると発言してから、わたしが助手に訪れるとミスティア様も同席されるようになった。それと同時に、彼女は『ラファエル殿下の正妃になる』という目標を口にしなくなった。ドワーフィスター様が宰相を目指す限り、ワグナー公爵家は安泰だからだろう。無理をしなくても良くなったのだ。

だがしかし、エル様とご挨拶することを諦めたわけでも、妃教育を疎《おろそ》かにするわけでもなかった。ミスティア様は本当に王家への忠誠心が強かったのである。

「フィス兄さまがココレット様を気に入っても無駄ですからね。ココレット様はラファエル殿下のご寵愛《ちょうあい》を一身に受けていらっしゃるの。わたくしはお二人に臣下として尽くすつもりですわよ。シャリオット王家と下々の者たちのために」

「……僕は別に、ココレット・ブロッサムに対して妙な気持ちはない」

ドワーフィスター様は拗《す》ねたように唇を尖《とが》らせた。反対にミスティア様はとても機嫌が良さそうだ。

「だから早く眼鏡を完成させてくださいませ、フィス兄さま！　わたくしは臣下としてラファエル殿下にご挨拶しなければならないのですからっ！」

「はいはい、分かったよ」

面倒くさそうに頷きながらも、ドワーフィスター様は手を止めない。

ヴェールなどの実験で、老眼鏡が一番マシだったとミスティア様がおっしゃっていた影響で、ドワーフィスター様は眼鏡型の魔道具を作ることにしたらしい。

「この魔法の本に載っている、『物を見えなくする魔法陣』を応用して、不細工の顔だけを見えづらくする魔法陣を作るんだ。相手の表情まで見えなくなると困るから、かなり微調整が必要だけれど」

ドワーフィスター様の説明を聞きながら、わたしは魔法の本を覗き込む。

「それにしても不思議ですわね。魔法使いの数は少ないのに、魔法の本がたくさんあるなんて」

「あぁ。あまり一般的な話じゃないが、『喪失期』以前には、魔法使いや魔女や聖女といった、魔力持ちの人間が多く存在していたんだ。魔法の本に書かれている魔法陣の九割がその頃に発明されたもので、今は数少なくなった魔法使いたちがその知識を大事に継承しているんだ」

「ドワーフィスター様、『喪失期』とは、なんでしょうか？」

「侯爵家は知らないのか？　王家や公爵家は必ず学ぶんだが。この大陸で最大の謎と言われている歴史上の空白期間のことさ。一部の学者が研究しているが、まだ何も解明されていないんだ」

『喪失期』とは、わたしたちが生きている時代以前の歴史の記録がぽっかりと失われていることから名付けられたらしい。『喪失期』以前にも人類は存在していたとされており、人類誕生は『喪失期』よりもずっと前なんだとか。前世の紀元前みたいなものかしらね？

『喪失期』の記録がまったく残っていない理由は謎だそうだ。ただ、かつて大陸で暮らしていた〝森の民〟という種族が残した手記に、世界の秩序が一度崩壊したことが書き記されていたらしい。秩序の崩壊により、人類は絶滅寸前まで追いやられてしまったのだと。この手記もすでに失われているが、大陸各地に『喪失期』に関連する逸話が残っているそうだ。

「『喪失期』の前には、世界は二つに分かれていたらしい。一つには人間たちが治める国があり、もう一つにはマリューオーと呼ばれる王が統治する国があった。マリューオー様は絶大な力と多くの配下を持っていた。その力を使い、人間の国の美しい女性たちをどんどん攫《さら》っていったそうだ」

え⁉︎　待って⁉︎　なんだかとっても既視感のある話なんですけれど⁉︎

「美しい女性をこれ以上奪われたくなかった人間たちは、ユーシャという名の男にマリューオー様を討伐する使命を与えた。当時の世界には、魔法使いや聖女たちがたくさんいて、その中でも特に優れた者たちをユーシャの供につけたらしい。ユーシャたちはマリューオー様の国へ行き、次々にその配下を倒していった。マリューオー様はユーシャに怒りを向けたわけだ」

わたしはそこからのドワーフィスター様の説明を、涙なしに聞くことは出来なかった。

『許さん、許さんぞ、ユーシャよ‼　我らの美しさを理解せず、四天王のオークを‼　ゴブリンを‼　ドワーフを‼　半魚人を‼　こんなふうに痛めつけたと言うのかぁぁあああ‼』

『化け物がなんと言おうと知ったことか！　マリューオーよ！　美しき乙女たちの仇《かたき》を討つ！　この俺が貴様もここで成敗してくれる！』

『我に勝てると思うな、人間よっ‼　美女にモテよって憎らしい‼　お前たちを呪ってやる‼』

『行くぞ、マリューオー！　大人しく死ねぇぇぇ‼』

『我の最大の魔力を込めて――……魔竜王最終奥義・美醜逆転《イケメン滅びろ》の呪い‼』

ドワーフィスター様は一人芝居を終えると、また淡々とした口調で話し出す。

「……こうしてマリューオー様の最終奥儀により、世界は一瞬にして白い光に包まれた。ユーシャたちはその光に破れ、世界の秩序は一度崩壊して生まれ変わったんだとか。だが、崩壊した世界の秩序がどんなものだったのか、まだ解明されていないんだ。歴史って奥が深くて面白いよな」

全然面白くないです、ドワーフィスター様……っ‼

ドワーフィスター様が語った内容は主観や客観が入り混じっていて、善悪もごちゃごちゃしていて分からないところが多々あるのだけれど。とにかく一番重要なのは、この世界は魔竜王の呪いによって美醜の価値観が変更されてしまったということね……っ⁉

ずっとこの世界の美醜の基準が謎だったけれど、ようやく答えが見つかってしまった。

どおりで美しい女性はそのまま美人扱いで、オーク顔やドワーフ顔がイケメン扱いなわけだわ。

ここは勇者が敗北し、魔竜王の呪いによってモンスター側に都合のいい美醜の基準が生まれてしまった世界なのだから。なんという悲劇なの……。

「あのっ、ドワーフィスター様!! 魔竜王様はまだ生きていらっしゃいますか⁉ 魔竜王様の呪いの発生源は特定されていますか⁉ 森の民に是が非でもお話を伺いたいのですが⁉」

わたしが鬼気《きき》迫る様子で詰めよれば、ドワーフィスター様はたじろぎながらも絶望を告げた。

「マリューオー様はすでに亡くなっている。何せ『喪失期』の話だからな。決戦があった場所も残念ながらまだ特定されていない。森の民も大昔にこの大陸から海を渡って去っているが……」

「ガッデム!!!」

「おいアンタ、大丈夫か……?」

「ココレット様っ！ お気を確かに！」

あまりのショックに眩暈《めまい》を起こしたわたしを、ワグナー兄妹が慌てて支えてくれた。

わたしは二人に介抱されながら、思った。

男性よりも女性のほうが不細工に対する嫌悪感が強いのも、呪いのせいなのだろう。逆にオーク様が不細工に対して嫌悪感がないのは、呪いの影響を受けづらい体質とかなのかも……、と。

わたしがこの世界の真実に打ちのめされて茫然《ぼうぜん》自失となっていた数週間で、眼鏡型魔道具が完成した。名付けて『薄霞眼鏡《うすがすみめがね》』である。

不細工のみに反応して、相手の顔が薄く霞《かす》んで見えるのだそうだ。相手の口元の動きなどは見えるので、その表情を察することも出来る。

「どうです？　わたくしに似合うかしら？」

艶々《つやつや》黒髪の縦ロールに、紅色のキラキラした瞳、目元のホクロ。十一歳とは思えないほど妖艶な雰囲気のミスティア様が、薄霞眼鏡をかけて照れたように微笑む。とってもエロ可愛いわ！

「完璧にお似合いですわ、ミスティア様！」

「ふふん！　そうでしょうとも」

ミスティア様は胸を反らして頷くと、次にドワーフィスター様へ振り返った。

彼女は頬を赤らめながら、澄ましたように言う。

「……フィス兄さま。ご協力いただき、誠に感謝しておりますわ」

「ティア……」

ドワーフィスター様も照れ臭そうにしつつ、澄まし顔で答える。

「僕のほうこそ、ティアには感謝している。……今まで心配をかけてすまなかったな」

「本当にその通りですわよ、馬鹿兄さま！」

ミスティア様はとても幸せそうな表情をしていた。

▽

護衛の騎士と共に廊下を進みながら、私は思考を巡らせる。

王宮の図書館にある教会関連の本はすべて目を通した。だが残念ながら、『黄金のクロス』が見つかった教会の情報はなかった。

やはり、ここから先はクライスト嬢に協力を求めよう。たとえ本から情報が抹消されたとしても、人の記憶の中には残っているかもしれない。クライスト筆頭公爵家の力をもってしても情報が得られない場合は、もうどうしようもないかもしれないが……。

母上の動向についてはフォルトに調べさせているが、今のところ動きはないようだ。母上が今後ココに対してどんな行動を起こそうとも、ココを利用させはしないし、排除することも許さない。

前回の人生で、私は一度たりとも母上と向き合わなかった。母上に愛されたかったのは幼少期まででで、それ以降は母上から目を逸らして生きてきた。

だれど今回は違う。ココのためならば、私は母上とだって戦ってみせる。

「ラファエル王太子殿下のご到着です！」

目的の部屋に到着し、騎士が扉を開けた。室内には私の愛しいココと、オークハルト、ワグナー嬢、そして、どこかで見かけたことのある気がする黒髪の美少年がいた。

魅惑的な紅色の瞳に眼鏡をかけた美少年を、私はじっと見つめる。

……もしやこの美少年は……。あのドワーフィスター・ワグナーなのでは……？

私の脳裏に、前回の人生で見かけた彼の姿が断片的に蘇り――……。

「エル様！」

ココの声にハッとして、私は彼女に視線を向けた。

「さぁ、エル様。ミスティア様がご挨拶をしたいそうですよ！」

「え……？」

促されてそちらを見れば、初めて見る眼鏡姿のワグナー嬢が、私に顔を向けていた。

ワグナー嬢は失神せず、顔色も良く、しっかりと意識を保っているようだ。あまりに予想外のことで私はポカンと口を開けてしまうが、ワグナー嬢は気にせずカーテシーをする。

「ラファエル殿下、長々とご挨拶出来ず大変申し訳ありませんでした。わたくし、ワグナー公爵家のミスティアです。ラファエル殿下の婚約者候補にお選びいただけたこと、臣下として大変誉《ほま》れであります。誠心誠意、あなた様に尽くさせていただきますわ！」

悲鳴以外の彼女の声を聞いたことがあっただろうか。二度の人生で一回もないだろう。

「エル様っ」

ココが私の腕をつついてくれてようやく、我に返る。

「あ、ああ。……ラファエル・シャリオットです。よろしく」

慌てて答える声が、どこかぼんやりとした響きになった。

「うふふ。エル様、ミスティア様にとても驚いていらっしゃる？」

「……うん。これはどういうことなのかな、ココ」

「実はミスティア様のお兄様にご協力していただいたんです！」

今度は黒髪の美少年が私の前に進み出て、臣下の礼を取った。

「お初にお目にかかります、ラファエル殿下。僕はミスティアの兄、ドワーフィスター・ワグナーです。どうぞお見知りおきを」

やはり彼だ。あのドワーフィスター・ワグナーだ。

オークハルトが「兄君、立ち話はやめてお茶にしよう！」と楽しそうに場を仕切る声を聞きながら、私は前回のワグナー殿の記憶を掘り返してしまった。


前回のワグナー殿を、私は直接知っているわけではなかった。だが彼の情報は自然と見聞きした。何故なら彼は例の男爵令嬢に侍《はべ》る男たちの一人として、学園で目立っていたからである。

ワグナー殿が学園に入学するまでの経歴は謎に包まれている。次期宰相として名前ばかり噂されていたが、どのようなお茶会にも顔を出さず、社交は得意ではないようだった。

公爵閣下は「息子は病弱で、なかなか外出が出来ないのだ」と言っていた。きっと成長するにつれて体調が良くなったのだろう。学園では健康そうな姿を見せていた。

ワグナー殿は次期宰相として期待をかけられていたが、成績のほうは伸び悩んでいたらしい。

そんな時にレイモンドが三学年下に入学し、あっさりと全学年一位の座を取っていった。それからワグナー殿は酷く荒れたそうだ。ワグナー殿の成績はさらに落ちていき、校内でレイモンドと遭遇すれば彼に罵声を浴びせる。そんな下品な男に成り下がっていった。

そんな頃、私はピア・アボット男爵令嬢と語り合うワグナー殿を見かけた。

「僕は別にワグナー公爵家に生まれたくて生まれたんじゃない！」

二人は校舎の外れにあるベンチで寄り添うようにして座っていた。

たまたまそこへ通りかかった私は、オークハルトの愛する恋人が他の男と二人きりで親密そうにしている様子が可笑しくて、悪趣味にも隠れて二人を観察してしまった。

このまま二人が抱き合ったり、口付けを交わすところでも見られないだろうか。オークハルトのいう『真実の愛』とやらが粉々に砕け散る瞬間が見られたら楽しいだろうに。

「宰相になりたいわけでもないのに、幼い頃からずっと勝手な期待をかけられて……！　僕が本当になりたいのは、そんなものじゃないんだ……っ！」

「フィス様！　わたし、フィス様のおつらいお気持ちがよく分かります！」

「……ピア」

「フィス様はなりたい自分になっていいんです。宰相になりたくなければ、ならなくてもいいんです。ご自分の心を偽らないでください。わたしはありのままのフィス様が一番素敵だと思いますっ！」

「ピア、アンタはなんて心優しい女性なんだろう……」

熱心に見つめ合う二人のあまりに馬鹿馬鹿しい会話に、私は溜息を堪えた。

何がワグナー公爵家に生まれたくなかった、だ。

何が宰相になりたくない、期待が重い、だ。

だったら初めから、他に譲ればいいじゃないか。

宰相は世襲制ではない。彼が落ちぶれれば、別の優秀な人材がその座に就くだろう。それはワグナー公爵家の分家かもしれないし、まったく違う家の人間かもしれない。

代わりの利かない存在など、この世にありはしないんだ。王太子の私ですら、スペアのオークハルトが控えているのだから。

私は白々しい気持ちになり、その後の二人の様子を確認することもなくその場を離れた。

学園卒業と同時にワグナー殿は失踪した。その後の彼については知りもしないし、興味もない。

ワグナー公爵家は結局ワグナー嬢が婿を取って女公爵となった。だが、長年宰相を輩出し続けたワグナー公爵家はついにその地位を他家に譲り渡すはめになり、今までの影響力を失って衰退した。

せめてワグナー嬢が私の妃になれれば、その影響力を失わずに済んだのかもしれないが、それは結局もしもの話である。私でさえ彼女と夫婦生活を送れるとは最初から考えていなかったのだから。


「魔法使い……、魔道具……？」

私の呆然《ぼうぜん》とした声に、隣の席のココがにこやかに笑い、正面の席に座るワグナー殿は誇らしげに胸を反らした。

「僕は以前から独学で魔法を勉強しております。この『薄霞眼鏡』も魔道具でして。妹がラファエル殿下を見ても問題ないように作りました」

えらく説明を省かれた気がするが、要は私のような不細工の顔が見えづらくなるということだろう。

「これはすごいな！　量産出来れば、不細工な兄君を見て倒れる侍女も減るんじゃないか⁉　根本的な解決には全くならんが、気休めとしては十分じゃないか！」

相変わらず思ったことがそのまま口に出るオークハルトである。本人は良かれと思って言っているのだろうが、一言多かった。

「ラファエル殿下、どうかこれから話す内容を笑わずに聞いていただきたい」

姿勢を正し、ワグナー殿が私をまっすぐに見つめる。彼の表情は晴れやかで、前回の人生とはまるで違っていた。

「僕はシャリオット王国初の魔法宰相になるつもりです」

「魔法宰相、とは？」

「魔法はきっと、この国や民の役に立つはずです。私はこの国に魔法使いを誘致し、国に仕えるたくさんの魔法使いを育てていきたいのです。そして、ゆくゆくはこの国を『魔法王国』と呼ばれるような国にしたい」

確かに魔法は発展不足の分野である。魔法を国や民に役立てるというのは面白い話かもしれない。だが前例のない話だ。法整備も一からしていかなければならない。至難の道だろう。

「それは、この先何十年、何百年もかかるような壮大な計画のようですが。その困難を理解していますか、ワグナー殿？」

「はい。僕の代では終わらないどころか、その芽すら出ないかもしれません。けれど始まりがなければ、魔法分野はこのまま衰退していくだけでしょう」

彼の紅い瞳に、強い決心がきらめいている。

「あなたが僕の話を有用だと思ってくださるよう、何十年でも努力いたします。ラファエル殿下、……あなたの宰相として」

胸元に片手を当てて深く頭を下げる彼を見つめながら、小さく息を吐く。

「それは私が無事に国王の座に就き、あなたも無事に宰相になれた時に考えましょう」

前回の人生では、どちらもその席に就けなかった人間だ。今回だってどうなるかは分からない。

そう思って告げれば、ワグナー殿はゆっくりと顔を上げ、鮮やかに笑った。

「はい。今はそのお言葉だけで十分です」

ふと周囲に視線を向ければ、ココとオークハルトが嬉しげに私を見つめ、ワグナー嬢も顔を綻《ほころ》ばせながら兄を見つめていた。

「よかったですね、エル様」「よかったな、兄君」「よかったじゃない、フィス兄さま」と三人揃《そろ》って同じことを口にし、……そのことが可笑しくて私は笑ってしまった。

ココ、君がいる人生は予想外のことばかりで、とても賑《にぎ》やかだね。

▽

エル様とミスティア様の挨拶が無事に終了し、わたしはルンルン気分だ。エル様とオーク様はそれぞれ次の予定に向かわれ、わたしとワグナー兄妹は帰宅するために馬車乗り場へと向かう。

道中の話題はもちろん『薄霞眼鏡』についてだ。わたしたちは偉大な発明を称え合い、王宮に卸すための販売計画などを話し合う。勿論ブロッサム侯爵家にも優先的に卸してもらえるよう、お願いしておいた。これでレイモンドと侍女たちの問題も無事に解決するだろう。

「それにしても、ラファエル殿下は惜しい御方だな。少し会話をしただけで、あの御方の聡明《そうめい》さが伝わってきた。あれで見目さえ平凡程度であれば、国中の支持を得られただろうに」

ドワーフィスター様が心底残念そうに言った。どうやらエル様とお話しして、いろいろと思うところがあったらしい。

外見というものはとても重要だ。前世では見た目が九割だとか、第一印象が大事だとか聞いたことがある。人の内面の一番表面にあるのが外見だとも。自分好みの外見をしている相手なら話しかけて内面を知りたくなるが、嫌悪感を感じる相手には近付きたいとさえ思わない。

それは仕方のないことだ。わたしだって、モンスター系男子にはなかなか興味が湧かないし。

でも、相手の外見に囚われずに歩み寄ることも大事なのだと思う。一言話してみれば、わたしがオーク様やドワーフィスター様の良さを知ることが出来たように。この国の人たちも、エル様のような不細工扱いされている男性たちが、決して悪い存在ではないことに気付けるだろう。

「フィス兄さま、だからこそ『薄霞眼鏡』を量産して、全国民が持てるようにするのですわ！」

「いや。それは流石に無理だよ、ティア。現状、『薄霞眼鏡』を作れるのは僕しかいないからな。だが、ゆくゆくは量産出来るようにしたい。そのためにも、やはり王宮魔法師団を作らなければ」

「素敵なお考えですわ、ドワーフィスター様！　ぜひエル様のお力になってください！」

あまり深いことを考えずに提案した王宮魔法師団だったけれど、無事に発足して『薄霞眼鏡』が量産出来れば、エル様の境遇がかなり良くなるわね。提案した過去のわたし、とてもグッジョブ。

「だが、実際にラファエル殿下にお会いして、僕は少し疑問を感じた。あれほど素晴らしい内面をお持ちの御方なのに、『薄霞眼鏡』をかけなければ同じ空間にいることも御免被りたくなるほど生理的嫌悪が湧いてきてしまうのは、どうしてなのかと……」

「そう言われてみれば確かに不思議ですわね、フィス兄さま。ラファエル殿下とは正反対の『見目が良くて性格がとことん悪い御方』とお会いしても、わたくし、失神するほどの嫌悪感は湧いてきませんもの」

それ、魔竜王の呪いのせいなんですよ。説明しても伝わる気がしないけれど。

……いや、もしかすると、ドワーフィスター様に魔竜王の呪いに気付いてもらえれば、解除する方法を見つけてくれるかもしれないわね？　魔竜王の呪いが魔法であることは間違いないし。ドワーフィスター様が解除出来なくても、未来に発足する予定の王宮魔法師団が解決してくれるかもしれない。

わたしは急に目の前が明るくなったような気がした。

「まるで、エル様に呪いがかけられているみたいですわね」

わたしはさっそく、ドワーフィスター様にヒント（もはや答えそのもの）を与えることにした。

さぁ気付いて、ドワーフィスター様！　エル様たち不細工は、魔竜王の呪いの影響を受けているのです！　この呪いを解くとドワーフィスター様やオーク様たちが不細工扱いされる時代が訪れるかもしれないけれど、わたしだけはずっと友達ですからね！

「ハハハ、呪いか。まるでお伽噺《とぎばなし》のようだな」

「まぁ、ココレット様ったら。ロマンチストですわね」

ワグナー兄妹から夢見がち扱いされた。本当のことなのに……。

「だが、この世界はいつだって不思議に満ちているからな。不細工に対する強力な呪いがあってもおかしくないのかもしれない」

　最後にポツリとドワーフィスター様が呟《つぶや》いた。否定されなかっただけでも良しとしよう。

▽

　ワグナー公爵家の馬車が王宮を出ると、僕は深い溜息を吐いた。

「あら、フィス兄さま。失恋の溜息ですの？」

　向かいの席に座る妹のティアが楽しそうに小首を傾げた。

　ティアの顔には、僕が作った魔道具『薄霞眼鏡』がかけられている。僕が一人で学び続けた魔法が初めて誰かの役に立った証だ。心が満たされるのと同時に、照れ臭さを感じる。

「……別に。初めから恋なんかじゃないさ」

　──ココレット・ブロッサム侯爵令嬢。彼女は僕の狭い世界に突然現れた、僕の理解者だ。

　僕は幼い頃から勉強が好きだった。次期宰相になれと言われて与えられた大量の本、呼び集められた一流の教師たち、一日の殆《ほとん》どを勉強に費やしてもいい立場。それらは僕をとても幸福にした。

　もしも下位貴族に生まれていたら、こんなに整った環境で高度な教育を受けることは不可能だっただろう。僕はワグナー公爵家に生まれたことが誇らしかった。次期宰相でもなんでもなってやると思っていた。──魔法に出会うまでは。

　出会ってしまったが最後、次期宰相の勉強にはなんの役にも立たないその学問が、僕は楽しくて仕方がなかった。最初は睡眠時間を削り、次に社交の時間を減らし、最後には家族と関わる時間さえ捨てて魔法にのめり込んだ。

僕だって分かっていた。ティアや家族や使用人たちが心配してくれていることくらい。分かっていたのに、どうすることも出来なかった。

だって、魔法は僕にとって初恋に等しかったから。

『なんて素敵なの！　本物の魔法が見られるなんて！』

初めて聞いたココレット・ブロッサムの言葉はそれだった。扉越しに聞こえた彼女の声は感動に満ちていて、僕の心を揺らした。

今までだって別に、魔法そのものを否定されていたわけじゃない。家族だって、僕が部屋に引きこもっていることには困っていたけれど、魔法を学ぶのをやめろと言われたことはなかった。

でも、僕と同じ熱量で魔法の存在を喜ぶ人に出会えたのは初めてだった。

『ミスティア様、今の防御魔法をもう一度見たいです！　合鍵を貸してくださいませっ！』

彼女の次の言葉に確信を持って、僕は魔法を解除した。

開け放った扉の先にいたのが、まるで精霊のような美少女だったから流石に動揺したけれど。でも、ティアの言うような恋なんかじゃない。同じ価値観を持った同志に出会えた、その喜びだ。

ココレット・ブロッサムに魔力はなかったけれど、魔法について話す姿はとても楽しそうだった。

『光魔法や氷魔法だと、戦闘シーンが華やかで最高ですわ』『でも、暗い過去持ちキャラの闇魔法もやっぱり捨てがたいですわ。それで自分を救ってくれたヒロインを溺愛するのよ……！』『聖女ヒロインも王道で素敵です。聖魔法を使ってどんどん功績を上げて、攻略対象者たちからの愛情を一身に集めるんだわ……』など、大体何を言っているのか分からなかったが、うっとりとした表情で虚空を見つめる彼女は、魔法を心から愛していた。僕と同じように。

そんな彼女は、まるで神からの啓示のように僕へ言ったのだ。

宰相の地位を魔法のために利用しろ、と。

シャリオット王国に魔法使いを根付かせ、王宮魔法師団を作り、国の繁栄のために使え、と。

その助言を聞いた途端、自分の視野の狭さに気付いて笑ってしまった。

どちらか一方ではなく、両方の良いとこ取りをしたっていいじゃないか。次期宰相も魔法も、両方この手にしてしまえばいい。とことん強欲に。結果この国がさらに豊かになるのなら、悪いことなんて何もない。道のりは険しいだろうが。

「ココレット・ブロッサムは次期宰相の嫁になるような、スケールの小さい女なんかじゃない。この国で彼女を娶れるのは、次期国王くらいじゃないと無理さ」

「……ふふ、そうですわね」

ココレット・ブロッサムが不細工王太子の婚約者候補だとティアから聞いた時は驚いたが、……先程の面会でラファエル殿下にまっすぐ向き合い、彼を支えようとする彼女の姿を見た。そして納得した。彼女はただ美しいだけの令嬢ではない。国で最も醜い男にだって嫁いでみせるという覚悟を持った、愛国心の強い女性なのだ。

ああ、僕の同志ココレット・ブロッサムよ。僕の未来さえも鮮やかに導いてみせたアンタが、ラファエル殿下を次期国王として認め、正妃として支えると言うのなら。僕もあの御方に忠誠を誓おうじゃないか。シャリオット王国の輝かしい未来のために。

「まったく、とんでもないご令嬢だ」

「わたくしもココレット様のことは嫌いではありませんわ」

周囲の人間と揉《も》め事を起こしがちなティアが、珍しいことを言う。

「ああいった器の大きな御方が正妃になってくださったら、この国の未来は明るい気がしますもの」

「そうだな」

僕とティアは互いの顔を見て、穏やかに微笑み合った。

第五章 ★ 星月夜の宴 ★

最近、いいことが二つも起きた。

一つは『薄霞眼鏡《うすがすみめがね》』が我が家に導入され、大好評を得ていることだ。

「『薄霞眼鏡』のお陰で、ようやくお坊っちゃまの人となりを知ることが出来ました！　幼いながらも賢くて、次期ブロッサム侯爵として相応しい人格者です！」

生理的嫌悪でレイモンドに近付けなかった侍女たちが、レイモンドの性格を知り、彼を絶賛するようになった。

こうやってレイモンドの味方がどんどん増えていくと嬉《うれ》しいわ。魔竜王の呪いなんかに、人類は決して負けないわよ！

勿論《もちろん》レイモンドも嬉しそうで、笑顔がさらに増えた気がする。

「お義姉さまっ！　すごい魔道具を開発してくださり、ありがとうございます！」

「いえ、あの魔道具はわたしのお友達が製作してくださったのよ。わたしは特に何もしていないわ」

助手という名の話し相手しかしていないのでそう答えれば、レイモンドが首を横に振った。

「お義姉さまのお友達にも、勿論とても感謝していますっ。でも、僕のために購入してくださったのはお義姉さまですから！」

そう言って満面の笑顔で抱きついてくるレイモンドが、とーっても可愛い!! 『薄霞眼鏡』を貢《みつ》いで良かったわ!! わたし、イケメンの笑顔を守るためなら大抵のことは出来る!!!

そして、もう一つのいいことは、エル様から髪飾りをいただいたことである。

初めて我が家のお茶会にエル様をお招きした時に、わたしがうっかりエル様カラーの概念グッズを身に付けたいなどと口にしてしまったせいなのだが、プレゼントの箱を開けて驚いた。髪飾りは大粒のブルーサファイアと黄金で作られた豪奢《ごうしゃ》なデザインで、まだ十一歳のわたしにはあまりにも高価だった。

わたしはとても恐縮したが、エル様は長い前髪の奥で楽しそうに笑って、

「ココのために選べて本当に楽しかったよ。毎日でもココに贈り物をしたいくらいだ」

と、おっしゃった。エル様のこういうところは本当に王族よね……。

貰《もら》ったからにはフル活用しなければ勿体《もったい》ない、という前世庶民感覚で現在ヘビロテ中である。この髪飾りに合うような青系のドレスを持っていなかったので、いろいろ仕立ててみた。

衣装部屋に並べられた推《お》しカラーのドレスを眺め、わたしはニマニマしてしまう。『エル様の女』って感じがして、心が満たされるわ。前世でも推しカラーの小物や洋服を集めるタイプでしたからね、わたしは。

というわけで、サファイアの髪飾りと青を基調としたドレスを身にまとい、わたしは王宮へと向かった。

本日最初の授業はお茶の銘柄を当てる、いわば利き茶だ。お茶は産地や収穫時期の違いで味も色も匂いもかなり異なる。妃として客人をおもてなしするのに大事な知識だ。

授業はお茶会形式で行われることになっており、出されたお茶を飲んでは銘柄を答え、教師から正答やこの銘柄に合う淹《い》れ方やお茶菓子についての説明を受ける。――すると。

「授業中に失礼します。申し訳ありませんが、クライスト嬢と少々話をさせてください」

エル様が突然やって来て、教師にそう断りを入れた。

ルナマリア様に一体どんなご用かしら？

▽

ようやく休憩時間が取れたのでクライスト嬢の元を訪れると、妃教育の真っ最中だった。私は教師に断りを入れ、クライスト嬢を廊下へ呼び出して手短に用件を伝えようとした。

だが、ちょうどお茶会形式の授業だったこともあり、そのまま席へと誘導される。教師は次の茶菓を準備すると言うので、その間に彼女と話をさせてもらうことにした。

テーブルにはココとクライスト嬢、ワグナー嬢とベルガ嬢が着いている。……そういえば、私が婚約者候補全員とお茶会をするだなんて初めてのことだ。前回のワグナー嬢は言わずもがな、バトラス嬢など私との面会を悉《ことごと》くボイコットしていた。怒る気にもなれなかったけれど。

私は授業を中断させたことを皆に詫《わ》びてから、クライスト嬢に依頼をする。

「クライスト嬢、あなたの家の力を借りたいのですが、頼めますか？」

「……はい。どのような情報でも、ラファエル殿下に献上いたします」

クライスト筆頭公爵家。彼ら一族が『筆頭』まで上り詰めたのは、その情報力だ。

貴族の汚職から市井《しせい》の噂話《うわさばなし》、民間伝承など、幅広く豊富な情報を入手し、操作することで多大な利益を生み出してきた。クライスト筆頭公爵家の手の者は近隣諸国にも潜んでいると聞く。

彼らの力があれば『黄金のクロス』が発見された教会の特定も難しくはないだろう。

それにクライスト嬢は無類の聖女好きだから、教会関連の情報にも詳しいはずだ。彼女がココに好意を寄せているのは、そのせいもあるのだろう。

「王家と縁のあるペンダント、クロス、装飾品が発見されたことのある教会を探しています」

民間伝承は口承で伝えられることが多いゆえに、人々の間で語り継がれるうちに話がどんどん変化してしまうものだ。結末どころか、登場人物さえ変わることもある。『黄金のクロスのペンダント』とハッキリと言葉が残っているかも怪しいので、大まかなくくりで説明した。

クライスト嬢はアイスブルーの瞳を瞬かせ、無表情のまま頷《うなず》く。

「いくつか心当たりのある伝承や噂話がございます。情報をきちんと精査したのち、ラファエル殿下へご報告申し上げます」

「よろしくお願いいたします」

「承りました」

私とクライスト嬢の話が終わると、ココが話しかけてきた。

「エル様は教会に興味がおありなのですか？　もしよろしければ、来月に行われる星月夜の宴に参加されませんか？　わたしがいつも慈善活動に訪れている教会へ、お手伝いに行く予定なんです」

「星月夜の宴か。そういえば、もうそんな季節だったね」

毎年冬の始まりに開催される星月夜の宴は、一年の収穫に感謝して、これから始まる厳しい冬を無事に過ごせるように神へ祈りを捧《ささ》げる祭りのことだ。その日は各地の教会でバザーなどの催しが行われ、夕方にはミサが開かれることになっている。

「ミサへ参加することは出来ないけれど、昼間なら少し顔を出せるかもしれない」

フォルトに予定を確認してもらえば、時間を調整出来そうだった。

「なら、ぜひっ！　我が家では毎年手作りの焼き菓子をバザーに出品しているんです。とても楽しいのですよ。売上はすべて教会へ寄付するんです」

「へぇ。ブロッサム侯爵家の料理人の焼き菓子なら、とても人気だろうね」

「勿論料理人も作るのですが、わたしや父も手伝いますの。今年はレイモンドも一緒ですわ」

貴族が料理をするのも滅多にないことだが、家族総出というのはさらに珍しい。ブロッサム侯爵家はとても仲が良いのだな。

「それはとても楽しそうだね。じゃあ、愉快なブロッサム侯爵家の焼き菓子を目当てに、バザーへ顔を出しに行くよ」

「はいっ。エル様の分はちゃんとわたしが作りますわ！」

そんなココへ、ワグナー嬢が声をかける。

「ココレット様、わたくしも参加したいですわ！　バザーだけでなく、焼き菓子作りもやってみたいわ！　ブロッサム侯爵家にも一度行ってみたいもの！」

「そういえば一度もお誘いしておりませんでしたね」

「そうよ！　我がワグナー公爵家へ通いつめたくせに、ご自宅に招かないだなんて失礼だわ！」

「大変失礼いたしました。では後日詳細をお伝えいたしますね、ミスティア様」

「あの……！」

仲良くお喋《しゃべ》りをする二人へ、クライスト嬢が横から声をかけた。ちなみにベルガ嬢は我関せず、優雅にお茶を楽しんでいる。

クライスト嬢の顔は無表情でありながらも真っ赤で、精一杯の勇気を出した様子だった。

「わっ、私もっ、参加させていただけないでしょうか、ココレット様……っ!?」

「え、ルナマリア様？」

きょとんとした顔で首を傾げるココの愛らしい様子と、ぷるぷる震えるクライスト嬢の様子を見比べながら、私は予感する。また一つ、運命が変わっていくことを。

▽

星月夜の宴は、前世のクリスマスに似ている。日中はバザーで買い物をして、夕方からはミサに出席し、家に帰ってご馳走《ちそう》を食べる。平民にとってはそんな一日だ。

貴族にとっては慈善活動の意味合いが強い。教会へ寄付するのは勿論だけれど、我がブロッサム侯爵家では毎年、教会で開かれるバザーにブロッサム領の特産品を売る屋台を出店する。そこで手作りの焼き菓子を販売するのが恒例だ。

これが結構人気で、わたしや父や使用人総出で作るのだけれど、毎年たくさん作ってもすぐに売り切れてしまう。ミスティア様とルナマリア様の参加はとてもありがたかったりするのだ。

「ではお嬢様お坊ちゃま方、お菓子作りを始めましょう」

エプロンを身に付けたわたしとレイモンド、ルナマリア様、ミスティア様と、何故か一緒に来たドワーフィスター様へ、料理長がそう声をかけた。

本日作るのはパウンドケーキとクッキーである。材料はすでに計量済みなので、わたしたちは料理長の指示に従って混ぜたり型に入れたりするだけでいい。それでも貴族には物珍しい作業だろう。

「お菓子作りって懐かしいですっ。僕、母さんと一緒にクッキーを作ったことがあるんですよ」

レイモンドが楽しそうにわたしに話しかけてきた。

「とても素敵な思い出ね、レイモンド。今日のお菓子作りもうまく出来るといいわね」

「はい。頑張ります！」

微笑み合うわたしたち姉弟の元へ、ワグナー兄妹が近付いてきた。今日もお二人とも薄霞眼鏡をかけている。二人を見たレイモンドがハッとした様子で、彼らに声をかけた。

「あのっ！　ワグナー様が薄霞眼鏡を作ってくださったのだと、お義姉さまからお聞きしました！薄霞眼鏡のお陰で僕も侍女もとても快適に生活することが出来るようになりました。本当にありがとうございますっ！　魔法が使えるなんて、ワグナー様はとってもすごいですね！」

なんていい子なの……っ‼　我が義弟のあまりの可愛らしさに、わたしは胸を両手で押さえた。

レイモンドからの突然の賛辞に、ドワーフィスター様は真っ赤になり、ミスティア様も驚いたように目を丸くした。

「ふ、フンッ。礼儀ってものをちゃんと弁《わきま》えているじゃないか。……アンタ、名前は確かレイモンドだったな?」

「はい！　レイモンド・ブロッサムです」

「よし。アンタには特別に僕の愛称を呼ばせてやろう。フィス様と呼んでいい」

「ありがとうございますっ、フィス様！」

「おい、レイモンド、ティア、こっちへ来い。菓子作りとやらを始めようじゃないか」

「はいっ」

仲良く調理台へ向かうレイモンドとドワーフィスター様の背中を、ミスティア様が可笑しそうに見つめている。彼女はこっそりとわたしに耳打ちした。

「フィス兄さま、魔法を褒められてよほど嬉《うれ》しかったみたいですわ」

そして彼女は二人の後を追って、調理台へ向かった。

今日はレイモンドとお菓子作りが出来ると思って楽しみにしていたけれど、ドワーフィスター様に取られちゃったわね。でも、レイモンドも嬉しそうで何よりだわ。

「……では、ルナマリア様はわたしと一緒に作業いたしませんか?」

傍《そば》で静かに佇《たたず》んでいたルナマリア様へ、わたしは声をかける。彼女はゆっくりと頷いた。

レイモンドとドワーフィスター様、ミスティア様はパウンドケーキ作り。わたしとルナマリア様はクッキー作りをすることになった。まずはボウルで材料を混ぜていく。

一般的なやり方で作業を進めるわたしたちの隣で、ドワーフィスター様たちが風魔法を使って材料を混ぜ始めた。何それ、すごいわ。ハンドミキサーよね？

レイモンドと料理長が「すごいです、フィス様っ！」「これなら大量生産も夢じゃありませんね！」と、大興奮している。

短時間で生地を作っていくパウンドケーキチームに唖然《あぜん》としながらも、わたしとルナマリア様は地道にクッキー生地作りを続けた。

暫《しばら》くすると、厨房《ちゅうぼう》へ父がやって来る。父はまずドワーフィスター様へ、薄霞眼鏡のお礼を伝えた。

「ワグナー様のお陰で我が家は救われました。父として、侯爵として、心より感謝申し上げます」

深々と頭を下げる父に、レイモンドもワグナー兄妹も嬉し涙を浮かべていた。料理人たちも「旦那様……！」と感動の嵐である。流石《さすが》は人たらしの父だ。

何故かルナマリア様まで瞳を潤ませて、「ココレット様とブロッサム侯爵様は外見だけではなく、その清らかなお心もよく似ていらっしゃいますのね」と言ってくださった。

お礼の言葉を返しながらも、『外見だけではなく』という言葉が引っ掛かってしまうわたしである。

父は使用人からエプロンを受け取ると、クッキーチームに参加した。お陰で作業がサクサクと進み、ようやく型抜きだ。

一番綺麗《きれい》に焼けたハートをエル様に、二番目に綺麗に焼けたハートをレイモンドにあげたいわ。

わたしはそう目論《もくろ》んだが、ハートの型はすでに父の手の中にあった。

「一番綺麗に焼けたハートをココに、二番目に綺麗に焼けたハートをレイモンドにあげようね。私からの気持ちだよ」

「……まぁ、とても嬉しいですわ、お父様。ありがとうございます……」

わたしは父へどうにか笑顔を返したが、内心冷や汗をかいていた。オーク顔の父と外見が似ている気は全くしないけれど、少なくとも愛情表現は同じなのね……。

結局、わたしは花型を使うことにした。ルナマリア様は星型を選んだみたい。

暫くすると、レイモンドたちの作業が終わったらしく、こちらの手伝いにやってくる。クッキーの上にナッツやジャムを乗せるトッピング作業を担当してくれた。

料理長に薪《まき》オーブンの火加減をお任せし、わたしたちは無事にお菓子作りを終えた。

▽

星月夜の宴の当日、王都にたくさんある教会の内の一つへ、わたしはレイモンドと共に向かった。

教会前の広場ではすでにバザーの準備が進んでいる。新鮮な野菜や果物やその加工品を店先に並べている商人もいれば、手芸好きの奥様が手作りの小物を持ち寄っているお店もあった。

「お義姉さま、すごい活気ですね！」

わたしが絵付けをしたキツネのお面を被ったレイモンドが、広場の熱気に感染したようにはしゃいだ声を上げた。わたしは彼とはぐれないように手を繋《つな》ぐ。

「まずは牧師様にご挨拶をしましょう」

「はい、お義姉さまっ」

アマレッティと護衛を連れて教会へ向かう。その他の使用人は出店の準備に回ってもらった。

牧師様は教会の入り口で修道女たちと打ち合わせをしていた。牧師様はわたしたちに気が付くと、穏やかな笑みを浮かべて挨拶をしてくれる。新たに跡継ぎになったレイモンドを紹介しておいた。

「ブロッサム侯爵家の方々に、今年も炊き出しのお手伝いをお願い出来ませんでしょうか？」

「ええ。勿論ですわ、牧師様。出店が一段落しましたら、お手伝いに行きますわ。レイモンドも参加させるつもりです」

「それはそれは、大変ありがたい限りです」

炊き出しはバザーの目玉だ。農家から寄付された野菜などを使い、修道女たちが大鍋のスープを作ってくれる。そのスープをパンと一緒に配給するので、毎年大行列になるのだ。

わたしは毎年配給のお手伝いをしていた。こうやって善行を積むことで、『誰にでも優しいココレット』を築いてきたのだ。イケメンとイチャイチャしたいあまりの涙ぐましい努力である。

今のわたしにはエル様がいるけれど、善行をやめる必要性もないので、今年も頑張るつもりだ。

牧師様と別れると、ブロッサム侯爵家の出店へ向かう。すでに立派な出店が設営されていて、領地からやって来た商人たちが名産品を並べていた。

レイモンドは次期跡取りとして、商人たちと商品の確認や段取りについて話し始める。

本人は父から教わった通りにやっているだけなのだろうけれど、名産品の特徴から搬入数、近年のバザーでの売上高などを資料も見ずにスラスラと答えている姿を見ると、やはりとんでもないチートだわ……。

わたしは先日皆で作った焼き菓子の最終チェックをする。一つひとつ可愛らしい紙袋に入れられた焼き菓子は、種類ごとに色の違うリボンが結ばれていてとても華やかだ。

「アマレッティ、エル様やミスティア様たちに差し上げる焼き菓子はどこかしら？」

「私のお嬢様！　こちらに選《よ》り分けておりますわ！」

アマレッティが籠を持ってきた。そこには売り物用とは別の豪華なラッピングがされた焼き菓子が四つ用意されている。エル様用の花型クッキー、ルナマリア様用の星型クッキー、ワグナー兄妹それぞれへのパウンドケーキだ。

確認作業を終えると、ちょうどバザー開始の鐘が鳴った。すでに広場の入り口で待っていたお客さんたちが、それぞれ目的のお店へと駆け込んでいく。我が家の出店の前にもすでに人だかりが出来ていた。

わたしはさっそくお店の前に立ち、ニッコリと微笑んだ。この絶世の美貌は客寄せをするのにピッタリだからね。

すると、わたしの美貌に瞬殺されたお客さんたちが「こちらの商品をください！」「俺には十個お願いします！」「むしろ店ごと買わせてください！」などと、争奪戦が巻き起こってしまった。

騒動を収めるために、レイモンドが急遽《きゅうきょ》商品の購入制限を設けてくれた。ありがとう、レイモンド。

本当に九歳とは思えない仕事ぶりだわ……。

「ココレット様！　わたくしたちが来て差しあげましたわよ！」

「おい、レイモンド！　例の物を早速《さっそく》作ってきたぞ！」

暫くすると、ワグナー兄妹が遊びにやって来た。

わたしはさっそく二人にパウンドケーキを手渡す。ミスティア様は大変喜んでくださり、ドワーフィスター様も嬉しそうだった。

ドワーフィスター様は従者にパウンドケーキを預けると、すぐにレイモンドと話し始める。何やら大きな箱を取り出し、中身を見せていた。

「二人は一体何をしているのかしら？」

「フィス兄さまは先日のお菓子作りの際に、あなたのところの料理長と話してアイディアが湧いたそうよ。それで新しい魔道具をお作りになったの」

「あら、そうでしたの？」

「風魔法を組み込んだ泡立て器で、生地を簡単に混ぜることが出来るそうよ」

完全に前世のハンドミキサーである。来年のお菓子作りはもっと簡単になりそうね。

彼らは「ここに触れると自動的に回転する。低速から高速まで自由自在だ」「流石はフィス様ですっ！　料理長が望んでいた以上の魔道具ですね！」と楽しそうだ。商談は無事にまとまり、二人とも満足そうである。

ワグナー兄妹はこれからバザーを見て回り、ワグナー公爵家が贔屓《ひいき》にしている教会のミサへ参加するそうだ。お別れの挨拶をして二人を見送った。

次にやって来たのはルナマリア様だ。白い外套《がいとう》を着込み、サラサラの銀髪を冷たい風に靡《なび》かせるその姿は氷の精霊のように綺麗で、道行く人たちも彼女に見惚《みと》れていた。

「ごきげんよう、ココレット様」

「ごきげんよう、ルナマリア様。ようこそいらっしゃいました」

星型のクッキーを渡せば、彼女の瞳がキラキラと輝く。無表情だけれどとても嬉しそうだわ。

「……実は私、バザーに来たのは初めてです」

「あら、そうでしたの？」

「星月夜の宴は毎年ミサだけ参加して、家族で食事に出掛けることになっておりますの。私にとってはとても静かな一日なので、なんだか不思議な気分ですわ」

「では、これから初めてバザーを見て回るのですね？」

「……そうしたいのですけれど、何を見ればいいのかもよく分かりませんの」

ルナマリア様にもお連れの侍女や護衛がいるので、身の安全やボッタクリ被害の心配はない。けれど初めての体験に、箱入り娘らしい気後れを感じているらしい。

ならばと、わたしはアマレッティに相談する。

「ねぇ、アマレッティ。ルナマリア様にバザーをご案内したいのだけれど、出店のほうは問題ないかしら？　レイモンドも一緒に連れて行きたいのだけれど」

「畏《かしこ》まりました、私のお嬢様！　早めの休憩時間にいたしましょう」

というわけで、わたしとレイモンド、ルナマリア様でバザーを見て回ることにした。

エル様が訪ねてきたら連絡が取れるようにだけしておく。こういう時は、やはり前世のスマホが恋しくなるわね。ドワーフィスター様が通信用魔道具をお作りになってくださらないかしら。

「わぁっ、お義姉さま、見てください！　あの飴《あめ》細工、すごいですよっ！」

「……あれはなんでしょうか、ココレット様。串に刺さった果物にチョコレートがかかっているみたいですが、私はどのお茶会でも見たことがございませんわ」

「あっちには古本が売られているみたいですっ。覗《のぞ》いてきてもいいですか、お義姉さまっ⁉」

「まぁっ、ココレット様、こんなところにオークハルト殿下の肖像画がたくさん売られておりますわ⁉　ここは天国でしょうか⁉」

二人はバザーに目を輝かせていた。ルナマリア様は初めての買い食いに戸惑ったり、オーク様の肖像画を大量購入したりと満喫している（ちなみにエル様の肖像画は売っていなかった。需要はここにありますよ！）。レイモンドも古本を大量購入した。

「ココレット様、レイモンド殿、本日はありがとうございました。私、初めてきちんと市井の暮らしを垣間見ることが出来ましたわ。……王族の婚約者候補であるのに、恥ずかしながら情報以上のことは知らずに生きてきたようです」

この一場面だけを切り取って『市井の暮らし』というのは、いささか乱暴な気もするけれど。それほど貴族にとっては、縁のないものなのだ。

「……今の私はまだまだココレット様に遠く及びません。けれどオークハルト殿下の隣に立つために努力を続け、いつかあなたを越えられるほどの淑女となってみせます」

そう言って微かに口元を綻《ほころ》ばせるルナマリア様は、恋する乙女の可愛らしさに満ちていた。

彼女はわたしとレイモンドに小さく手を振ると、帰っていった。


エル様はまだバザーにやって来ないので、わたしとレイモンドは炊き出しのボランティアへ参加することにした。

教会の前には湯気の立つスープの大鍋があり、すでに長蛇の列が出来ている。修道女や孤児院の子供たちが一生懸命に配給していたが、やはり圧倒的に人手不足だった。待ち時間の長さに苛立っているお客さんも多い。

「ここはわたしの出番ね。レイモンドは裏方でパンの補充係をしてくれる？」

「はいっ、お義姉さま」

わたしがスープの配給に回れば、お客さんたちのピリピリとした空気が一変した。「天使が現れたぞ！」「『愛の天使』ココレット様だ！」と大歓声を上げ、むしろ一秒でも長くわたしの美貌を目に焼き付けようとしている。

お客さんたちの注意を引き付けている間に、わたしは前世の学生時代にしていた飲食店バイトを思い出しながら手際良くスープを配っていく。他の人たちの頑張りもあって、滞っていた行列の流れが順調になったが、「女神様を見るためにもっと長く並んでいたい！」「ああ、もう俺の順番が来てしまう……！」と激しく惜しまれた。

でもとりあえず、大きなトラブルも起こらずに済みそうで良かったわ。

などと、一瞬頭を過《よぎ》ってしまったことがフラグだったのだろうか。突然、行列の奥から怒鳴り声が聞こえてきた。

「何割り込んでんだよ、テメェらっ！　ちゃんと後ろに並びやがれっ!!」

「うるせーんだよ、不細工！　お前みたいな気持ち悪い奴の前に割り込んで何が悪いんだ？」

「なんだと!?　喧嘩《けんか》なら買ってやるぞ！」

「いいぜ！　売ってやるよ、ブッサイク！」

「ギャハハ！　やっちまえ、兄ちゃん！　顔をボコボコにしてやったら、少しはマシになるんじゃねぇの～？」

「上等だ、テメェら！　俺が返り討ちにしてやるよ！」

怒鳴り声に続いて殴り合う音まで聞こえてきた。周囲の客が悲鳴を上げて、列が崩れていく。

こういうことはバザーの警備に当たっている騎士の仕事だ。侯爵令嬢の出番ではない。

でも!!　不細工ってことはつまり、わたしにとっては極上のイケメンだわ!!　天然記念物並みの保護対象よ!!　そんなイケメンの大ピンチにじっとなんてしていられないわ!!

わたしはすぐにイケメンの元へ駆けつけた。

若者たちはわたしの登場に喧嘩を止めた。彼らは揃《そろ》いもそろって真っ赤な顔であんぐりと口を開け、わたしに釘《くぎ》付けになっている。顔が良いって本当に便利だわ。

「列に割り込むような失礼な方に、炊き出しを受け取る資格はありませんわ。大人しく騎士団に連行されなさい！」

絶世の美貌で時間を稼いだお陰で、騎士たちが現場に到着していた。若者たちはその間もわたしの顔をうっとりと見つめて、「天使ちゃんが怒るんなら仕方がねぇな♡」「喧嘩を始めた俺たちが悪かったよ、天使ちゃん♡」と、まったく抵抗せずに騎士に捕まっていた。

若者たちがいなくなると、地面に一人の少年が踞《うずくま》っていた。たぶん彼が被害者のイケメンだ。

イケメンはもう冬だというのに半袖姿で、浅黒い肌には無数の傷や痣《あざ》があった。焦げ茶色の髪は艶《つや》がなくパサパサで、泥に汚れている。典型的なスラムの浮浪児のようだ。

わたしは彼の前に屈み込み、手を差し出す。

「さぁ、手当てをしましょう。立てますか?」

「……触んなっ！　同情ならいらねぇよ、お貴族様！」

少年はわたしの手を振り払った。こちらを睨《にら》みつけようと顔をあげ——、わたしの顔を見て表情が固まった。「は……?　女神……?」と呆然《ぼうぜん》と呟《つぶや》く。どうやら今まで、わたしの美しさに気が付いていなかったらしい。

そして、わたしのほうも呆然と彼を見つめた。

うわぁぁ!!　唇の端が切れて血が滲《にじ》んでいるし、薄汚れた身なりだけれど、——金色の瞳が特徴的なワイルド系イケメンだわ!!　前世の海外有名俳優レベルよ!!　これは逸材だわっ!!

わたしは動悸《どうき》を抑えるために一度深く息を吐くと、もう一度彼に手を差し出す。

「後であなたが受け取るはずだった配給をお渡ししますから。まずは傷の手当てをしましょう」

「…………」

ワイルド系イケメンはゆっくりと、わたしの手を取った。

やはり、善行は積めるだけ積んでおくものだわ。イケメンなんて、この世に何人いても問題ないからね。目の保養になるもの。


わたしはワイルド系イケメンと一緒に炊き出しの列から離れると、教会裏手にあるベンチへ移動する。その間にアマレッティが救急箱を取りに行ってくれた。

救急箱が届く前に、イケメンに自己紹介をする。

「わたしはココレット・ブロッサムです。あなたのお名前を教えてください」

「……ダグラス。姓はねぇ」

ダグラスをまじまじと観察する。栄養状態が悪いので年齢がいまいち判断出来ないが、わたしとそれほど歳は離れていないだろう。念のため、保護者の有無を聞いておく。

「ダグラス、あなたのご両親か保護者はどこにいらっしゃいますか?」

「そんなもんはいねぇ。俺はずっと孤児だ」

「孤児院には入っていないのですか?」

「……こんな悪魔みてぇな面のガキを、孤児院が引き取るわけねぇだろ。お貴族様は妙なことを言うなぁ」

ダグラスは掠《かす》れた声で笑い、その金色の瞳をわたしへ向ける。睨み付けるような、困惑しているような、泣き出しそうな、なんとも複雑な視線だった。

「お貴族様は視力でも悪いのか？　たいていの女のガキは、俺の顔を見て泣き叫ぶもんだぜ？」

「わたしの視力に問題はありませんわ。わたしの目の前にいるあなたは悪魔なんかではなく、ただの怪我人に見えますもの」

ダグラスは眉間にしわを寄せ、ますます複雑そうな色をその瞳に浮かべた。

彼が何か言おうと口を開きかけた時、「私の愛しいお嬢様っ！」とアマレッティが救急箱を持ってきた。わたしは救急箱を受け取り、アマレッティがダグラスの肩へブランケットを掛ける。

「さぁ、怪我の手当てをしましょう」

慈善活動の一環で、怪我人や病人の看護には慣れている。前世でも救命講習を何度か受けているので、応急処置程度なら問題なく出来る。

わたしが消毒をしたり包帯を巻いたりする度に、ダグラスの体が大袈裟《おおげさ》に強張《こわば》った。痛みがあるか尋ねたが、首を横に振られた。単純に、暴力以外の接触に慣れていないみたいね。

「お義姉さま、大丈夫ですかっ？　スープとパンを持ってきましたけれど……」

一通りの治療が終わったところで、タイミング良くレイモンドが現れた。スープとパンを乗せたお盆を持っている。わたしはレイモンドにお礼を伝えてから、ダグラスへ食事をすすめた。

お盆を受け取ったダグラスは不審そうな目つきで、キツネのお面をしているレイモンドを見つめた。レイモンドが気付いたようにお面を外す。

「初めましてっ！　僕はレイモンド・ブロッサムです。ココレットお義姉さまの弟なんです！」

そう言って胸を張るレイモンドが可愛くて、わたしはつい彼の頭を撫《な》でてしまう。レイモンドは嬉しそうにわたしの肩に頭を預けた。

そんなわたしたち仲良し姉弟に、ダグラスは目を丸くした。「本気かよ……」とボソッと呟いた。

「さぁ、冷めないうちにお食事をどうぞっ！」

レイモンドが促してやっとダグラスが食事を始める。一口食べたら空腹を思い出したのか、ガツガツとスープを掻《か》き込み、パンも二口で食べてしまった。その様子に、彼の日々の暮らしの苦しさが見えた。

わたしは思案しながら尋ねる。

「ダグラスは今、おいくつですか？」

「……十四だ」

「スラムでは普段どのような暮らしをされていますか？」

「そこらの浮浪児と同じだ。残飯を食うために毎日殴り合って、泥水を啜《すす》って、うまいこと盗みを働けりゃあ少しはマシなもんが食えるな。適当に屋根のあるところを探して寝て、その場所の所有者に殴られて追い出されるだけだ」

ふむ。見える、見えるわ。これは伝説のあの展開よ。『酷《ひど》い目に遭った孤児が、お金持ちのお嬢様に拾われて、永遠の忠誠を誓って従者になる。その後、高確率で主従関係の恋に悩み、最終的に身分差を乗り越えてハッピーエンド』のやつだわ……!!

わたしにはエル様がいるから、恋愛に発展することはないけれど。ワイルド系イケメン従者なんて、すごく良いわね。

ダグラスのこの顔＋執事服で「お嬢様、紅茶をお淹れいたしました」とか「お疲れですか、お嬢様？　お気に入りのアロマを焚《た》きましょうか？」とか「イケメン不足ですか、お嬢様？　でしたら俺の顔をお好きなだけご覧ください」とか言ってくれるの！　何それ、天国だわ!!

わたしの従者になれば、ダグラスは衣食住に困らない。レイモンドともきっと良い友達になれるわ。そして目の保養という一石三鳥よ。

オーケー、決まりだわ。どうせ父はわたしに甘いから反対しないもの。

「……ねぇダグラス、もし、あなたさえ良ければ……」

下心が透けないよう、ただ彼の身を案じる表情を作ることに集中し、神妙な声を出す。

『我が家で働いてみませんか？』と続けようとすると、背後から聞き慣れた声がした。

「ココはこんなところにいたんだね？　炊き出しの手伝いをしていると聞いてきたのだけれど、さらに移動したと聞いて驚いたよ」

「エル様!?」

振り向けば、ローブで顔を隠した人物が立っていた。話し声は確かにエル様で、フードの隙間から金色の髪が垂れていた。隣にはフォルトさんもいる。

わたしはベンチから立ち上がり、エル様へ近寄ろうとしたのだけれど。

何故かエル様は突然フードを外し、隠していた顔を露わにした。そして驚いた表情でダグラスを見つめる。エル様の蒼《あお》い瞳が激しく揺れていた。

「まさか……君は……」

その時、エル様の唇が、声を出さないまま『ダグラス』と動いたような気がした。

▽

星月夜の宴は教会主催の行事だが、王宮内も忙《せわ》しなくなる。

夕方に中央教会で王族のために行われるミサや、一部の上位貴族を招いた晩餐会《ばんさんかい》の準備のために、使用人たちが慌ただしく王宮内を駆け巡る。騎士団の騎士たちは治安維持のために王都各地の教会へ警備に向かい、文官たちも突発的トラブルのために右往左往している。

私の本日の予定もぎっしりと詰まっていた。ミサや晩餐会の身支度は、本来ならば午前中から始めなければならない。けれどどこの容姿を磨いたところでどうにもならないことは理解しているので、私はさっさとローブを羽織り、城下へ出かけることにする。

「せめてミサの二時間前には王宮へお戻りになってくださいね、エル様」

「分かったよ、フォルト」

「本当なら身支度に時間をたっぷりと割いていただきたかったんですから……」

「私に身支度の時間を多くかけても仕方がないと、いつも言っているじゃないか。最低限でいいよ」

「まったく、ちっとも、良くないですぅ……！」

ベソベソと泣き言を言うフォルトを連れて、馬車に乗る。今日は城下で目立たないように、装飾の少ない小さな馬車を選んだ。護衛たちにも目立たないように注意させる。

城下はやはり、祝祭らしい陽気な雰囲気に溢《あふ》れ、人や馬車の行き来が増えていた。

窓をそっと覗き込み、通り過ぎる民の笑顔を眺める。はぐれないように手を繋ぎ合う親子や、屋台で買い物を楽しむ若者たち。大道芸に目を輝かせる子供らに、幸せそうに寄り添う恋人たち。民の笑い声が馬車の中にまで聞こえてきて、私は思わず目を細める。

「そういえば初めてですね、エル様。星月夜の宴を過ごす民衆の様子を間近で見るのは」

「そうだね」

フォルトの言う通り、一度も見たことはなかった。

前回の人生でも、こういった行事の日は、どうすれば人の目に晒《さら》されないかだけを考えて俯《うつむ》いて過ごしてきた。我が国の民がどのようにこの日を過ごしているかなんて、見たこともなければ、考えたことさえなかったように思う。

「皆、笑っているみたいだ……」

「はい。楽しそうですね」

——前回の私は、これを壊そうとしたのか。

己の苦しさやオークハルトへの嫉妬に駆《か》られて、こんなふうに笑う民を、その生活を、国ごと壊そうとしたのか……。

今でも私の中には、国を転覆させかねない苛烈さがくすぶっている。ココのためなら、すべてがどうなってもいいと思ってしまう闇が沈んでいる。

私はローブの内側で、深く長く息を吐いた。

前回自分がしたことを後悔するには、私の中の憎しみはまだ消えず。かといって、後ろめたさを捨てられるほど傲慢にもなれず。私は口の中の苦さを飲み込んだ。

ココに教えられた教会は、美しい薔薇《ばら》窓が目立つ建物だった。

護衛に守られ、フォルトと共にブロッサム侯爵家の出店へ顔を出す。ココは炊き出しの手伝いに行ったらしく、侯爵家の使用人が案内してくれることになった。

物珍しさからバザーの様子をきょろきょろと眺めてしまう。オークハルトの肖像画が飛ぶように売れている店を見つけた時は驚き、腹立たしさに奥歯を噛《か》み締めてしまったが。

炊き出しに到着すると、ココは怪我人の手当てのために移動したと伝えられた。教えられた方向へさらに進むと、ココは教会裏のベンチに腰かけていた。彼女の傍にはレイモンドと、いつものソバカス顔の侍女、そして護衛たちがついていた。

ココの隣には件《くだん》の怪我人が座っている。けれどココの体に遮られて、怪我人の顔は見えなかった。私は彼女に声をかけた。ココは嬉しそうに振り返り、ベンチから立ち上がる。そこで初めて、怪我人の顔が見えた。

「まさか……君は……」

――ダグラスだ。ブランケットにくるまった彼は、栄養不足で、とても私の三つ年上には見えなかったけれど。その焦げ茶色の髪と金の瞳、そして『悪魔』と呼ばれるほどに不細工な容姿を、私が見間違えるはずがなかった。

処刑されたあの日、断頭台で一番最初に首を刎《は》ねられた青年、ダグラス。

まさか彼とも再び出会えるとは。

表情が固まる私を、ダグラスは訝《いぶか》しげに見つめていた。


炊き出しの列で起こった暴行事件や、ダグラスの現在の境遇を聞き、私はあることを決めた。それがいずれココを守ることに繋がると願って。

「ダグラス、君に一つ提案をさせてほしい」

「なんだ、……ですか。王太子様？」

ダグラスは私が王太子であることを明かした時は暫く絶句していたが、今はたどたどしいながらも会話をしてくれる。彼のそのぶっきらぼうな様子は前回と変わらない。

「私の下で働きませんか？」

「ハァッ‼︎?」

「えっ、エル様⁉︎」

ダグラスの大きな声の影で、ココが息を飲んだ。彼女は「わたしの王道展開はどこへ……？　専属従者……」などと呟きながら小首を傾げている。言ってることはよく分からないけれど、困惑している顔もとても可愛らしい。

「お、王太子の下でって、俺は学もねぇ、ただの孤児だぞ⁉︎」

「ダグラス、君に私の騎士になってほしいのです」

「ハァッ⁉　なんで騎士なんだ……っ⁉」

前回のダグラスを知っているからこそ、私は彼の力がほしい。

それに、ココのお陰で私の運命が変わり始めたように。レイモンドやワグナー兄妹、クライスト嬢の運命が変わりつつあるように。

ダグラス、君にも悲劇の運命を変えるチャンスを与えてあげたいんだ。

「腕っぷしはそれなりに強いとは思うが。いくらなんでも騎士になれるなんざ……。大体、俺でなくとも、王太子のアンタを守る騎士なんか、たくさんいるだろ……じゃねえんスか？」

「私がほしいのは、絶対に私を裏切らない騎士です。君とは分かり合える気がするのですが？」

目元を隠す長い前髪を横へ払い、ダグラスに私の顔をよく見せてやれば、彼は黙りこんだ。ダグラスの目に浮かぶのは、深い共感だった。

ダグラスは一度強く目を閉じると、すぐに私を見つめた。もはや迷いの色はなかった。

「分かった。初めて俺を必要としてくれたアンタ……王太子様に、付いていってやる……です」

「これからよろしくお願いします、ダグラス」

「おう……、はい」

ふいにココへ視線を向ければ。彼女は瞳をキラキラと輝かせ、頰を紅潮させていた。

「ワイルド系騎士とか絶対ありに決まっているわ……！」と不可解なことを呟きながらプルプル震えている彼女の姿はまるでウサギのように愛らしくて、思わず微笑んでしまった。

ダグラスは一度、私の離宮へ連れて行くことになった。そのため長居することは出来なくなってしまった。

「ごめんね、ココ。君と一緒にバザーを楽しみたかったのだけれど……」

「謝らないでください、エル様!! ダグラスを騎士へ育て上げようというエル様のお考えはとても素晴らしいものだと思います!! 騎士服を着た立派な彼の姿が、今からとってもとっても楽しみですわ!! あの、ちなみに騎士服って白でしたよね? ね?? それに星月夜の宴は来年もありますから。楽しみは次に取っておきましょう!!」

ココは嫌な顔一つせず、私に対する不満や、ダグラスを騎士にすることの真意を尋ねたりもせず、ただ受け入れてくれた。なんて心の広い女の子なのだろう……。私の胸の奥が甘く締め付けられる。

「ありがとう、ココ。君が作ってくれたこの焼き菓子も、とても嬉しいよ」

「はい。エル様のクッキーは花の形にしましたの」

先程渡された紙袋をそっと開ければ、甘いバターの香りが漂い、チェリーブロッサムの花の形をしたクッキーが現れた。ブロッサム侯爵家の紋章も確かこの花だったな。

「上手に焼けたね。王宮で出てくるクッキーと同じくらい綺麗だよ」

「料理長の焼き方が上手なのですわ。わたしとルナマリア様は生地作りと型抜きをしましたの。父も一緒に」

「ずいぶん賑《にぎ》やかだったんだね」

「ええ、レイモンドもドワーフィスター様と仲良くなれましたわ。姉として嬉しい限りです」

「へぇ。あのレイモンドがワグナー殿と……」

前回の人生ではいがみ合っていた二人なのに、面白いことだ。

レイモンドに視線を向ければ、彼もココからもらったクッキーを「僕のお義姉さまが作ってくださったクッキーです。とっても美味しいですよっ」と、ダグラスに分けているところだった。ダグラスも気を許したのか「……ありがとよ」と目を細めた。

「エル様、ぜひ召し上がってください」

「うん」

促されるままにクッキーを齧《かじ》る。サクッと音を立てて口の中で崩れたクッキーは、王宮で食べるものとはまた違う素朴な味わいだ。ココの手作りだと思うと、さらに美味しく感じられる。

「とても美味しいよ、ココ」

「エル様のお口に合ったようで良かったですわ！」

「残りは大切に食べさせてもらうから」

私の視界の隅でフォルトが懐中時計を見る仕草をする。『そろそろ時間です』の合図だ。名残惜しいけれど、王宮へ帰らなければならない。

「ではココ、また王宮で会おう。レイモンドもさようなら」

「はい。エル様、フォルトさん、ダグラス、道中お気をつけて」

「皆さん、さようなら！」

馬車に乗り込めば、ココとレイモンドが並んで手を振っている。仲の良い姉弟の姿に思わず顔を綻ばせながら、私も小さく手を振り返した。

馬車が走り出してから向かいの席を見ると、ダグラスが落ちつかない様子で腰かけていた。馬車に乗るのは初めてなのだろう。

王都といえど道の状態が悪い場所はいくつもある。そこを通る度にやってくる激しい振動にも、ダグラスの体の軸は全くブレなかった。……やはり身体能力が高いようだ。


前回のダグラスは裏社会を生きる荒《すさ》んだ青年だった。

幼少期の彼はスラム街で暮らす孤児で、その不細工さから『悪魔のダグラス』と呼ばれ、忌《い》み嫌われていたらしい。周囲からの暴力は日常茶飯事で、生き延びるために反撃を続けていたら、犯罪組織の用心棒になるほどの実力を身に付けてしまったそうだ。

城下に潜伏していた頃に、私はダグラスと出会った。お互いの醜い顔を一目見ただけで、今日までのお互いの苦しみを理解し合ってしまったのだ。

ダグラスは私に多くのことを教えてくれた。見た目の悪さゆえに虐《しいた》げられて生きる民のこと、彼らのうらぶれた生活、彼らがよく集まる酒場にも連れて行ってもらった。彼らの嘆き苦しみは、私が王宮で味わったものとよく似ていて、とても他人事には思えなかった。

人の感情は個々では小さくとも、集団になると気が大きくなって増幅する。星月夜の宴で多くの民が笑みを浮かべ、その幸福な雰囲気に酔うように。惨めに生きる人間たちが集まれば、その嘆きは肥大した。

「この国は先王も腐っていたが、新王になってから俺たちはますます生きにくくなった！　王宮の政務が滞っているせいで、王都に物が入って来ない！　お陰で値上げばっかりだ！」

「資金繰りが悪くなった業者がどんどん倒産しちまって、日雇いの仕事さえ見つからねぇ！　お先真っ暗だ！」

　私が王宮を去る直前、オークハルトは戴冠式と結婚式を執り行った。その頃は国中がお祝いムードで、まさか数年も経たずに国が荒れることになるとは誰も予想していなかっただろう。

　元々オークハルトは王太子教育を受けていない。それなのに急遽、国王の座が回ってきてしまった。もしかしたら国の上層部は、廃太子した私があいつを陰で支えることを望んでいたのかもしれない。だが私は早々に王宮を去り、オークハルトを支えるべき妃は平民上がりの元男爵令嬢という状況だった。政《まつりごと》が円滑に進むはずがなかった。

　――不細工だと虐げられてきた彼らと共に、この腐った国を終わらせよう。

　私は反乱軍を立ち上げた。私やレイモンドの個人財産を資金にし、裏社会を熟知したダグラスが他の不細工たちに声をかけて秘密裏に武器も集めてくれた。その規模はどんどん増し、抗争は過激になっていった。

「テメェがなんのために生まれたかなんて、考えたって分かんねぇけれどよぉ」

　王都のライフラインを壊滅させるために水道施設を占拠して水門を爆破している最中、ダグラスは私へ語りかけた。彼の周囲では水道施設の職員たちが叩《たた》きのめされていた。

　ダグラスは本当に強かった。自己流だと言っていたが、スラム街や裏社会で身に付けた腕っぷしと剣術は、目を見張るものがあった。

もしも幼い頃からきちんとした剣術を習っていたら、彼に敵《かな》う者は一人もいなかったのではないか。こんなところで燻《くすぶ》っているには惜しい人物だと、私は彼に対して何度も思ったものだ。

水道施設の外から大きな爆発音が聞こえてくる。窓から外を見れば、水門が次々に破壊されていく様子が見えた。

「虫けらみてぇに扱われてきた俺でも、この国でちゃんと生きてたんだぜって、爪痕を残せるのは気持ちがいいもんだな」

焦げ茶色の髪が戦闘で乱れたダグラスは、とても不細工な笑顔をしていた。私もきっと、そっくり同じ笑みを浮かべていただろう。

「そうだね、ダグラス。……その爪痕は出来る限り大きく、深く、刻みつけてやろうじゃないか」

「おう！　レイモンドの野郎に、水門にもっと応援を呼んでくれって伝えとけ、ラファエル！」

「分かったよ。火薬は足りそうかい？」

「問題ねぇ。行ってくる！」

ダグラスは大きな歩幅で、水門のほうへとのしのし進んで行く。

断頭台へ登る足取りだって、変わらずに大きかった。あの時だってダグラスは「じゃぁな、先に地獄に行ってくる！」と私たちに軽く声をかけ、のしのしと進んで行った。

前回よりも早い段階で出会うことが出来たダグラスに、私は思う。君を救いたい、と。

……誰かを救いたいだなんて考えられるようになったのは、きっとココの影響だろう。

ダグラスが大きな歩幅で進んで行く未来に、断頭台は相応しくないと今の私は心から思うから。

君に手を伸ばす。今回こそは、と。

▽

エル様たちが乗った馬車を見送ると、わたしたちは炊き出しの手伝いに戻った。

お昼を越えれば行列のピークも落ち着き、修道女たちに誘われて昼食を取ることになった。

昼食の後は広場で行われる様々なイベントを楽しみ、夕方になってから仕事終わりの父と合流して、教会の中へ入る。ミサが始まるのだ。

牧師様が登場すると、盛況に終わったバザーへの感謝を伝えてから、説教を始める。

今夜は『盲目の聖女ツェツィーリア』の話のようだ。

「ツェツィーリアは生まれた時から目が見えませんでした。けれどツェツィーリアは視力の代わりに、奇跡を起こす力を持っておりました」

『盲目の聖女ツェツィーリア』が持つ不思議な力の話は、シャリオット王国でとても有名だ。以前ミスティア様と魔法について話していた時に、『盲目の聖女』の存在を思い出したくらいだもの。

話の内容は、こうだ。

ツェツィーリアは赤ん坊の頃に、とある教会の前に捨てられていた。彼女を拾った修道女は、彼女が盲目なことに気が付き、そのせいで親に捨てられてしまったのだろうと考え、教会で育てることにした。

ツェツィーリアは身も心も美しい少女に育った。盲目ではあったが、教会の敷地内なら問題なく暮らせた。そこで彼女は修道女見習いになることにした。

不思議な力を持った彼女が歌を歌えば、生者には生きる喜びが、死者には安らかな眠りが与えられた。また、彼女が枯れかけた作物に触れれば生気を取り戻し、病人や怪我人に触れれば癒《い》やすことも出来た。それはまさに奇跡を起こす力だった。

ツェツィーリアはきっと、聖魔法が使える本物の聖女だったのだろう。

そんなツェツィーリアの聖魔法は、彼女が十八歳を過ぎる頃から段々と力が衰えていく。そして自身の体調も悪くなっていったらしい。

これはもしかすると、『盲目ゆえに魔法陣を描けなかったのに、無理やり聖魔法を発動し続けた結果、彼女の体に負担がかかってしまった』とかが理由ではないかしら？　ドワーフィスター様から魔法の仕組みを教わったけれど、魔法陣なしの発動方法なんて聞かなかったもの。

けれどその後もツェツィーリアは自分の体を省みず、人々のために無茶な聖魔法を使い続けた。

そんなある日、彼女の前に一人の若者が現れる。ツェツィーリアは驚いた。この若者ほど凍える魂を抱えた人間に出会ったことがなかったからだ。

彼女は若者のために歌い、励まし、手で触れ、寄り添い続けたが、彼女の聖魔法では若者の心を癒やすことは出来なかった。

ツェツィーリアは若者に問いかける。

「どうすれば、あなたの悲しみを癒やすことが出来るのでしょう？　私の残りの寿命をすべて使えば、あなたの心を救うことが出来ますか？」

「一時の慰めなどで、私が今日まで味わってきた地獄を追い払うことなど出来ません。……ツェツィーリア、どうかあなたの一生を私にください。あなたの祝福ではなく、あなた自身を。どうか私の妻として、残りの人生を共に生きてほしい」

若者からの求婚にツェツィーリアは応え、結婚した。

そして彼女は残された短い寿命で若者と暮らし、最期の時に彼のために聖魔法を使ったそうだ。

「……彼女は素晴らしい女性でした。人々のために生きた尊いツェツィーリアは、死後に『盲目の聖女』という名を与えられ、今日《こんにち》も変わらず人々に愛され続けています。我々も彼女のように清らかな心を持ち、隣人を愛し、手を差し伸べ、日々を生きていきましょう」

牧師様はそう話を締めくくると、神へ祈りを捧げた。わたしたちもお祈りをし、無事にミサが終了した。

後は屋敷へ帰り、美味しい食事を楽しもう。きっと父からハートのクッキーが贈られるに違いない。

「今日はすごく楽しかったです、お義姉さまっ！　お義父さまっ！」

「レイモンドもとても頑張ったわね。偉いわ」

「ああ、私も出店の担当に聞いたよ、レイモンド。よく頑張ってくれたらしいね。ありがとう」

「お義父さまのご指導のお陰ですっ！　使用人や商人たちも、とても良くしてくれたので」

「そうか。それは良かった」

わたしと手を繋いでいるレイモンドの頭を父は優しく撫で、次にわたしの頭も撫でた。父はとても満足そうな笑みを浮かべていた。

「さぁ我がブロッサム侯爵家へ帰ろうか」

「はい、お父様」

「はいっ！」

わたしたち親子の頭上で冬の星がキラキラと瞬く。星月夜の宴の名に相応しい夜だった。

第六章 ★ 初めての教会視察 ★

新年が明けると、王都に初雪が降り始めた。

冬の間は妃教育もお休みになる。ミスティア様やルナマリア様、ヴィオレット様は、休暇を利用して領地に戻っているらしい。

わたしも例年はそうだったのだけれど、今年は王都の屋敷に残ることにした。代わりにレイモンドが父と一緒にブロッサム侯爵領へと向かった。

レイモンドにとっては初めての長旅&領地なので、義姉として一緒について行ってあげるべきだとも思ったけれど、エル様のいらっしゃる王都から離れたくなかった。妃教育はお休みだけれど、エル様とのお茶会は継続されているのである。

それに、レイモンドは養子になってからまだ半年ほどしか経っていないとは思えないほど、立派になった。

最初の頃はわたしの後を付いてまわることが多かったのに、今では薄霞眼鏡《うすがすみめがね》のお陰で使用人との関係も良好で、エル様やドワーフィスター様とも親しく交流している。父もそんなレイモンドに満足そうだった。男の子の成長って早いわねぇ。

きっと可愛いショタからすぐにアイドル系イケメンに育ってしまうのだろう。実に楽しみだわ。

成長過程が楽しみなのは勿論《もちろん》レイモンドだけじゃない。愛しのエル様と、ダグラスもだ。

「どうぞ、こちらです。ココレット様」

「ありがとうございます、フォルトさん」

案内をしてくれたフォルトさんに笑顔でお礼を言うと、彼は照れながらも嬉《うれ》しそうに頷《うなず》いた。

「エル様もダグラスも、ココレット様の応援が励みになっておられますから」

そう言ってフォルトさんが示したのは、室内稽古場の中央だ。そこでは動きやすい服装をしたエル様とダグラスが向かい合い、剣の稽古をしていた。

模擬剣がぶつかり合い、カンカンカンッと金属音を立てる。エル様は素早い身のこなしでダグラスの剣を避け、ダグラスは力強い腕の振りでエル様に迫っていく。

……なんていうかもう、眼福ですっ!!! それしか言えない!! エル様は麗《うるわ》しの王子様過ぎるし、ダグラスは野性味ある騎士過ぎる!! 動く度にエル様の一つに結ばれた金髪が揺れて色っぽいし!! 冬にもかかわらずダグラスの肌に浮かぶ玉のような汗も魅惑的だわ!!

わたしは両手を祈るように組み、二人の稽古をうっとりと眺めた。

十分ほど打ち合いが続き、最後にはエル様がダグラスから一本取った。

麗しい上に剣術も強いとか、エル様ったら完璧王子様だわ……♡

ダグラスは床に膝を着いたまま、乱れた息を整えている。エル様は汗ばんだ長い前髪を払うと、ダグラスに手を差し伸べて彼を立たせた。その動作も紳士的で大好き！

ぽうっと見惚《みと》れるわたしに、エル様が振り返って笑いかけた。

「いらっしゃい、ココ。雪道の中をせっかく来てくれたのに、放っておいてごめんね」

「いいえ、ちっとも!! エル様の勇姿が見られて、とても幸せですわ!!」

「ココは相変わらず優しいね」

わたしはエル様とダグラスにそれぞれハンカチを渡す。エル様は嬉しそうに受け取り、ダグラスは恐る恐る受け取った。ダグラスは野性動物みたいな反応ね。まだ警戒しているのかしら?

現在ダグラスは騎士見習いとして王宮にある騎士団の寮で暮らしている。エル様との稽古以外の時間は、見習いとして訓練を受けているそうだ。

出会った時はいかにもな浮浪児だったが、ひと月も経てば清潔で十四歳の少年らしい姿になった。騎士団でちゃんとした生活が送れている証拠だろう。このまま順調に育って、高身長でガタイの良いワイルド系騎士になってほしいものだわ。

「……ココレット様、このハンカチは、洗って……お返しします」

「返さなくていいと、いつも言っているでしょう? ダグラスは訓練でたくさん汗をかくのだから、使ってください」

すでに何度か彼にハンカチをあげている。男性向けのデザインのものを渡しているので、人前で使っても恥ずかしくはないはずだ。

「でも……」

ダグラスとしては貰《もら》ってばかりで気が引けるのだろう。でも、それを上手く伝える敬語が出てこないようだ。

「ダグラスがエル様をお守りする立派な騎士になってくれれば、それで十分ですわ」

「……はい」

ダグラスが渋々といったように頷く。そんな彼にエル様が話しかけた。

「まず一番にココのことを守れる騎士になってください。私は護身術を身につけていますから」

「まぁ、エル様……！」

イケメン王子様と騎士に守られるなんて最高だわ！　乙女の夢よ！

ダグラスはエル様の言葉に真剣な表情で頷いていた。

成長が楽しみなイケメンばかりで、現世はパラダイスだわ！

▽

段々と春が近付いて雪解けが進んでいく。王都の道にはもう雪は消え、馬車も安心して走れるようになった。お陰で他の貴族たちも続々と領地から戻ってきているらしい。

父とレイモンドも、無事に領地から帰還した。

エル様と過ごす冬を選んだのはわたし自身だし、レイモンドが成長していることも分かっているとはいえ、弟の初めての領地訪問を心配せずにいることは出来なかった。心境としては『初めてのお泊まり会を心配するお母さん』状態だった。

「おかえりなさい、レイモンド……っ！」

「ただ今帰りました、お義姉さまっ！」

旅装姿のレイモンドを玄関先でしっかりと抱き締めると、彼はわたしの腕の中からひょっこりと顔を出し、満面の笑みを浮かべる。久しぶりに見る彼の翡翠《ひすい》色の瞳は宝石のように輝いていた。

「初めての領地はどうだった？　怪我や病気はしなかった？　誰にも虐《いじ》められてない？」

「体は大丈夫です！　ただ、ちょっと、いろいろありましたけれど……」

「え⁉」

「領地の子供たちに『お前なんか、侯爵様にもココレットお嬢様にも似てない不細工だ！　跡継ぎなんて嘘《うそ》っぱちだ！』などと言われたので……」

「そんな無礼な子供たちはきつく叱ってやりなさい！　いえ、わたしが叱るわ！」

「待ってください、お義姉さま！　続きがあるんです！　僕、その子供たちと勝負をして、勝ったんですっ」

「ええっ⁉」

レイモンドはいつの間にそんな戦闘能力を身に付けたのかしら？

わたしがまじまじとレイモンドを見下ろせば、彼は悪戯っぽく瞳を細めた。

「カードゲームですよ、お義姉さま！」

「カードゲーム？」

どうやらレイモンドは、父からトランプを習っていたらしい。貴族の社交の一環ということで。

さらにドワーフィスター様から悪い知識――つまりイカサマまで習ってしまったらしく、それで領地の子供たちと勝負したそうだ。

「ババ抜きやポーカーならイカサマも簡単ですし。神経衰弱なら、一度ひっくり返したカードは絶対に忘れませんから！」

わたしは思わず両手で顔を覆った。

純真天使なレイモンドがなんの悪気もなく、いけない方向に進んでいるわ……。確かにこの子の強《したた》かさは、貴族としては伸ばしたほうがいいのかもしれないけれど……。でもちょっと、いえ、かなりショックね……。

「それで子供たちから一目置かれるようになったんですよ、僕！」

「……それは良かったわね、レイモンド。虐めを自分で解決出来るなんて、すごいわ」

「自分の得意な勝負に持ち込んでしまえばこちらのものだって、フィス様から教わりましたからっ。僕、フィス様の子分として頑張りましたよ！　勿論ブロッサム侯爵家の跡取りとしてもです！」

「うふふ、そうなの……」

いろいろ思うことはあるけれど、一つ深呼吸して心を落ち着かせる。

男の子には男の子の社交が必要なのだから、わたしの気持ちを押し付けるわけにはいかないわ。人生なんて純真無垢《むく》なままでは生きられないもの。ある程度は必要悪よね、うん。

そう思いつつも、ドワーフィスター様を一発殴ってやりたかったのだけれど。

ルナマリア様もクライスト筆頭公爵領から無事に王都へと戻られた。

彼女は何やらエル様に報告があるとのことで、本日は三人でお茶会をすることになった。

「ラファエル殿下、以前ご依頼いただいた教会の調査結果についてご報告いたします」

ルナマリア様が手渡した書類を、エル様は熱心な様子で読み始める。

「王家に所縁《ゆかり》のありそうなペンダント、クロス、装飾品のある教会のリストです。現地の教会に記録のあるものから、民間の噂話《うわさばなし》まで調査し、可能性の高いものをまとめました」

「かなりの数がありますね」

「はい。ペンダントとクロスは数を絞ることが出来ましたが、装飾品は数が多く……。指輪やティアラなど多種多様に存在しています」

「そうですか。調べていただきありがとうございます。ではまずは、ペンダントとクロスから説明をお願い出来ますか？」

「はい。畏《かしこ》まりました」

ルナマリア様は詳細な説明を始めた。南方の領地の教会で見つかったカメオのペンダントの話から、オーク顔の青年の肖像画が入ったロケットペンダントや、黄金のペンダント、何代も前の王家が寄付したというロザリオなど。ルナマリア様は本当にたくさん調べてくれたのね。

「……分かりました。クライスト嬢、ご苦労様でした」

「ラファエル殿下のお役に立てて光栄です」

書類をしまうエル様に、わたしはようやく話しかける。

「エル様がお知りになりたかったことは解決されましたか？」

「……まだ解決ではないかな。でも、クライスト嬢のお陰でかなり有力な手がかりを得られたよ。情報と真実がどこまで一致するか分からないから、実物を確認出来るものはすべて確認したい。教会に足を運んで視察しようと思う。ココも一緒に来るかい？」

「はいっ！　勿論ですわ、エル様っ！」

やったー!!　エル様と初デートだわ!!　前世でデートとかしたことないから、すっごく嬉しい!!

「護衛にダグラスも入れよう」

「まだ見習いなのに、よろしいのですか？」

「うん。彼にもいい勉強になるだろう。他にもベテランの騎士を呼ぶしね」

妃教育が再開される前に一度視察に行こう、とエル様が言う。

「急だから王都内の教会になるだろうけれど」

エル様がそう言えば、ルナマリア様が「それでしたら」と、オーク顔の肖像画入りロケットペンダントがある教会を勧めてくださる。一番興味のないやつだったけれど、まぁいいわ。エル様とデートが出来るなら、場所なんてどこでも幸せだし。

その後は三人でお茶会を楽しみ、わたしは初デートに思いを馳《は》せた。

▽

ついに、教会視察という名の初デート当日がやってきた。

わたしは張り切って身だしなみを整え、視察に相応しい華美過ぎないドレスを着て、エル様の訪れを待った。王宮からエル様がわたしを迎えに来て、そのまま教会に行く手はずなのだ。

王家の紋章が入った馬車が、馬上の騎士たちに守られて我が家の門を潜る。

騎士の中に一人、装飾の違う白い制服を着たダグラスが混じっていた。ダグラスは真剣な表情で周辺の警戒に当たっている。その横顔がすごくセクシーだ。

ダグラスの顔の良さに心の中で拝んでいると、わたしの熱い視線に気付いたのか、彼が振り向いた。

そのままこちらに向かってぎこちなく頭を下げる。嬉しくてわたしも手を振った。

「こんにちは、ココ」

「お待ちしておりましたわ、エル様♡」

馬車から降りてきたエル様に挨拶をする。

玄関先でワクワクと待機していたわたしの傍《そば》には、父やレイモンド、アマレッティたち使用人がいて、一斉にエル様へと頭を下げた。

「本日は娘をよろしくお願いいたします」「エル様、次はぜひ我が家でゆっくりしていってくださいねっ。僕、待ってますから！」と父とレイモンドが挨拶をして、わたしたちを見送ってくれる。

わたしはエル様のエスコートで馬車に乗り、窓から皆へ手を振ると、教会へ向かった。

目的の教会は、ブロッサム侯爵家から三十分くらいのところにあった。

小さく古びた教会で、外壁には蔦《つた》が蔓延《はびこ》り、かつてガラスが嵌《は》められていたであろう窓には、木の板が打ちつけられていて塞がっていた。よく言えば歴史の重みを感じ、悪く言えば前世のホラー映画に出てきそうな佇《たたず》まいの教会だ。

エル様は「ここは現在でも使われているのだよね……？」とフォルトさんに確認を取っている。

フォルトさんは涙目になりながら教会を見上げ、首を縦に振っていた。

確かに初デートとしては難易度が高過ぎるけれど、わたしは大丈夫。だって、傍にエル様の美し過ぎるお顔があるもの。エル様さえいれば、どこでもラブラブデートスポットよ。

騎士が教会の扉を叩《たた》く。そんなに強くノックしたようには見えなかったが、蝶番《ちょうつがい》がギィギィと不吉な音を立てた。続いて、扉が外れてしまうんじゃないかというほど大きな音がして、玄関が開く。

中から出てきたのは、人の良さそうな老牧師と老夫人、そして二十人ほどの孤児たちだった。どの子も継ぎ当てはあるが清潔な衣類を身にまとい、生き生きとした表情をしていた。

「ようこそいらっしゃいました、ラファエル殿下。私はこの教会の牧師のグレイ、こちらは妻のカナリア、そして我が子供たちです」

グレイ牧師とミセス・カナリアは二人とも分厚い眼鏡をかけているのだが、エル様のお顔を見てもこれといった反応はなかった。もしかすると眼鏡の度が合っていないのかも……？

けれど孤児たちはとても素直に、エル様とダグラスを見て泣き出した。

「ミセス・カナリアっ！　おっかない子が来たよ！」

「うわぁぁぁんっ、怖いよう、牧師様っ、助けてぇ!!」

「悪魔が二人もいるよ!!　ぼく、地獄になんて行きたくないぃぃぃぃぃっ!!」

泣き出して抱きついてくる子供たちを、グレイ牧師とミセス・カナリアがのんびりと宥《なだ》める。

「こらこら、子供たち。今日いらっしゃったのは王太子様ですよ。悪魔なんかじゃありませんよ」

「そうですよ、皆さん。お客様には礼儀正しくしないといけませんよ？」

「牧師様とミセス・カナリアは老眼だから!!　悪魔が見えないだけだよ!!」

「そうだよ!!」

なかなか収集がつかないので、わたしが前に出ることにした。絶世の美少女が登場すれば、子供たちも泣き止むでしょ。

「こんにちは、皆様。本日はこちらの教会にある、美しい肖像画の入ったペンダントを拝見に来ました。ご案内していただけると嬉しいのですが……？」

わたしがニッコリ笑って挨拶をすれば、男の子は勿論、女の子もわたしに夢中になった。泣いていたことも忘れて、笑顔ではしゃぎ始める。

「うわぁぁぁ……天使だ！」「ちがうよ、女神様でしょう？」「絵本の中のお姫様みたい。とっても綺麗《きれい》！」『ぼっ、僕が案内します、お姫様！』『いいえ、アタシが案内するわ！』『俺も！』

子供たちは一斉にわたしへ駆け寄ると、そのまま教会の中へと案内してくれた。

エル様の反応が気になって振り返れば、彼は悲しげで、それでいてどこかホッとしたような様子だった。やはり、これだけの人数の子供たちに容姿のことで泣かれるのは嫌だったのだろう。

グレイ牧師とミセス・カナリアがエル様の案内を始めるのを見て、わたしはようやく安心した。

教会の外観もなかなか古かったが、中も老朽化が進んでいた。板張りの廊下を歩けばミシミシと音が立ち、子供たちが「そこは踏んじゃダメですよ、女神様。床板が腐ってるんです」「この間もアルフレッドが床下に落っこちて、ご近所さんからもらった廃材で穴を塞いだばかりなんだよ」などと説明してくれた。

建物の老朽化は進んでいるけれど、中央に飾られた女神像やロザリオ、蠟燭《ろうそく》立てなどは綺麗に磨かれていた。咲き始めたばかりの野花が説教台に飾られていて可愛らしい。貧しいけれど少しでも綺麗にしようという努力が、あちらこちらに見受けられた。

「……ここの教会の寄付金はあまり多くないのかしら」

わたしがぽつりと呟《つぶや》いた言葉に、子供たちが反応する。

「少しでもお金が入ると、牧師様たちがすぐに新しい子を連れてきちゃうんだ」

「虐待にあっている子の家に行って、頭を下げて引き取ってきたり。スラム街まで出掛けて、赤ちゃんを拾ってきたり。だから、うちの教会はいつも貧乏なんだよ。でも、僕、とても幸せなんだ！」

「アタシも！　うちの親なんて何日もご飯をくれなかったし、殴られることもあったけれど、ここではそんなことはないのよ！　牧師様とミセス・カナリアはとっても優しいの！」

牧師様たちは確かに素晴らしい人格者だけれど、それではいつまで経っても教会の修繕にお金を回せないわね。でも、今の状況は危険過ぎるわ。牧師様たちは老朽化について、どうお考えなのかしら？

「今までに怪我をした子はおりませんの？　床板を踏み抜いたりしていたのでしょう？」

「大きな怪我をした子は一人もいません。掠《かす》り傷くらいです」

「だってここは教会だから、神様が僕たちを守ってくださるの！」

そんなわけないでしょう⁉　神様が守ってくれるから老朽化を放っておいてるのだとしたら、とんでもないことなのだけれど⁉

わたしは「それは牧師様やミセス・カナリアがおっしゃったことなの？　神様が守ってくださるから、教会が古いままでも平気だと？」と慌てて尋ねた。

子供たちは首を横に振る。

「牧師様とミセス・カナリアはそんなこと言わないよ？」

「そもそも二人は老眼だから、教会がボロっちぃことに気付いてないんだ。二人は床板を踏み抜いたこともないし。穴が出来ても年上の子たちがパパッと直しちゃうから」

「牧師様たち、窓ガラスが割れて板になったことも気付いてないよね。老眼だから仕方がないんだ」

つまり牧師様たちは教会の修繕の必要性に気付いてないのね……。これは忠告したほうがいいわ。

いろいろと思案しているうちに、ロケットペンダントの保管されている部屋へ辿《たど》り着いた。エル様と牧師様たちも、少し遅れてからやって来る。

木箱に収められたロケットペンダントは、やはり、わたしには興味のない品だった。

純銀製のペンダントは小まめに手入れをされており、ピカピカだ。侯爵令嬢のわたしの目にも素晴らしい宝飾品に見える。けれどロケットの蓋を開ければ、超絶オーク顔の青年の肖像画が現れた。

子供たちはオーク顔の肖像画を覗《のぞ》き込んで、うっとりとしている。「なんて素敵な王子様なの……」「いつ見ても格好良いよな！」「将来こんな男の子と結婚したいわ、アタシ」などなど。

牧師様からロケットペンダントについて説明を聞いているエル様に、わたしはそっと近寄る。イケメン成分を補給したいわ。

「……ココ？」

エル様は急に近付いてきたわたしに戸惑い気味だったが、構わず彼の手を握る。少しはデート気分を味わいたいもの。けれど視察でもあるので、エル様の耳元に顔を寄せて懸念事項を伝えた。

「エル様、先程子供たちから聞いたのですが……」

わたしは声を潜め、牧師様たちが教会の修繕の必要性に気付いていないことをエル様に伝えた。

最初は急接近に照れていたエル様も次第に真剣な顔つきになり、「そういうことか」と頷いた。

エル様は壁や床に視線を走らせ、建物の傷み具合を確認する。

「この教会は修繕ではなく、もう建て直しが必要になっていると思う。王宮からも予算を出そう」

エル様は牧師様たちに教会の建て直しについて相談し始めた。

「おや、気付きませんでしたなぁ、老眼なもので」

「床板に穴が？　あら大変、子供たちに怪我がなくてよかったわ」

「まずは教会本部に連絡し、王宮からも老朽化具合を調べるために役人を派遣しますので……」

エル様と牧師様たちの話し合いが終わると、ちょうど教会視察の終了予定時刻になっていた。

わたしはエル様と共に牧師様たちにお礼を言い、フォルトさんが心ばかりの寄付金を渡す。

子供たちに囲まれながらゾロゾロと歩き、教会の玄関へ向かう。

「お姫様、また来てね！」「違うよ、女神様だってば」「大人になったら僕と結婚してくださいっ」「アタシ、お姫様のお友だちになりたいわ！」なんて子供たちの言葉を微笑んで聞きながら、早くこの子たちが安全に暮らせる建物になるといいなぁ、と願っていると。

突然、天井からバリバリバリッ!!! と何かが剝がれ落ちる音がした。

「キャァァアアッ!!!」

「危ないっ!!!」

「天井が落っこちてくる!!!」

老朽化した天井に亀裂が走り、剝がれ落ちてきた。大小様々な木片がわたしたちに向かって落下してくる。わたしは慌てて近くにいる子供たちの上に覆い被さった。

傍《そば》にいた騎士たちがすぐに駆け寄ってきて、わたしたちを守るためにさらに上から覆い被さる。その中にはダグラスの姿もあって、幼い子供たちを庇《かば》っていた。エル様や牧師様たちもしゃがみ込み、騎士に守られている。

床に叩きつけられる木片の音が止むと、わたしたちはすぐさま教会から脱出した。

子供たちは牧師様たちにしがみついて大泣きしているが、怪我はないようだ。騎士たちも幸い軽傷で済んだみたいだ。エル様もダグラスもフォルトさんも無事でホッとする。

「君に怪我がなくて本当に良かったよ、ココ」

「エル様もよくご無事で……。騎士たちが守ってくださって、本当に助かりましたわ」

「ああ、本当にそうだね。後で褒賞をあげなくては」

わたしとエル様は騎士の元に向かい、礼を言う。彼らは「この程度の軽傷は訓練中にもよくあるので」とハキハキと答えた。

「ダグラス、今日は子供たちを守ってくれて本当にありがとう」

エル様がダグラスに声をかけ、彼の手を強く握った。ダグラスはなんだか不思議そうに目を瞬かせている。

わたしも二人の手の上に自分の手を重ね、とびっきりの笑顔でお礼を言った。

「ありがとうございます、ダグラス！　あなたはもうすでに立派な騎士ですわね」

そこへ子供たちがやって来て、おどおどとダグラスにお礼を言い始めた。

「悪魔の兄ちゃん……、僕たちを助けてくれてありがとう」

「ありがとう……。最初、泣いちゃってごめんね？」

「僕らを守ってくれてありがとう！」

ダグラスは金色の瞳を見開き、呆然《ぼうぜん》とした様子で「……ああ」と頷いた。

その後は教会本部へ連絡を取ったり、仮住まいの家を借りる手配をしたりと、いろいろあったけれど。牧師様と子供たちに見送られて教会を後にするまで、ダグラスの表情は変わらなかった。

▽

目が覚めると布団の中にいた。その事実に俺は毎朝驚いちまう。数ヵ月前はただの浮浪児だったっていうのに。

周囲を見渡せば、騎士見習いが使う四人部屋が見えた。二段ベッドが二つ壁際に並べられ、鍵付きの戸棚が四つあって私物がしまえるようになっていた。まぁ、俺の戸棚には支給された衣類の他は、ハンカチが数枚入っているだけだけれどな。

まだ早朝のため室内は暗く、春先の寒さが身に染みる。だが、スラム街で死と隣り合わせの冬越えをしていた頃と比べれば天国だ。食堂や談話室など人が多く集まる場所には暖炉もあるから、暖まりに行くことも出来る。

俺は同室のやつらを起こさないよう静かに二段ベッドから降りて、見習いの制服に着替えた。

朝食の時間まで自主練をしてくるか。

俺が生まれたのは王都のスラム街で、ガキの頃に母親に捨てられて孤児になった。

母親の記憶は曖昧だ。記憶の中の母親はまだ十代前半のような顔をしていて、俺を見下ろす表情はいつも苛立っていたような気がする。

どうせ父親が誰かも分からずに俺を産んじまったのだろう。スラムの女にはよくある話だ。自分の体で生計を立て、そして生まれた子供を奴隷商に売り払う。その予定だったのに、生まれてきた俺があまりにも不細工で売るに売れなかったつーわけだ。

そのまま俺を見殺しにしちまえば良かったのに、母親は良くも悪くも幼くて、判断を間違えちまったんだろう。母親は俺を疎《うと》みながらも、たまに乳を与えた。俺の歯が生えてからも、時折気まぐれのようにカビたパンを与えたりした。子育てとも呼べないような杜撰《ずさん》な扱いだったが、生来の頑丈さのせいか悪運の強さか、俺は生き延びちまったというわけだ。

そんな母親といつ別れたのかもよく覚えてねぇ。気付けば俺はどこかの軒下で座り込んでいた。酷《ひど》く空腹で、視界が霞《かす》む。とにかく腹に何か入れたくて、そこら辺に生えている草を口に入れた。雨上がりだったのか地面には水溜《みずた》まりがあって、顔を突っ込んで泥水をすすった。たぶん四歳前後の記憶だろう。

そのうち一人でゴミを漁ることを覚えた。俺よりも体の大きな奴らがゴミ捨て場を縄張りにしていて、そいつらに見つかると暴力を振るわれることも学んだ。

そいつらに見つからないようにゴミを漁り、見つかれば殴られ、時には抵抗し、殴り返すことも出来るようになった。そのうち盗みや詐欺も覚え、気が付けば十歳を越えたあたりで醜さと腕っぷしの強さから『悪魔のダグラス』と呼ばれるようになっていた。

そんで運命のあの日、俺は教会の祭りへと出掛けた。

何を祝っているのかよく知らねぇけれど、教会へ行けば誰でも炊き出しがもらえる日だ。まともな飯がタダで食えるんだから、行かないわけにはいかない。俺はスラム街から一番近い教会へ、いつもの空腹を抱えて歩いていった。

炊き出しの列に並んでいると、突然、数人の男たちが俺の前に割り込んでくる。二十代前後の男たちは俺をジロジロと見て笑った。

「うっわぁ、こいつ、すっげぇ不細工」

「この季節に半袖って、どんだけ貧乏なんだよ……。あ〜、そっか、スラムのガキか」

「おい、不細工。俺たちは急いでるから先に並ばせろよ。ちょっとは人の役に立て」

「お前みたいな不細工は生きてるだけで迷惑だもんな。社会貢献しろ」

俺は男たちの言葉に腹が立ち、いつものように喧嘩《けんか》が始まった。リーダー格の男に狙いを定めてガンガン殴り付ける。腰巾着の男どもが俺に横槍《やり》を入れてくるが無視し、ひたすら殴り続ける。先にリーダーさえのしちまえば後は楽だからな。

だが体格差のせいか、空腹のせいか、殴られる回数が増えていく。腰巾着の一人に横から蹴りを入れられて、踏み止まれなかった体が地面に倒れた。そこへ畳み掛けるように殴られる。

くそっ‼　痛てぇ‼　悔しい‼　なんで俺ばかりこんな人生なんだ……っ‼

せめて頭を守ろうと体を縮こませれば――……。

「列に割り込むような失礼な方に、炊き出しを受け取る資格はありませんわ。大人しく騎士団に連行されなさい！」

甲高い女のガキの声が聞こえたかと思うと、騎士がやって来て、俺を囲んでいた男たちを捕らえていく。

そして目の前に小さな手のひらが現れた。苦労などまるで知らない、女の綺麗な手だ。きっといいところのお嬢様なんだろう。

腹が立って、俺は暴言と共にその白い手を払い除けた。触れられたくなかったし、……どうせ向こうだって俺の顔を見れば、手を差し出したことを後悔するに決まっている。

こういうお節介な奴は今までにもいた。独り善《よ》がりな正義感だとか、自己犠牲に酔っているだけだ。

――誰も俺なんかを、本気で相手にしちゃくれねぇんだ。

さぁ、俺の顔を見て悲鳴をあげろよ。泡でも吹いて、ぶっ倒れちまえ。

そう思って顔をあげれば――……ピンク色の髪と、新芽みたいに柔らかな黄緑色の瞳を持った、美しい女神がそこにいた。

今日はこの女神のための祭りだったのか？　だから女神が降臨したのかと、一瞬本気で思った。

女は驚いたように俺を見つめたが、そこに嫌悪の色は見えねぇ。女はもう一度俺に手を差し伸べた。

俺はその手を取る以外の選択肢が思い浮かばなくて、呆然としたまま手を重ねた。

その瞬間から、俺の地獄のような日常は終わりを告げた。


ココレットと名乗った女は、なんの躊躇《ためら》いもなく俺の体に触れて、傷の手当をした。あまりのことに、こいつの頭はイカれているのかもしれねぇと俺は思った。

暫《しば》くすると、女の弟を名乗るガキがやって来た。弟が不思議なお面を取ると、不細工な顔が現れる。けれど女は優しげに弟の頭を撫《な》でた。

……なるほどな。この女は身内にこんな不細工がいるから、俺に対しても平気な顔して手を差し伸べられたんだろう。なんとなく納得出来た。

だが、その後にやって来た〝王太子〟に、俺はもう一度驚かされた。

不細工王太子の噂《うわさ》は、俺のようなスラム街の浮浪児ですら知っている。

この国で最も美しい国王の息子である王太子の顔は、この世のものとは思えないほど醜いのだ、と。王太子の顔を見た者はその日から夜毎悪夢に苛まれて精神を病み、最後は正気を失ってしまう、という噂だ。

スラムの連中から『悪魔のダグラス』と呼ばれていた俺は、よく不細工王太子の噂を引き合いに出された。

「お前も不細工王太子と同じように、見ただけで呪われそうな面をしてやがるぜ」

「本当に気味の悪りぃ顔だ。お前も不細工王太子みたいに醜くても王族だったら、良い暮らしが出来ただろうに。残念だなぁ、ダグラス?」

俺にとって王太子は複雑な存在だった。血筋さえ良ければどんなに醜くても王族としての暮らしが約束されるのか、という妬《ねた》ましさもあり。同時に、こんなスラム街の連中からもボロクソに言われなきゃなんねぇ生活を哀れにも思う。

嫉妬と同情。そして『不細工王太子が王様になったら、この国の腐った部分を変えてくれりゃあいいんだが』という仄《ほの》かな期待。会ったこともないし、これから先も遠目に見ることさえないだろう王太子は、俺にとってはそんなふうに複雑な存在だった。

それがまさか、出会っちまうなんてな。しかも俺を保護しやがった。私の騎士にならないかと、仕事までぶら下げて。

王宮にある離宮へ案内されて、不細工王太子——ラファエル殿下は、俺にこう言った。

「出会ったばかりでこんなことを言うのは、君にとっては不思議かもしれませんが。私は君の絶対の味方です」

うざったい長さの前髪の向こうに、蒼《あお》い瞳が見え隠れしている。その目つきは酷く真剣だった。

「……なんで、そんなことを俺に言うンすか」

「君が私の絶対の味方になってくれることを知っているからです」

「なんだ、それ……？」

「それに君も、ココの優しさを好ましく感じたでしょう？」

さっきの女がラファエル殿下の婚約者候補だということは聞いた。ああいう偏見の無い人間が世の中にはいたんだな。醜い上に浮浪児の俺には絶対に手が届かないような女だった。

「私はココを守りたい。私には敵が多いから、きっと彼女を争い事に巻き込んでしまうでしょう。その時に彼女を守る人間は多いほうがいい。ダグラス、君ならココを守れると信じています」

「殿下……」

ラファエル殿下は俺に微笑みかけると、手を差し出した。俺は肩の力を抜き、その手を握る。

「俺は暴力しか持ってねぇ。それを誰かを守るための力に変えられるかは、分かんねぇ……けれど」

「うん」

「やるだけやってみます。殿下が俺なんかを必要としてくれたことも、あの女……ココレット様が俺なんかに優しくしてくれたことも……。すげぇ、嬉しかったんで」

「ありがとう、ダグラス」

人から初めて優しくされて、初めて必要とされて、初めて期待されて、初めて信頼された。

……どうしようもなく嬉しかった。

端から見ればきっと、俺は残飯を与えられて簡単に人に懐いちまった野良犬みたいなんだろう。

――でも、それがどうしようもなく俺という人間だった。

殿下のぎょろぎょろとデカい目が、優しげに細められる。

「ダグラス。これからよろしくお願いしますね」

「……っ、はい。よろしくお願いします……」

泣きそうだ。自分の居場所が出来るって、こんなにホッとすることだったのかと、俺は思った。


「ダグラス、ごきげんよう！」

「……ココレット様」

午前の訓練が始まり、王宮の外周を走っていると、馬車から降りたばかりのココレット様が手を振っていた。慌てて駆け寄り、お辞儀をする。まだ所作がぎこちねぇけれど。

「訓練中にごめんなさいね」

「いえ。ココレット様は殿下とのお茶会ッスか？」

「ええ。エル様が我が家の焼き菓子をまた食べたいとおっしゃってくださったから、持ってきたの」

彼女は持っていたバスケットの蓋を開けると、紙袋に包まれた一つを俺に渡してくる。

「ダグラスの分も持ってきたから、どうぞ」

「あ、ありがとうございます……！」

「この間の教会視察で頑張ってくれたお礼よ。エル様があなたの活躍をとても喜んでいたわ。子供たちからもお礼状が届いてね、ダグラスにとても感謝していたわよ」

ココレット様の言葉に、教会視察の記憶が蘇《よみがえ》る。俺が初めて人の役に立てた、記念すべき日だ。あんなふうに誰かに感謝される日がくるなんて思いもしなかった。あの日の胸の奥のくすぐったさが今でも残っていて、こそばゆい。

「邪魔しちゃってごめんなさい。じゃあまたね、ダグラス。訓練頑張ってね！」

「あ、お、お気を付けて……！」

ヒラヒラと手を振って去っていくココレット様は本当に蝶々《ちょうちょう》みたいに綺麗で、優雅で。……俺なんかに笑いかけるほど、心の綺麗な人だ。殿下が守りたいと言うのも頷ける。

何より俺の力が真っ当に役立つなら、こんなに嬉しいことはない。

「よし。そのためにも頑張るか」

俺はもらった紙袋を懐に入れると、外周へ戻る。向かい風に春の香りが混ざっていた。

▽

教会の天井崩落事故から約半月。教会本部は異例のスピードで教会の建て直しを決定し、王宮からも予算が下りたらしい。

「どうやら王太子である私が事故に居合わせたことで、気を使ったらしいね」

エル様はどこか皮肉げにおっしゃった。そんな悪い表情も好きだわ……♡

「では、エル様のお陰で牧師様たちは通常より早く新しい教会で暮らすことが出来ますね。子供たちもエル様にとても感謝していると思いますよ」

「……私の権力が民にとって良い方向に作用したのなら、今回はそれで良いのかもしれないね」

エル様はまるで自分の権力が悪い方向へ作用した場合のことを知っているみたいな言い方をされた。彼の横顔に落ちる影があまりにも悲しげで、わたしは戸惑う。

わたしはエル様の手を両手で包み、元気づけるように笑いかけた。

「エル様の権力はとても強大で、扱いの難しいものです。でも正しく使えば、エル様や国や民を守るための素晴らしい武器になりますわ」

わたしの絶世の美貌がわたしや周囲の人々を守ってくれるように。

エル様の権力だって、絶対にエル様や民を守れるはずだ。

「……私は今度こそ、正しく使えるだろうか……?」

今度こそ、という言葉に少しだけ引っ掛かりを覚えたけれど。わたしを見つめるエル様のお顔がとても真剣で苦しげだったから、細かいことには構っていられなかった。イケメンを悲しませてなるものか！

「わたしがおりますわ。エル様の妃として、あなたが正しくご自分の力を発揮出来るよう、お支えいたします」

「ココ……」

わたしの励ましに、エル様は一瞬泣きそうに眉間《みけん》を寄せてから、「うん」と笑った。

「ココが私の正妃になる未来へ、絶対に辿り着いてみせるよ」

この時のわたしたちにはまだ預かり知らぬことだけれど、教会の建て直しがエル様の功績として評価され、「不細工王太子が下々の者たちを守ってくれた」と民から見直されていたらしい。

▽

妃教育が再開された。

わたしは妃教育を受ける部屋へ向かいながら、廊下の窓へ視線を向けた。王宮の庭園には桜の木が植えられており、蕾《つぼみ》が赤く色づいている。もう少ししたら桜の花が咲き始めるだろう。

桜の花はブロッサム侯爵家のエンブレムなので、我が家の庭にもたくさん植えられている。満開の時にエル様をご招待して、お花見を楽しみたいわ。

そんなことを考えていると、庭園の遊歩道を歩く令嬢の姿がわたしの視界に入った。

栗色《くりいろ》の巻き髪をふわふわと揺らし、スミレ色の瞳を輝かせる小柄な彼女は、ヴィオレット・ベルガ辺境伯爵令嬢。側妃様からの推薦でオーク様の婚約者候補に選ばれた、一つ年下の女の子だ。

愛らしい見た目に反して好戦的で、格闘の心得もあるということだけれど……。わたしは今まで彼女とほとんど会話をしたことがない。

ミスティア様も最初のキャットファイトで言い負かされた後は、ヴィオレット様に話しかける様子を見せないし。ルナマリア様もわたし以外と会話をしていないような気がする。

……あれ？　ミスティア様とルナマリア様も、実は最初の言い争い以来、会話をしていない……？

気付いてしまった衝撃的事実に狼狽《うろた》えていると、突然、庭園に強い風が吹いた。

風はヴィオレット様の髪に飾られていたスミレ色のリボンを解いた。そのまま風に攫《さら》われそうになったリボンを、傍にいた従者の少年が飛び上がって摑《つか》む。素晴らしい反射神経ね。

従者はヴィオレット様と同年か、ちょっと年下くらいに見える。深紫の髪と瞳をした平凡顔だった。

彼は手にしたリボンをヴィオレット様へと差し出した。するとヴィオレット様は嬉しそうに顔を綻《ほころ》ばせて、自分の頭を下げた。まるで結んでほしいとおねだりするように。従者は顔を赤らめ、困り切った様子だったが、彼女の髪へ手を伸ばす。そして慣れない手つきでリボンを結んだ。

従者は不格好なリボンに何度も頭を下げて謝っているようだが、ヴィオレット様は優しく微笑んだ。そして二人は王宮へ入る扉のほうに向かっていく。

……あんな従者、今までヴィオレット様の傍にいたかしら？

わたしは小首を傾げ、二人の背中が見えなくなるまで眺めていた。

第七章 ★ 二度目の教会視察 ★

本日の妃教育が終わり、わたしはエル様の離宮へと向かう。

エル様の離宮は王宮から結構離れているけれど、周囲に緑が多く閑静で、わたしはとても好きだ。

そして何より、エル様のプライベート空間である。イケメン王子様が暮らすパラダイスに向かっていると思うだけで、わたしの足取りは非常に軽かった。

「ココ！　奇遇だな！」

途中で呼び止めてくる甘い声に、思わず肩が跳ねる。声がしたほうへ振り向けば案の定、この呪われた世界的にイケメン王子様のオーク様の姿があった。ルナマリア様と侍女たちもいる。

「ごきげんよう、オーク様。そしてルナマリア様、お疲れさまです」

「ああ。ココも元気そうで何よりだ」

「ココレット様もお疲れさまです」

わたしのことを愛しそうに見つめるオーク様は、少し背が伸びたようだ。冬の間お会いしなかったせいで、余計に彼の変化を感じるのかもしれない。

「ココもこれから兄君の離宮へ行くのだろう？　俺とルナもそのつもりだから、一緒に行かないか」

オーク様たちもエル様からお誘いされていたのかしら？　そう尋ねようとした途端、さらに遠くから声をかけられた。

「オーク様！　そこにいる令嬢があなたの三人目の婚約者候補でしょうか？　ならば第二王子派閥の我々にも紹介してください！」

「ベルガ辺境伯爵令嬢の件は僕たちも了承しておりますし、クライスト筆頭侯爵令嬢の価値は分かります。ですが、ブロッサム侯爵家は中立派閥ですからね。本当にオーク様のお役に立てる令嬢なのかどうか、甚《はなは》だ疑問ですよ」

「はたして第二王子であるオーク様にどれほど相応しい令嬢なのか……」

オーク様には劣るけれど、なかなかオーク度の高い令息たちが現れた。彼らはこちらを品定めする気満々で近付いてくる。

彼らはたぶん上位貴族なのだろう。けれど、婚約者候補を決めるガーデンパーティーで会った記憶はないわね。向こうも、ブロッサム侯爵令嬢がどんな姿なのか分かっていないみたいだし。

見下されるのは楽しくないので、わたしは彼らにニッコリと微笑み、美しさで先制した。

「皆様、お初にお目にかかりますわ。ラファエル殿下の婚約者候補、ココレット・ブロッサムです」

オーク様の婚約者候補ではなく、エル様の婚約者候補であることを全面に押し出した挨拶をする。

けれど、令息たちはわたしの自己紹介など大して聞いていなかっただろう。だって、わたしの美貌に見惚《みと》れて、声も出せない状態に陥ってしまったのだから。

あまりにも早い手のひら返しだけれど、わたしが絶世の美少女だから仕方がないわよね。敵にもならないわ。

「すまない、ココ。派閥の者たちが俺のことを心配し過ぎて、君に失礼な態度を取ってしまった。君たちも、ちゃんとココに謝罪をしないといけないぞ」

オーク様は令息たちから謝罪の言葉を引き出そうとしたが、彼らはようやく口を開いたかと思えば、「なんて美しい！」「地上に舞い降りた天使、いや、もはや女神だ！」「オーク様に相応しいのはコレット様だ……」と譫言《うわごと》のように呟《つぶや》くだけだった。

「オーク様から謝罪の言葉をいただきましたので、もう結構ですわ」

「寛大な言葉をありがとう、ココ。君たちはもう下がれ。そもそも、すでに帰宅したと思っていたのだが……」

侍女が令息たちを丁重に追い返すのを見て、わたしは首を傾げる。

「あの方々とお会いしたのは初めてですわ。ガーデンパーティーに出席されていましたか？」

「出席してはいたのだが、その、兄君を見て泣き出してしまったらしく、開始早々に退席したそうだ」

どおりで記憶にないはずだわ。

「早く彼らにも薄霞眼鏡《うすがすみめがね》が購入出来るようになればいいのだが。そうすれば彼らも、兄君の本当の良さが分かるだろう」

オーク様はそう言って、侍女たちに視線を向ける。彼女たちは全員、薄霞眼鏡をかけていた。

「フィスから薄霞眼鏡を購入したお陰で、俺が兄君の元へ頻繁に訪れても皆が困らなくなったのだ。今までは兄君に気軽に会いに行けなくてなぁ。今日は彼らとの面会が早く終わったから、こうして兄君の元へ行くことにしたのだ。ルナとは途中で会ったから、連れてきた」

「そうでしたのね」

三人でエル様の離宮に向かいながら、冬の間オーク様が側妃様の母国であるポルタニア皇国で過ごしていたことを聞いた。

ポルタニア皇国は我がシャリオット王国の南方にあり、一年を通して温暖な気候で、雪がまったく降らないそうだ。

「従兄が雪を見たいと騒いで大変だった。ココとルナにも、いずれ従兄を紹介する日が来るだろう」

オーク様の従兄とは、つまりポルタニア皇国の皇子だろう。側妃様は元皇女で、何番目かの兄が現皇帝なのだ。

「そうだ、ココ。母上からお茶会の招待状だ。ルナにはもう渡したのだが、忘れていたよ」

オーク様はそう言うと、懐から一通の招待状を取り出した。王家の紋章が入った高級な封筒だ。

「母上は俺の婚約者候補とお会いしたいらしい。堅苦しいものではないから、ぜひ気楽に来てくれ」

「はい。ありがとうございます」

オーク様のお母様かぁ。どんな方なのかしらね？


離宮の客間に通されると、エル様が嬉《うれ》しそうな表情で現れた。しかしオーク様を見た途端に、エル様の表情が強張《こわば》る。相変わらずオーク様が苦手なご様子だ。

わたしはエル様の隣に腰掛け、オーク様とルナマリア様は向かいのソファーに腰掛けた。フォルトさんがすぐにお茶を給仕してくれる。

「クライスト嬢、先日あなたが勧めてくださった教会へ視察に行きました。思わぬ結果になりましたが、民を守ることが出来ました。ありがとうございます」

気を取り直したエル様がルナマリア様にお礼を言うと、彼女はしょんぼりとした雰囲気になった。

「申し訳ありません、ラファエル殿下。私が勧めておきながら、あのような崩落事故が起こるとは……。私が自分の目で下調べをするべきでした。殿下がご無事で本当によかったです」

「いえ、今回の事故はクライスト嬢のせいではありません」

確かに、いつ崩壊してもおかしくない教会を王族の視察に勧めるなど、エル様暗殺未遂の疑いをかけられてもおかしくない。けれどルナマリア様は正妃派閥で、エル様を暗殺する理由がない。『エル様と結婚したくないから』という理由も、わたしがいる以上ありえないし。『エル様を暗殺してオーク様を王太子に』という理由も、ルナマリア様に限ってはなさそうだ。

だって、彼女が本気で愛しているオーク様は、エル様をとても慕っているのだから。オーク様に嫌われるようなことを、わざわざ彼女がするとは思えない。今回の件は不運な偶然だろう。

「今回のことは大変だったな、兄君。怪我がなくて本当に良かった。だが、お陰で兄君の評価が上がったとルナから聞いたぞ。兄君の素晴らしさが民に伝わって、俺も嬉しい」

「まぁ、エル様の評価が？　本当ですか、ルナマリア様？」

「はい、ココレット様。身を挺《てい》して民を庇《かば》ったと評判になっております」

「……身を挺して庇ったのは、私でなく騎士たちなのだが」

「騎士があの場にいたのもエル様のお陰ですわ！　エル様の功績で問題ありませんわよ！」

「そうだろうか……？」

エル様はちょっと遠慮気味だが、エル様の配下の功績はすべてエル様のものである。

こうして少しずつエル様の評価が上がって、彼の味方が増えてくれると嬉しいわ！

「それにしても、教会視察はとても楽しそうだな。次はぜひ俺も混ぜてくれ！」

「オークハルト……。教会視察は私の個人的な調べ物のためだが、遊んでいるつもりはない」

「そんなことは分かってる！　だが一度くらい同行したって構わないだろう？　俺は兄君と一緒に視察へ行ったことがないのだから」

オーク様は両手の指を組み合わせ、上目遣いでエル様を見つめた。そんなオーク様に、ルナマリア様や使用人たちが、「我らがオーク様のなんたる愛らしさよ……っ‼」と、うっとりした表情をしている。

わたしにはモンスター系男子は興味の範囲外だけれど、皆《オタク》の気持ちは分かるわ。美少年の可愛らしいおねだりって最高よね。

「……私はお前の予定に合わせるつもりはない。視察に来たければ、自分で予定を調整するように」

「分かった！　日程が決まったら早めに教えてくれ、兄君！」

満足そうに頷《うなず》くオーク様へ、今度はルナマリア様が話しかける。

「あの、オークハルト殿下……」

「なんだい、ルナ？」

「殿下が行かれるのでしたら、ぜひ私もご一緒させてください」

「兄君、ルナも参加させても構わないだろう?」

「……もう好きにしてくれ」

「ありがとう、兄君!」

ぐったりとソファーへ沈むエル様は、疲れたように両手で頭を抱えた。

それがなんだか可笑しいような、可哀想な様子で、わたしはエル様の肩を撫《な》でて慰める。

エル様は長い前髪の隙間から、じっとわたしを見上げた。

「次の視察は騒がしいかもしれないけれど、ココも一緒に来てくれるかい?」

「勿論《もちろん》ですわ、エル様。あなたの向かう場所でしたら、どこへでも」

「ありがとう、ココ」

ホッとしたようにエル様は笑った。

▽

先日からずっと心に引っ掛かっていることがある。婚約者候補たちの不仲についてだ。

ここ一週間ほど、ルナマリア様とミスティア様の様子を観察してみたけれど、やはり二人が会話をしているところは見なかった。わたしを仲介して意思疎通をすることはあっても、直接の交流はしたくないらしい。まぁ、最初の挨拶の時がアレだものね……。

ただ、出会ったばかりの頃のミスティア様はかなり切羽詰まった状況にいた。兄とワグナー公爵家のために、エル様の正妃になることを気負われていて。それなのにエル様を見る度に失神してしまっていて。

そんなミスティア様にとってルナマリア様は、同じ正妃派閥でありながらお家の力を使って好きな人の婚約者候補になった、甘やかされた令嬢に見えたことだろう。

けれど、ミスティア様の状況はもうすでに変わっている。ドワーフィスター様も次期宰相として勉強に励んでいるし、魔道具のお陰でミスティア様本人もエル様と良好な関係を築いている。後はこのまま正妃派閥としてエル様の婚約者候補に名を連ねていれば、ミスティア様は安泰なのだ。ワグナー公爵家の名を守ることが出来て、たくさんの報償金と望む縁談が用意されるのだから。

それでもまだミスティア様は、ルナマリア様のことをお嫌いなのかしら……？

もちろん派閥としては、彼女の行動を認めるわけにはいかないのでしょう。でも、状況が変わって以来、ミスティア様がルナマリア様に突っかかっているところは見ていないし。

それに、ルナマリア様もミスティア様に言い返すことはあっても、自分から喧嘩《けんか》を吹っ掛けたりはしない。オーク様にいつも釘《くぎ》付けで、ミスティア様のことはどうでもいいみたいだ。

嫌な人とも仲良くすべきだなんて綺麗事《きれいごと》は、わたしだって言う気はない。

でもミスティア様とルナマリア様に関しては、まだ仲良くなる可能性があるのでは？　と、お節介ながらも思ってしまう。婚約者候補として一緒に行動する時間は、この先もまだまだ長いのだし。

「それで、次の教会視察にワグナー嬢も同行させたいというわけだね、ココ」

「はい。ご迷惑でしょうか、エル様？」

「……いや。むしろ人数を増やしたほうが、オークハルトに関わる時間が減るかもしれないな」

「じゃあミスティア様をお誘いしても……？」

「うん。構わないよ」

「ありがとうございます、エル様！　明日早速、ミスティア様をお誘いしてみますわっ」

我が家の庭の桜が満開になったので、今日はエル様とレイモンドとお花見をしている。

エル様はいつものようにたくさんの本をレイモンドに貸してくださり、レイモンドは大喜びで本を読み始めたところだ。その横でわたしたちは次の視察の計画を立てていた。

大体の予定が決まると、侍女のアマレッティに新しいお茶菓子を出してもらう。

エル様は出されたマカロンを摘まみながら、桜の大木を見上げている。チラチラと舞う薄紅色の花弁が彼の頬を何度もかすめ、一つに結われた金髪にも花片が降り積もる。まるで桜の精霊王だわ。

美しい、美し過ぎる、本当に顔が良い……！　この世界に生まれてきてくださってありがとうございます、エル様……！　このお顔のためなら、わたし、割となんでも出来るわ……!!

エル様と桜のコラボレーションに悶《もだ》えながら、わたしは両手を祈りの形に組んだ。

「あ、ココ。君の髪に桜が」

「え？」

エル様が目を細めて、わたしの髪へと手を伸ばす。そして花弁を優しく摘み取った。けれど花弁は次から次へと降ってくるのでキリがなく、しまいにエル様は可笑しそうに笑い声をあげた。

「きっとこの庭の桜は、ココのことが大好きなんだろうね。君にばかり花弁が降ってくるよ」

「そんなことありませんわ。エル様にも、たくさん花弁が付いていらっしゃいますもの」

「いいや、君のほうだよ。だって君はまるで桜の精霊姫みたいだもの」

「エル様ったらっ♡」

毎年この季節は父から『ココは桜の精霊』や『私の春の女神様』と言われてきたわたしには、聞き慣れた賛辞だ。けれどエル様から言われると、喜びが全然違うわ……！

「エル様も、わたしにとっては桜の精霊王ですわ！」

「こ、ココ、そういう言葉は、私なんかではなく、オークハルトのほうが相応しいだろう……」

「わたしにとってはエル様にこそ相応しい言葉なんです‼」

「……も、もういいよ。ありがとう……」

魔竜王に呪われたこの世界で、エル様がご自分の容姿に対する評価を上げるのはなかなか難しいのだろう。でも、ここにあなたのことを世界一格好良いと思っている人間がいることを、ちゃんと分かってほしい。そしてゆくゆくは、わたしの好意を受け入れてほしいわ。

照れて真っ赤になったエル様を間近で眺め、わたしは穏やかな桜のひと時を満喫した。

▽

今日は二度目の教会視察の日だ。集合時間にはまだ早いけれど、王宮の玄関にはエル様とわたし、ミスティア様がすでに集まっていた。

フォルトさんが御者と打ち合わせをしている横で、護衛の騎士たちが点呼をとっている。その中には見習いのダグラスの姿もあった。

「あら、ミスティア様が本日お召しになっている紅い宝石のペンダント、とても素敵ですわね」

「ふふふん！　お目が高いわね、ココレット様。このペンダントはフィス兄さまからいただきましたの。まぁ、石自体はイミテーションですけれどね」

「ミスティア様の瞳と同じ色ですわね。天然の宝石でこの色を探すのは難しいですものねぇ」

とは言いつつ、ワグナー公爵家ほどの名家なら簡単に探し出せそうなのだけれど。でも、このイミテーションもキラキラして、とっても綺麗だわ。

お喋《しゃべ》りをしているうちに集合時間になり、オーク様とルナマリア様がやって来る。さらに追加メンバーで、ヴィオレット様が深紫髪の従者を連れてやって来た。

予期せぬ増員に、エル様が眉間にシワを寄せる。

「オークハルト、どういうつもりなんだ？」

「早かったんだな、兄君！　遅れてすまない」

「集合時間には間に合っているから、それはいい。けれど、私は今日の視察にベルガ辺境伯爵令嬢を呼ぶとは聞いていなかったのだが、何故彼女がここに？」

「ああ。ココもルナもワグナー嬢も来るのだから、ヴィーを仲間はずれにしては可哀想だと思ってな。俺が招待したんだ。好きにしてもいいと兄君はおっしゃっただろう？」

エル様は頭が痛いかのように額に手を当てると、怒りを圧し殺した声を出した。

「……確かに私はお前に好きにしろと言ったな。だが常識的に考えて、事前に報告の一つがあっても良かったはずだろう？」

「もしかして兄君は怒っているのか？　だが、ヴィーが一人増えるだけじゃないか。特に問題はないだろう？　今までだって、お茶会で急遽《きゅうきょ》人数を増やしても、なんの問題もなかったのだから」

「今までは周囲の者がお前を気遣い、尽力してくれたから、どうにかなっていただけだ。それに今回はお茶会ではなく視察だ。先方だって事前に通告された人数より勝手に増やされれば対応に困るかもしれない。王宮の使用人だって準備があるし、騎士だって護衛する人数が変われば計画を変えなければならない。ベルガ嬢を招待した時点で、私に報告すべきだったんだ」

オーク様は自分のしでかしたことをやっと理解したようで、慌ててエル様へと駆け寄った。

「兄君、申し訳ありませんでした……。兄君の言う通り、俺が軽率だった。下々の者のことまで気が回っていなかった。本当にごめんなさい……」

わたしには欠片も理解出来ないけれど、オーク様のその表情は縋《すが》りついてくる子犬のように庇護《ひご》欲を掻《か》き立てるものだったのだろう。エル様は苦々しげに「顔の良いやつはこれだから……」と溜息《ためいき》を吐《つ》いた。少なくともエル様には抜群に効果があったらしい……。

「オークハルト、次からは気を付けるように」

「ああ！　分かった、兄君！　ありがとう！」

ご主人様に許された子犬みたいにパッと明るい表情を浮かべたオーク様が下がると、今度は、従者に手を引かれたヴィオレット様が、エル様に挨拶をする。

「突然参加させていただくことになってしまい、大変申し訳ありませんわぁ、ラファエル殿下。ご都合がお悪いようでしたらぁ、わたしはこのまま下がりますのでぇ、なんなりとお申し付けください」

甘くのんびりとした声だが、辞退を申し出る彼女の姿はとても立派だった。砂糖菓子のように甘そうな見た目の女の子なのに、しかも年下なのに、オーク様よりしっかりしているわね。エル様を見ても完璧なポーカーフェイスが出来ているし。

「いいえ、ベルガ嬢が謝罪される必要はまったくありません。フォルト、彼女が参加出来るように手配してもらいたいのだが」

「問題ありません、エル様。馬車も余裕を持って三台用意しておきましたから」

「ありがとう、フォルト。同行する者たちにベルガ嬢の参加を伝えてくれ」

「承知いたしました」

そうして準備が整い、わたしはエル様とミスティア様とフォルトさんと同じ馬車に乗り込んだ。オーク様とルナマリア様、ヴィオレット様とその従者が二台目の馬車に。三台目の馬車は使用人や荷物用で、騎士たちは馬で護衛をしてくれる。

オーク様はエル様と馬車が分かれることに決まった途端、とても寂しげな顔をされた。

「俺はもう二度とこんな馬鹿な真似はしないぞ、兄君。だから次は兄君たちと同じ馬車に乗る」

「……学んでくれればそれでいい。何せお前は側妃様に自由に育てられたのだから」

「母上のせいにしても仕方なかろう。俺自身が成長しなければ」

オーク様はそう言うと、ルナマリア様をエスコートして馬車に乗った。

そして馬車が王宮から出発する。視察先の教会へは二時間ほどかかるらしい。

「エル様、側妃様はどんな御方ですの？」

わたしは隣に座るエル様に、先程の会話で気になったことを尋ねてみる。エル様は微苦笑された。

「側妃様か……。そうだな、どう説明すれば良いのか……」

言葉に詰まるエル様へ、向かいの席に座るミスティア様が助け船を出した。

「側妃様は何ものにも囚われないような御方だと、わたくしは思いますわ。貴族としての矜持《きょうじ》も、側妃としてのお立場からも、服装ですら本当にご自由で……。そんなところに魅力を感じる方々が多いのも、分かる気がいたしますわ」

「ワグナー嬢の言う通りだよ、ココ。側妃様は自由な御方だ」

「まぁ、そうなのですね。側妃様に今度お茶会へ招待されたので、お会いするのが楽しみですわ」

側妃様はオーク様によく似た、自由奔放だけど愛されるタイプの方なのかしら？　お会いするのが楽しみだと口では言ってみたけれど、ちょっぴり怖い気もするわね……。

暫《しばら》くすると馬車は王都を抜けた。のどかな風景が広がり始める。春の淡い空はどこまでも広がり、森や野原が続いている。桜の花は散ったが、新緑が目に鮮やかだった。

民家があるところでは、畑や牧草地が広がっている。土を耕して種や苗を植える農民の姿や、家畜の群れ、猟銃を持つ狩人の姿も見かけた。

シャリオット王国に生息する野生動物は大型のものが多く、ずいぶんと狂暴だ。人の生活圏を荒らしたり家畜を襲うことがあるので、狩人はそれを警戒しているのだろう。

以前は野生動物なんて特に気に留めていなかったけれど、喪失期を知った今となっては、いろいろと思うところがある。

大昔には魔竜王や眷属《けんぞく》のモンスターたちがたくさんいたが、喪失期にそのほとんどの種族が一度滅びた。そして長い年月が経過し、世界は再び進化の過程を辿《たど》っているわけだけれど——野生動物が大型で狂暴って、もしや最終的にモンスターになっちゃうんじゃないの……？

これはあくまでも仮説の域だけれど、王宮魔法師団は本当に設立したほうがいいわね。ドワーフィスター様にぜひとも頑張っていただかないと。


馬車はようやく、目的の領地に入った。

領地の中心にある教会へ到着すると、教会の入り口には牧師様や修道女たち、そしてこの領地を治めている伯爵家の方々が歓迎ムードで待っていた。

エル様が馬車から降りると、その場の空気が一気に凍りつく。修道女は全員倒れそうになり、牧師様や伯爵家の方々の表情は真っ青になった。吐き気を堪《こら》えようと口許をハンカチで押さえる者もいた。

またしてもこの展開だ。魔竜王の呪いは本当に厄介ね。

「エル様っ」

わたしはとびきりの笑顔を作って馬車から降りると、エル様の腕にしがみついた。エル様にはわたしという味方がいることを、エル様にも周囲の人にもアピールするために。あと、わたしの美貌でエル様への嫌悪感を中和する作業も兼ねて。

わたしの美少女パワーの効果で、ふらついていた修道女たちがシャキッと背筋を伸ばし、牧師様たちも顔色がかなりマシになった。

「ココ、……ありがとう」

エル様はわたしの思惑が分かったのだろう。穏やかな表情でわたしの髪を撫で、小さな声で「この程度のことはもう平気だよ」と言ってくださった。なんて強い心の持ち主なの……。好き！

馬車から全員が降りると、エル様は毅然《きぜん》とした態度で牧師様たちに話しかけた。

「本日は視察を受け入れてくださり、ありがとうございます。私は王太子ラファエル・シャリオット。あちらにいるのが弟のオークハルト、そして婚約者候補のご令嬢たちです。今日は一日よろしくお願いします」

まだ本調子ではないようだが、牧師様や伯爵家の方々がエル様に丁寧に対応する。

「はっ、はい。私はこの教会に長年務めさせていただいている牧師です。本日はよろしくお願いいたします。王家由来のカメオのペンダントをご覧になりたいとお聞きしておりますので、ご案内させていただきます」

「その後は、我が伯爵家が領地をご案内させていただきたく思います……！　昼食も屋敷のほうにご用意しておりますので！」

「お気遣いに感謝いたします。事前に連絡していたよりも人数が増えてしまったのですが、大丈夫でしょうか？」

「はいっ、対応させていただきます……っ！」

牧師様たちの案内で、わたしたちは教会の中へと入った。

それほど大きな教会ではなかったけれど、歴史は古く、前世だったら文化財とかに指定されていそうな女神像が飾られていた。もちろん前回の教会と違って建物も補修されており、頑丈そうだ。

オーク様にエスコートされたルナマリア様はいつもの無表情を興奮のあまり真っ赤にさせて、牧師様の説明に相づちを打っている。ミスティア様はわたしのドレスの裾を摘まんで、「ねぇココレット様、あちらをご覧なさいな！　初代国王時代の石像ですわよ、あれ！」などと、はしゃいでいた。

皆、遠足に来た子供のように楽しそうで、わたしまで嬉しいわ。

エル様はお目当てのカメオのペンダントを見て、牧師様から説明を聞いている。

百五十年ほど前にこの領地で大きな山火事があり、その被害者を憐《あわ》れまれた王女様が、自身の宝飾品をいくつか寄付したらしい。このカメオのペンダントもその一つだそうだ。素敵な王女様ねぇ。

説明を聞き終えると、エル様は何故か少し落胆した様子だった。

「エル様、どうされたのですか？」

「いや……。なんでもないよ」

エル様は苦笑するだけで、それ以上は語らなかった。

ふと、ヴィオレット様があの従者にエスコートされている姿が視界に映る。ヴィオレット様は愛らしく笑いながら従者に何か耳打ちし、従者は真っ赤な顔になる。その様子はまるで――……。

「ココ、そろそろ伯爵家の屋敷へ移動だよ。……どうかしたの、ココ？」

「いえ。少しぼーっとしてしまいましたわ」

「そうか。もうすっかりいい陽気だものね」

「はい」

教会視察が終わると、わたしたちはまた馬車に乗り、伯爵家の屋敷へと向かった。


屋敷に着くと昼食が始まった。お料理には採れたての春野菜の他に、根菜や酢漬けやチーズやソーセージなど、保存の効く食材が多く使われていた。前世と違って、一年中新鮮なものが食べられるわけではない。冬から春への移り変わりの季節はこうなってしまう。でも、魔法が発展すれば冷蔵庫みたいなものも作れるかもしれないわね？

どの料理も美味しくいただいていると、オーク様が伯爵家の使用人のほうへチラチラと視線を向けているのが見えた。その表情はどこか申し訳なさそうだった。

急に人数を増やしたことを、彼なりに反省しているのだろう。食事が終わるとオーク様は伯爵家の方々にきちんとお礼と謝罪をしていた。

食後のお茶を飲みながら、伯爵からこの地の歴史や風土、産業について話を聞く。熱心に相槌《あいづち》を打つエル様のお顔に、伯爵も慣れたようだ。ポーカーフェイスを保てている。

実際に領地を見て回ることになり、再び馬車で移動して、小麦の貯蔵施設などを見学する。

やはりここでもエル様を見て悲鳴をあげる人がいたが、わたしがエル様の腕にしがみついて満面の笑みを浮かべることで注目を分散した。涙を流してわたしを拝む人まで現れたが、エル様に対して嫌悪感を見せるよりはずっといいわ。

最後に広い農地へと向かった。たくさんの農民たちが土を耕し、種を蒔《ま》いている。

この農地でも狩人たちが猟銃を構え、野性動物が潜んでいそうな茂みや林などに真剣な眼差しを向けていた。

「ここでは苗を植える体験を予定しております」

農業体験をするためのエプロンやブーツ、手袋がわたしたち全員に配られた。それらを身に付けると、小さな苗が配られる。

農民が掘ってくれた穴へ苗を置き、上に土を被せるという流れらしい。王侯貴族向けの超絶簡単な農作業だ。

けれど初めて土に触れる子供たちばかりなので、これくらいでちょうどいいのかもしれない。エル様も興味深そうに苗を植えているし、オーク様もはしゃいでいる。ルナマリア様も瞳が輝いているし、ミスティア様も楽しそうだ。ヴィオレット様は従者と共同作業をしていた。何その密着度、わたしもエル様と共同作業したいんですけれど……！

特に問題なく苗植えが終了し、後は挨拶をして王都へ帰ろうという段階で、突然ミスティア様が大声をあげた。

「あれはなんですの⁉　こちらへまっすぐに飛んできますわ！」

ミスティア様は遠くの山のほうを指さしたけれど、……何も見えない。

皆が困惑したように、ミスティア様と上空を交互に見やる。

「まぁ、皆様は見えませんの？」

ムッと唇を尖《とが》らせるミスティア様は大変色っぽいが、とても無茶なことを言っている。だって彼女の視力は五・〇なのだ。ミスティア様が見ている世界を共有出来る兄はこの場にいない。

だが暫くすると、今度は狩人たちが慌て出した。

「本当だ！　お貴族様の言う通り、怪鳥が現れたぞ！」

「なかなかの大群だっ！」

もう少し進化を遂げたらロック鳥にでもなりそうな巨大鳥が、ようやく見える距離にやって来た。それも群れになって空を覆っている。この世界だと、大型の鳥も群れを作るのね……。

狩人たちは猟銃を何度も発砲するが、なかなか当たらない。

巨大鳥たちは嘲笑うように農地に舞い降りて、耕されたばかりの土から出てきた虫や、植えたばかりの苗を食べ始めた。凄《すさ》まじい食欲で畑が荒らされていく。

「ココ、危ないから逃げて！」

エル様に手を引かれ、避難を促される。するとミスティア様が駆け寄ってきた。

「ラファエル殿下、ココレット様！　わたくしがお二人をお守りいたしますわ！　他の方もこちらへいらっしゃいっ！　あなたもよ、ルナマリア様！」

ミスティア様が周囲の人々を呼び集め、胸元のペンダントを弄《いじ》り始める。すると紅いイミテーションの石が眩《まばゆ》く光り始め、ドーム型の結界が展開された。

わたしは驚いてミスティア様を見た。

彼女は誇らしげに胸を張り、満面の笑みを浮かべる。

「実はこのペンダントは、フィス兄さまがお作りになった新作の魔道具なのですわ！　『極光の盾』といいますの。誰でも一度だけ防御魔法が使えるのです。いざという時のためにフィス兄さまがくださったの。まさかこんなに早く使うことになるとは、思っていませんでしたけれど」

「流石《さすが》はドワーフィスター様ですわね……」

だからペンダントの石がイミテーションだったのね。ドワーフィスター様の魔法研究がどんどん進んでいるみたいで嬉しいわ。以前レイモンドにイカサマを教えた件は水に流してあげましょう。

結界内にはわたしとエル様、ミスティア様とオーク様とルナマリア様。フォルトさんたち使用人や伯爵家の方々、農民たちがいた。結構な範囲をカバー出来るらしい。

巨大鳥がわたしたちのほうへやって来たが、結界に阻まれて、それ以上は近付くことが出来なかった。巨大鳥は諦めた様子で他の畑へと移動していく。

皆は巨大鳥のことよりも不思議な結界に興味津々で、オーロラのように輝く幕を眺めている。オーク様が内側から結界に触れたが、水の波紋のように光が揺れるだけだった。

「ミスティア様……」

不意に、ルナマリア様の緊張した声が聞こえてきた。気になって視線を向けると、ドレスの裾をぎゅっと両手で摑《つか》んだルナマリア様が、ミスティア様と向かい合っているところだった。

ミスティア様は肩にかかる黒髪縦ロールを手でブォオンッ！　と振り払い、威嚇する。

「別にあなたを助けたかったわけではなくてよ、ルナマリア様。ただ、あなただけを助けなかったら、両家の火種になりかねませんもの」

「……ええ、分かっております、ミスティア様。それでも、助けていただきありがとうございます」

「れっ、礼など結構ですわ!! わたくしはっ……あなたなんて、……だい、大っ嫌いですのっ!!」

眼鏡の奥の紅い瞳をぐるぐるさせ、真っ赤な顔で怒鳴るミスティア様に、わたしは半笑いになってしまう。この子ったら素直じゃないわねぇ。

ルナマリア様はぺこりとミスティア様にお辞儀をすると、またオーク様の元へと戻っていった。

「ココ、見てごらん」

繋《つな》がれた手に柔らかく力を込められて、わたしはエル様に視線を向ける。エル様は結界の向こう側にいるダグラスを見ていた。

騎士見習いの白い制服を着たダグラスが、先輩の騎士たちと一緒に剣を振るって戦っていた。身軽な体を駆使して、農地を荒らしている巨大鳥の首を次々に刎《は》ねていく。まるで剣舞のように美しかった。

わたしが涙を浮かべながらイケメンの勇姿を目に焼き付けていると、エル様が気遣う声で「ダグラスなら大丈夫だよ。彼はとても強いから、心配しなくても平気だ」と慰めてくれた。この誤解は別に解かなくてもいいわね、と思い、コクリと頷く。

地上にいた巨大鳥たちは、騎士たちがどんどん倒していった。けれど、まだ上空にも巨大鳥たちがいて、ぐるぐると旋回している。狩人たちが猟銃を撃つが、動いている獲物を仕留めるのは難しく、なかなか当たらない。

「ねぇ、銃を貸してちょうだぁい？　下手過ぎてぇ、見ていられないわぁ」

結界の外にいたヴィオレット様が、狩人の一人から猟銃を巻き上げた。令嬢相手に取り返すことも出来ず、狩人が慌てている。だが彼女はどこ吹く風といった態度で猟銃を構えた。

バァァンッッ!!!

一発目から、ヴィオレット様は巨大鳥を撃ち落とす。そのまま立て続けに発砲し、撃った弾の数と同じ数の巨大鳥を仕留めていく。あまりの神業に誰もが絶句した。

「もう弾切れだわぁ」

「ヴィオレット様、こちらをどうぞ」

平凡顔の従者が、他の狩人から巻き上げた猟銃をヴィオレット様に手渡す。そして弾切れになった猟銃を回収し、弾の補充をしていく。見事な連携プレーだ。

どんどん数を減らしていく仲間たちを見た巨大鳥たちは、農地を食い荒らすのを諦め、残りの群れを率いて山の向こうへと飛んでいく。

それを見たヴィオレット様や騎士たちが、ようやく手を止めた。

わたしたちは皆で歓声を上げた。


こうして本日の視察は怪我人を一人も出すことなく、無事に終わった。

エル様も目的のカメオのペンダントを見ることが出来たし、ダグラスの勇姿も見られたし、ルナマリア様とミスティア様が会話をされたので上々だろう。

あと、撃ち落とされたあの巨大鳥のお肉はなかなか美味で、羽根も加工して使えるのだとか。伯爵家の方がほくほく顔でおっしゃっていた。

ふと、オーク様の明るい声が聞こえてくる。

「わははっ！　流石だな、ヴィー！　ベルガ辺境伯爵家らしい勇ましい戦いであったぞ！」

「お褒めいただき光栄ですわぁ、オークハルト殿下」

ドレスの裾を摘まんで、ちょこんとお辞儀をするヴィオレット様。彼女の謎は深まるばかりだ。

第八章 ★ 側妃のお茶会 ★

「おい、聞いたか？　あの伯爵領の話を。最近、不細工王太子が視察に来たらしいんだが、暴食怪鳥の群れに襲われたらしい」

「暴食怪鳥は厄介だよなぁ。小さい村だと狩人が足りなくて、農地一帯が駄目になったって話も聞くよな。不細工王太子も災難だったな」

「それがな、不細工王太子が来たお陰で騎士がたくさんいた上に、凄腕《すごうで》の狩人まで連れて来ていたらしくてな。暴食怪鳥を大量に仕留めることが出来たらしいぜ」

「凄腕の狩人まで視察に連れて来ていたのか⁉　不細工王太子って用意周到な御方だったんだな……」

「毎年春先には野生動物たちが暴れるからな。それを見越していたんだろうよ」

「今までは見た目が悪いって噂《うわさ》しか聞いたことがなかったが、案外すごい王太子なんだな～」

エル様が聞いたら「ただの偶然なんだが……」と困惑しそうな噂が、民衆の間でどんどん広まっていることも知らず、わたしは妃教育の休憩時間にルナマリア様の恋愛相談に乗っていた。

婚約者候補のために用意された広い控え室のソファーに、わたしたちは向かい合って腰掛ける。

他に室内にいるのはミスティア様だけで、隅にある机で勉強をしている。彼女が書き物をする音がカリカリと響いた。

ちなみにヴィオレット様は休憩時間に控室にいることは殆《ほとん》どない。また庭園にいるのかしらね？

「……ココレット様にお尋ねしたいことがあります」

「はい」

「側妃様のお茶会へは、どのようなドレスをお召しになる予定でしょうか？　ココレット様と色やデザインが被らないようにしたいのです……」

そう、もうすぐ側妃様のお茶会だ。いろいろと自由な方だとはお聞きしているが、予想がつかない。あのオーク様の母親だから、かなり純粋培養な方とかかしら？

「わたしは自分の瞳の色に合わせて、グリーン系のドレスを仕立てました。髪飾りはエル様からいただいたものを着けていこうかと」

本当はエル様推しの青系ドレスが着たいのだけれど、残念ながらオーク様も瞳の色が青なのよね。側妃様にわたしの推しがオーク様だと誤解されるのは不本意なので、今回は控える予定だ。

わたしの説明に、ルナマリア様はホッとしたように肩の力を抜いた。

「ココレット様はどんな色でもお似合いなので、グリーン系もきっとよくお似合いだと思いますわ」

「ルナマリア様のドレスはブルーサファイアの予定ですか？」

暗に、オーク様の瞳の色のドレスを着る予定なのかと尋ねれば、ルナマリア様は頬をぽわっと赤くした。そのままコクリと頷《うなず》く。

はぁ～♡　クール系美少女の照れ顔って本当に可愛いわ～♡

「側妃様のお茶会なので、せっかくですからオークハルト殿下のお色にしようかと思いまして……」

「絶対にルナマリア様にお似合いですわ！　当日が楽しみです！」

「ありがとうございます」

銀髪でアイスブルーの瞳のルナマリア様に、ブルーサファイアのドレスはよく似合うだろう。ピンク髪で黄緑色の瞳のわたしよりずっと。

まぁ、わたしは似合わなくても着るけれどね、エル様カラーを！　だって着たいんだもん！

とにかくルナマリア様はわたしのドレスの色を確認したかっただけみたい。恋する乙女ねぇ。

「ルナマリア様は本当にオーク様をお慕いしていらっしゃるのですね」

「……はい」

ルナマリア様は両手の指をもじもじと弄《もてあそ》ぶ。彼女はわたしより一つ年上なのだけれど、こういう時は年齢よりも幼く感じるわね。

「……七歳の時に初めてオークハルト殿下にお会いした時から、ずっとお慕いしております」

「まぁ！」

現世で初の恋バナだわ！　……あれ？　前世は喪女《もじょ》で夢女子だったから、オタク仲間と推《お》しについて語り合ったことはあっても、実在の男性について恋バナをしたことがないような……？　もしかして、これって前世も現世も合わせて初めての恋バナ……？

わたしは慌てて姿勢を正した。

「貴族令嬢として恥ずべきことなのですが、私は幼い頃から感情を顔に出すのが苦手で、うまく笑うことが出来ないのです。家族はこんな私を良しとしてくれましたが、周囲の方はそうではありませんでした。ある日招待されたお茶会で、愛想笑いの一つも出来ないことを責められてしまったのです。そんな私を庇《かば》い、慰めてくださったのがオークハルト殿下でした……」

オーク様はルナマリア様の肩を叩《たた》くと、『笑いたくなければ笑わなくても良いではないか。ルナが気持ちを顔に出さずとも、何を考えているかは大体分かる』と、優しく笑いかけてくれたらしい。

「私はそれがとても嬉《うれ》しくて……。その日から私は、殿下に初恋を捧《ささ》げているのです」

正直、ここに百人いれば、九十八人は一見無表情っぽいルナマリア様の喜怒哀楽が読み取れるだろう。彼女の瞳はそれだけ雄弁だ。

けれどここで大事なのは、女の子のピンチに駆けつけるタイミングの良さとか、共感とか、優しさなのだ。オーク様はその点が花丸満点で、ルナマリア様の心を救ってあげることが出来たのだ。

やるじゃない、オーク様！

そう思ったのはわたしだけではなかったらしく、背後から、

「何よそれ！　素敵じゃないっ！」

と、ミスティア様が叫んだ。

ミスティア様は小走りでこちらにやって来ると、ルナマリア様の両手をがっちりと掴《つか》む。

薄霞眼鏡《うすがすみめがね》の奥の紅い瞳がキラキラと輝いていた。

「わたくし、ルナマリア様のことを、見目の良い男性に安易に心奪われる、ただのお花畑女子だと

誤解しておりましたわ！　でも違いましたのね。オークハルト殿下のことをお顔の麗《うるわ》しさだけで好きになったわけではありませんでしたのね！　ルナマリア様の行動は正妃派閥としては賛同出来ませんけれど、一人の殿方に一途に愛を捧げるところは淑女として見直しましたわっ！」

「ミスティア様……！」

ミスティア様はルナマリア様の恋バナをいたく気に入ったらしい。ミスティア様からの賛辞に、ルナマリア様は微かにはにかんだ。

「今まであなたがどれほど真剣な気持ちでオークハルト殿下を想っていたのかも知らず、険悪な態度を取って申し訳なかったわ。心より謝罪いたします。これより、わたくしミスティア・ワグナーは、あなたの恋の味方ですわよ、ルナマリア様！」

「私もきちんと言い返しておりましたので、過去への謝罪は不要です。それに……正妃派閥として失格なのは事実ですし。ミスティア様が味方になってくださって、私、とても心強いですわ」

「良かったですわね、お二人とも！」

わたしはニコニコと二人の美少女を眺めた。わたしが無理矢理接点を作ろうとしなくても、二人が仲良くなってくれて大変嬉しいわ。

ていうか、ミスティア様がおっしゃる『イケメンに安易に心奪われたミーハー女子』は、わたしですしね。前世からの生粋のメンクイですのよ、おほほほほ。

▽

「それで、ルナマリア様とミスティア様が仲良くなりましたの！」

わたしは室内稽古場にいるエル様とダグラスの元へ顔を出した。

稽古場の隅に設けられた休憩スペースでお茶をしながら、わたしはエル様に先日のルナマリア様とミスティア様の和解について話して聞かせていた。彼女たちはエル様の婚約者候補だから、エル様も知っておくべきだと思って。

エル様は首筋の汗をハンカチで拭いながら、驚きに目を丸くしている。稽古後の彼は恐ろしくセクシーだ。

「あのクライスト嬢とワグナー嬢が？　友好的になった……？」

「はいっ。今では休憩中に三人でよくお喋《しゃべ》りをするんですよ」

「……それはすごいね」

エル様は呆然《ぼうぜん》と呟《つぶや》き、しばし中空に視線を向けた。何か過去を思い返しているような、思案しているような、複雑な表情だ。そんなお顔も最高に素敵です‼

「それはまことか、ココ？　ルナに友人が増えることは実に良いことだな！」

稽古場の中央からオーク様のイケボが届く。視線をそちらへ向ければ、ダグラスと稽古をしているオーク様の姿が見えた。

運動しやすい服に着替えたオーク様は、汗を輝かせながら剣を振るい、何度もダグラスに挑んでは負けて膝をついていた。でも、その表情はとても楽しそうで、懲りずにダグラスへ再戦をねだっている。

その周囲にはいつもの侍女たちがおり、両手を振ってオーク様に声援を送っていた。

「……エル様、いつからオーク様が稽古に参加されるようになったのでしょう？」

わたしが尋ねれば、エル様は固い表情をする。

「前回の教会視察の後から、かな……。あの時見たダグラスの強さが忘れられない、などと言って、押し掛けてきてね……」

「まぁ、そうでしたの」

「オークハルトはお茶会などで外出することが多くて、剣術の授業を最低限しか受けていないんだ。あいつに剣術が必要かは分からないが、ここで鍛練しておいても損はないだろう」

エル様がそう言うと、話が聞こえていたらしいオーク様がこちらへ振り返って叫ぶ。

「必要に決まっているだろう、兄君！　俺は将来、兄君の補佐になるのだから！　いざという時は兄君の盾にならなければ！　弱いままの俺で良いわけがなかろう！」

「……オーク様はエル様の補佐役でしたの？」

「私にそのつもりは全くなかったよ」

「なんだとっ、兄君⁉」

オーク様はダグラスとの稽古を中断し、こちらへ向かってくる。侍女が差し出したハンカチで汗を拭い、エル様の向かいの席へ腰を下ろした。

「俺は外交面で役に立つつもりだぞ、兄君。そのために殆ど毎日どこぞのお茶会やら食事会やらに顔を出して、人脈作りに勤《いそ》しんでいるではないか⁉」

「……そうだったのか？」

「そうなんだよ、兄君!!」

エル様はまるで未知の生き物でも見るかのように、オーク様を凝視する。

「兄君はいつだって素晴らしい御方だ。だが、外交面だけは苦手だろう。俺が補佐をして差し上げなくては。俺はポルタニア皇国の血が半分流れているから、かの国との外交もやり易いはずだ」

「……そうか。お前がそこまで考えていたとは、思いもよらなかったよ」

「俺はこれでも兄君のスペアの第二王子なんだが」

「そのわりには王子教育がまだまだじゃないか」

「……これからもっと頑張ります」

叱られた子犬のようにシュン……と体を縮めるオーク様を、エル様は複雑な表情で見つめた。

エル様はオーク様のことが苦手なのに、オーク様からの親愛を完全に突っぱねることが出来ないらしい。それはきっと、エル様が愛情に飢えているからなのだろう。

飢えは恐れを引き起こす。エル様がオーク様からの親愛を拒絶することが出来ないのも、わたしからの愛を信じきることが出来ないのも、愛情を失ってまた飢えてしまうのではという恐怖が根底にあるのだ。

そんなエル様の弱点を突きまくっているオーク様が、いつの日かエル様からの親愛を勝ち取って、兄弟仲が改善されるといいなと、わたしはひっそり思った。

わたしはエル様たちにお暇《いとま》の挨拶をし、ダグラスに馬車まで護衛してもらう。

馬車乗り場では、ちょうど一台の馬車が王宮から去ったところだった。

「あれはヴィオレット様の……、ベルガ辺境伯爵家の馬車ね」

ヴィオレット様もこんな遅い時間まで王宮に用事があったのかしら？

首を傾げていると、ダグラスに「ココレット様」と名前を呼ばれた。

「ベルガ辺境伯爵家とは、視察の時に猟銃を使いこなしていたご令嬢ですよね……？」

「ええ、そうよ。あの時の勇敢なご令嬢がヴィオレット・ベルガ様です」

わたしが頷けば、ダグラスは馬車が去って行った方向へと視線を向ける。馬車はすでに正門を出た後で、土埃《つちぼこり》が舞っているだけだった。

「あの、普通のご令嬢ってあんなに強いもんなんスか？　ココレット様も、実は剣術が得意だったり……？」

ヴィオレット様の戦闘能力を見たせいで、ダグラスの中で貴族令嬢に対する認識が迷子になっているらしい。

「いいえ、ヴィオレット様が……というより、ベルガ辺境伯爵家の方々は老若男女問わずお強いそうですわ。幼い頃から武術全般を叩き込まれるらしいの。辺境伯爵家は国防の要の一つですから」

わたしの説明に、ダグラスは金色の瞳をギラギラと輝かせた。唇の端をニヤリと緩ませて「マジかよ、すげぇガキだな。負けてらんねぇぜ」と呟いた。

エル様がどうして初対面のダグラスに騎士になるよう勧めたのか、あの時は分からなかったけれど。もしかしたらエル様は、彼の好戦的な一面を一目で見抜いていたのかもしれない。流石《さすが》はエル様だわ！

「ダグラスは騎士見習いの仕事が楽しいですか？」

「……楽しいとかはよく分かんないです。けれど」

「けれど？」

「俺の持っている力を、初めて正しいことのために使えているような気がします。騎士を目指すのが、俺には正解だったんだろうなって」

ダグラスはそう言って自分の両手を握ったり開いたりしてみせた。その横顔はとても穏やかだ。

「きっと天職に出会えたのでしょうね」

わたしの言葉にダグラスは顔を上げ、ニカッと笑った。

「ココレット様のこともラファエル殿下のことも、俺が守ってみせます！」

「ありがとう、ダグラス」

ダグラスの嬉しそうな笑みに、彼をわたしの専属従者に勧誘しなくて本当に良かったと、しみじみ思う。騎士じゃなかったら、彼のこんなに素敵な最強スマイルを見ることは出来なかったと思うから。

▽

ダグラスに見送られて馬車に乗り、わたしはブロッサム侯爵家へと帰宅した。広々とした玄関ホールで、我が家の天使レイモンドと侍女のアマレッティがわたしを出迎えてくれた。

「おかえりなさいませっ、お義姉さま！」

「おかえりなさいませ、私のお嬢様！　本日も妃教育お疲れさまですわっ！」

「ただいま、レイモンド、アマレッティ」

外套《がいとう》をアマレッティに預けると、レイモンドがわたしに向かって手を差し出した。どうやらエスコートをしてくれるらしい。以前はわたしがこの子の手を引いていたというのに、どんどん素敵な紳士になって……！　弟の成長が眩しいわ……！

「お義姉さま、すでにお夕食の準備が出来ていますよっ。さっそく食堂へ参りましょう」

「ありがとうレイモンド。今日はどんな一日だった？」

「今日は午後からフィス様が遊びに来てくださいました！」

「まぁ、ドワーフィスター様が……」

またレイモンドに妙な知識を教えていなければいいのだけれど……。

「レイモンドは本当にドワーフィスター様と仲良しなのね？」

「そうだったら嬉しいです！　フィス様はとてもクールで気品があって、すごく物知りなんです。身分も高いのに、僕なんかにも気さくに接してくださって。僕っ、フィス様がとても大好きなんです！　フィス様の薄霞眼鏡《うすがすみめがね》のお陰で、侍女たちともちゃんとお話し出来るようになりましたし。僕もいつかフィス様みたいな格好良い紳士に……、いえ、僕の容姿では無理だと分かっているんですけれど、でも、フィス様のように誰かのお役に立てるような人になれたらって思うんです！」

「あら、レイモンドはとっても格好良い男の子よ？　今も、わたしのために歩幅を一生懸命調整して歩いてくれているでしょう？　あなたはとっても素敵だわ」

わたしがそう言えば、レイモンドははにかんだ。

「えへへ……。エスコートのコツもフィス様から教わりました。僕に必要になる時が来るか分からないんですけれど、『不細工だろうが知っておけ』って」

「そうね、レイモンドも年頃になればきっと必要になるわ。覚えておいて損はないわよ」

レイモンドは自分の容姿を卑下するし、この世界のイケメンたちは魔竜王によって呪われている。

でも、だからといってレイモンドが誰かと愛し愛される未来の可能性を摘んではいけないもの。

ドワーフィスター様がレイモンドの可能性を伸ばしてくれるなら、姉として、これほどありがたいことはないだろう。

「レイモンドに素敵なお友達が出来て嬉しいわ」

「お義姉さまがフィス様を我が家に招待してくださったお陰ですっ！」

いや、あの人、勝手にミスティア様に付いてきただけよ。

わたしはそう思ったけれど、言わないでおいた。


「そう言えばココ、側妃様のお茶会用に仕立てたドレスが明日届くそうだよ」

家族三人水入らずで夕食を楽しんでいると、途中で父がそう言った。

「ありがとうございます、お父様。とても楽しみですわ」

「まぁ、側妃様のお茶会ではどのようなドレスを着ても、誰もあの御方より目立つことはないから、気楽に楽しんで来なさい」

わたしは父の言葉に引っ掛かりを感じて、小首を傾げた。

「お父様、それはどういう意味ですの？」

「おや、まだ王宮で側妃様と一度もお会いしていないのかい？」

「はい。エル様やミスティア様からは、何にも囚われない自由な御方だとお聞きしましたわ」

わたしはふと思った疑問を口にする。

「そもそもどうして、隣国から嫁いだ元皇女様が正妃になれなかったのでしょう？　正妃様は側妃様より地位の低い、元公爵令嬢ですよね？」

「ああ、それはね、単純に輿入《こしい》れの時期が違うんだよ。正妃様は婚約者候補時代に自らの有用性を示し、国王陛下に正妃として選ばれたんだ。その二年後にポルタニア皇国とゴタゴタがあってね。和平の証に当時皇女であったサラヴィア様が嫁がれることになったんだ。国王陛下にはすでに正妃がいらっしゃったから、側妃としてね」

エル様とオーク様の誕生日が半年しか違わないと聞いていたから、嫁いだのも同じような時期かと思ったけれど。そういうことなら納得だわ。

「……それに、そうでなくともサラヴィア様に正妃のご公務は難しいだろう」

「元皇女ですのに、正妃のご公務が難しいとは……？」

あまり頭の良い方ではないのかしら？

わたしが言葉にしなかったことを正確に読み取った父は、首を横に振る。

「ポルタニア皇国の皇族は気性の荒い御方が多くてね。ご自分の納得することしかなさらないようだ」

「怒りっぽい性格ということでしょうか？」

「側妃様はとても穏やかな性格だよ。ただ、ご自身のこだわりが強くてね。それを曲げることの出来ない御方なんだ。でも心配ないよ。ココに理不尽なことはされないから、安心してお茶会に出席してきなさい」

「はい……」

オーク様とはあまり似ていない性格なのかしら？　会ってみないことには分からないわね……。

▽

側妃様のお茶会当日、わたしは仕立てたばかりの若葉色のドレスで登城した。髪はアマレッティが複雑に編み込んで、エル様がくださったブルーサファイアの髪飾りでまとめてくれたので、緊張するけれど頑張れる。推しグッズはいつだって勇気をくれるのだ。

「本日のドレスもとてもお似合いですわ、ココレット様」

「ありがとうございます。ルナマリア様もとてもお似合いですわ」

「あ、ありがとうございます……っ」

ポポポ……っと赤くなるルナマリア様は、予定通りブルーサファイアのドレスをお召しになっている。裾に金糸の見事な刺繍《ししゅう》が入り、髪飾りも美しい金細工だった。

「完全にオーク様の彩りですわね」

「はい……。恥ずかしいですが、思いきってみましたの……」

無表情だけれど、ルナマリア様は酷《ひど》く緊張しているご様子だ。まだ控え室で待機しているだけなのに、彼女の息が少し上がっている。わたしはルナマリア様を落ち着かせるために、彼女の肩を撫《な》でた。

「きっとオーク様も褒めてくださいますわ」

「……はい。オークハルト殿下はとてもお優しい御方なので、きっと私を褒めてくださいます。でも、私はそのことで緊張しているわけではないのです、ココレット様」

「では、一体……？」

ルナマリア様は眉を八の字に下げて、同じように待機しているヴィオレット様へと視線を向けた。

ヴィオレット様は本日もスミレ色のドレスをお召しになっており、髪にはいつぞやのリボンが結ばれている。ソファーにちょこんと腰かけているだけで砂糖菓子のように甘い雰囲気の美少女だ。

彼女はわたしたちには目もくれず、傍《そば》に立っている従者にひそひそと話しかけていた。

「オークハルト殿下のお心は現在ココレット様にありますが、ラファエル殿下がココレット様をお選びになる以上、オークハルト殿下が報われることはありません。私の恋敵《こいがたき》は事実上、ヴィオレット様お一人です。ヴィオレット様は側妃様のご推薦でオークハルト殿下の婚約者候補に選ばれております。私は正妃派閥の家柄なので、きっと側妃様からはよく思われてはいないでしょう……」

「ルナマリア様……」

「あんなに愛らしいヴィオレット様に、私、勝てるかしら……」

ルナマリア様の声は悲痛に満ちていた。

わたしは、ヴィオレット様のことはあんまり気にしなくてもいいんじゃないかしら、と思いつつ、不確かなことを言うわけにもいかないので、ルナマリア様の肩を撫で続ける。

「教会視察の時も、ヴィオレット様はあんなに軽々と猟銃を扱っていらっしゃったのに、私はなんのお役にも立てなくて……」

「大丈夫ですわ、ルナマリア様。普通の令嬢は猟銃なんて扱えません！　ヴィオレット様が規格外なだけですわ！」

「ミスティア様だって一早く危険を察知し、魔道具で私たちを守ってくださいましたし……」

「あの御方の視力は五・〇ですし、ドワーフィスター様がついていらっしゃるもの。ミスティア様も規格外ですから！　それにあの教会視察の日なら、わたしもなんのお役にも立っておりませんわ！」

「ココレット様はよろしいのです。あなたはシャリオット王国の正妃となられる御方。ラファエル殿下に寄り添うことが出来るだけで、十分規格外です」

こ、婚約者候補って、ルナマリア様以外は規格外ばっかりなの⁉　わたしも……⁉

わたしが動揺して言葉を失っている間に案内の従者が現れ、会場へと移動することになった。

お茶会の会場は側妃様のサロンで、異国情緒溢《あふ》れた調度品で飾られていた。たぶんポルタニア皇国由来のものなのだろう。

シャリオット王国の文化が中世ヨーロッパふうなら、ポルタニア皇国はトルコやモロッコなどの中東ふうらしい。この部屋の調度品だけでも金やターコイズブルー、ビビッドピンクやエメラルドグリーンなど、色使いがすごく鮮やかだった。テーブルには焼き菓子や紅茶が用意され、嗅《か》ぎ慣れないスパイスの香りが立ちのぼっている。どうやらスパイスティーらしい。

お茶会に招待されたのは婚約者候補だけではなかったらしく、いつぞや無害化した第二王子派閥の令息たちの姿もあった。彼らはわたしが登場した途端、瞳にハートを浮かべてメロメロになってしまった。

席にはすでにオーク様と側妃様が寛《くつろ》いでいらっしゃった。

わたしは平常心を心掛けてお二人に近付く。だが、側妃様の姿を見た途端、唖然《あぜん》としてしまった。

「ようこそ、お嬢さん方。妾《わらわ》は側妃サラヴィア。オークの母だ。以後よろしく頼むよ」

ポルタニア皇国人特有の艶やかな褐色の肌に、皇族だけが持つといわれる橙色《だいだいいろ》の髪を短く刈り上げた男装の麗人が、そこにいた。

ポルタニア皇国はシャリオット王国より南に位置し、我が国と何度も争いが繰り返されていると妃教育で習った。争いの原因に関して、わたしは『心底くだらない……』としか感想を抱かなかったけれど、互いに何度も賠償したり条約を結び直したりしている。

その賠償の一つが、側妃サラヴィア様だ。男装に身を包み、長い手足を組むその姿は、淑女としては完全に失格で、紳士としては満点合格の麗しさであった。

エル様やミスティア様が側妃様のことを自由な方だと言葉を濁していた意味も、父が正妃の公務は難しいだろうと言っていた意味も、よく分かった。男装趣味を指していたのだ。

サラヴィア様はまずルナマリア様へ視線を向けると、「君がクライスト筆頭公爵家のご令嬢かな？」と微笑みかけた。

なんて美しい方なの……！　サラヴィア様の涼やかな笑みに、メンクイのわたしはときめいた。

ルナマリア様の挨拶が終わると、サラヴィア様はわたしに話しかけた。

「君が誰なのかは分かっているよ。オークが一目惚《ぼ》れしたご令嬢だろう？　これはまた、とんでもなく美しいな。妾にぜひとも君の声を聞かせておくれ」

「ココレット・ブロッサムと申します。本日はお茶会にお招きいただきありがとうございます」

「確か、オークは君のことをココと呼んでいるのだっけ？　妾もそう呼ばせていただくよ、ココ」

「光栄ですわ、サラヴィア様」

「ねぇ、ココ。君は妾自慢のオークにちっとも靡《なび》かないと聞いたけれど、本当かい？」

サラヴィア様は好奇心いっぱいの少年のような瞳で、わたしを見つめてくる。彼女の言葉にはただ面白がる響きだけがあった。

「オークハルト殿下の婚約者候補に選ばれたことはとても光栄ですわ。ですが、わたしがお慕い申し上げているのは、ラファエル殿下ただお一人だけです」

「……へぇ。これはたまげたな。本当にこんな子がいるのだねぇ」

サラヴィア様は「ふふふ」と軽やかな笑い声を漏らし、オーク様のほうを見た。

「ココはなかなか手強い相手のようだよ。オークはどう戦うつもりかな？」

「それはもう、俺の気持ちを誠心誠意伝えるのみです、母上！」

「オークは愚直だなぁ……。それは君の美点であり、欠点でもあるね」

「では、母上が俺の手助けをしてくれるとでもおっしゃるのですか？」

「おいおい、何を情けないことを言うのだ。妾の息子ならば、恋しい女性の一人や二人、自力で手に入れてみなさい」

「だと思いました」

オーク様はぶすっと拗《す》ねた表情でサラヴィア様を見つめる。サラヴィア様はおかしそうにオーク様の金髪を撫でた。

オーク様が愛され慣れた素直な性格に育った理由がよく分かる。サラヴィア様に愛され、使用人からも慕われて育ち、多くの貴族がこぞってオーク様に侍《はべ》る。そんな環境で傲慢な性格にならず、純真に育ったオーク様はとてもすごいと思う。

……けれどエル様は。この子を間近に見ながら育ったのかと思えば、胸が苦しくなった。エル様はどれほどの孤独に苛《さいな》まれてきたのだろう。わたしは思わず胸元をぎゅっと握った。

「ココは美しいだけでなく、男の趣味が悪くて実に面白い。気に入ったよ。君が妾の娘になろうとなるまいと、何かあったら妾を頼りなさい」

「ありがとうございます、サラヴィア様」

わたしの男の趣味は最高なのにっ!! という叫びは飲み込んで、頭を下げる。ようやくわたしの挨拶は終わりだ。

最後にサラヴィア様は、ヴィオレット様に親しげに声をかけた。

「やぁ、ヴィー。久しぶりだね」

「はい。お会いしとうございましたわぁ、サラ様ぁ。本日のお召し物も素敵ですぅ」

ヴィオレット様がゆったりと答え、愛らしく微笑む。

仲の良さげな二人の様子に、ルナマリア様の瞳がハラハラしている。確かに、自分の好きな人の母親に気に入られている女の子の存在って、気がかりでしょうね……。

「ふふ、ありがとう。冬に母国へ帰った時に仕立てたのさ。やはり妾はあちらの色使いが性に合う」

「大変よくお似合いですわぁ」

「そんなことよりヴィー、久しぶりに会う妾に何か話すことがあるだろう？　たとえばそこにいる……、君の新しい従者に関して」

「まぁ、お恥ずかしい」

頬を染めたヴィオレット様が、傍に控えていた深紫色の髪の従者をそっと手招く。

緊張からガチガチに固まった従者が、ヴィオレット様の隣に並んだ。ヴィオレット様は彼を励ますように腕にそっと触れ、ハッキリと宣言した。

「ご紹介いたしますわぁ、サラ様ぁ。彼がわたしの恋人のサルバドルですぅ」

「はっ、初めましてサラヴィア様。ベルガ辺境伯爵家に連なるインス男爵家四男、サルバドルです。幼い頃よりヴィオレットお嬢様にお仕えし、この春より王都へと参りました。どうぞお見知りおきを……っ!!」

ブンッと勢いよくお辞儀をする従者サルバドル君と、オーク様の婚約者候補でありながら恋人を紹介したヴィオレット様に、わたしとルナマリア様は開いた口が塞がらない。

正直、わたしは二人が秘密の恋人同士であることは予想していた。けれど、まさかサラヴィア様に紹介する⁉　ヴィオレット様を推薦している張本人に⁉

理解出来ない光景に、わたしは周囲の様子が気になった。オーク様大好き集団の使用人や、派閥の令息たちはさぞや怒っているだろうし、オーク様も困惑しているに違いない。サラヴィア様も、自分の推薦を蹴るような真似をされたのだから、きっと不愉快だろう。恐る恐る、周囲へ視線を向ければ……。

令息たちは未だにわたしに見惚《みと》れていて使い物にならなかったが、使用人たちは「まぁ、あの御方が」「ベルガ様がお選びになられただけあって、お優しそうな御方ですね」と好意的な視線を向けていた。一体何故なの⁇

続いてオーク様に視線を向ければ、興味津々な表情でサルバドル君を見ていた。……オーク様はまだわたしを諦めていないみたいだから、他の婚約者候補に恋人がいても気にならないのかしら……？

そして、肝心のサラヴィア様はと言うと。

「ふふふふふ、君が噂《うわさ》のヴィーの恋人か！　ヴィーからのろけをたっぷりと聞かされてきたが、実物は案外普通の少年なのだねぇ」

楽しげに笑い、二人をからかい出した。そこにはなんの悪感情も見られなかった。

「まぁっ、サラヴィア様、サリーは平凡なんかではありませんのよ？　我が一族の中でもとても優秀でぇ、もうすでに一人で一ツ目羆《ひぐま》を倒せるのですわぁ」

「いや、戦闘能力の話ではないよ。君がサルバドルのことをまるで白馬の王子様のように語っていたから、てっきり妾のオーク並みに麗しいのかと思っていてな」

「サラヴィア様、サリーをよくご覧になってくださいませぇ。これほど麗しい殿方がサリーの他にいらっしゃる？　葡萄《ぶどう》のように艶《つや》やかな髪と瞳にぃ、優しげな顔つき……。まるで芸術作品のようですわぁ」

「おやめください、ヴィオレットお嬢様っ‼　平凡な僕がオークハルト殿下に敵《かな》うわけないじゃないですかっ‼　というかお嬢様、今までどんな話をサラヴィア様にされていたのですか⁉」

「サリーが世界で一番麗しい殿方だという事実をすこーし、お話ししただけですわよぉ？」

「そんな事実はありませんから‼!」

「ハッハッハッ！　あばたもえくぼというやつだね」

可愛らしい恋人たちをサラヴィア様がからかい、周囲の者たちも温かな視線を向ける。そのうちオーク様も会話に交ざり、「ヴィーとはどんなふうに出会ったのだ？　二人はいつから想い合うようになったのだ？」と二人の恋バナに夢中になり始めた。

どういう展開なの、これ⁇

「……ココレット様。あの、つまり、これはどういうことでしょうか……？」

隣から、か細い声がした。顔を向ければ、ルナマリア様が現状を必死に理解しようとしている。

困惑し切っている彼女へ、わたしは一つの確信を持って答える。

「ルナマリア様の恋敵は候補者の中にはいない、ということですわ」

わたしの言葉に、ルナマリア様の足の力が抜けた。そのましゃがみ込みそうになる彼女の体をどうにか支える。

「良かったですわね、ルナマリア様」

「は、はい……。よかった……、良かったです」

心からホッとしたように呟くルナマリア様のアイスブルーの瞳は、朝日が差し込んだ湖のように光り輝いていた。


その後オーク様が、ヴィオレット様を婚約者候補として選ぶことになった経緯を説明してくれた。

「そういえば二人にはヴィーについて説明をしていなかったな！　ヴィーは俺の護衛として母上がお選びになったのだ」

ベルガ辺境伯爵領はポルタニア皇国との国境沿いにあり、国からの命令で度々争いが起こるものの、ポルタニア皇国の民とは商いなどを通して交流し、民に親しまれていたサラヴィア皇女とも幼い頃から面識があったらしい。

だが再び争いが起き、サラヴィア様が側妃という名の人質としてシャリオット王国へ輿入れする結果となった。彼女を憐《あわ》れまれたベルガ辺境伯爵家が後ろ楯《だて》になったのだそうだ。

そして今回ヴィオレット様が護衛の任務に就いたそもそもの原因は、わたしがエル様とオーク様の本命の婚約者候補になってしまったことにあるのだとか。

エル様を王太子にしたい正妃様にとって、わたしはエル様のお世継ぎを生むことが出来そうな貴重な存在であるらしい。そんなわたしを、みすみすオーク様に取られるわけにはいかない。

いつ何時オーク様のお命が狙われるか分からない状況だと判断したサラヴィア様が、ベルガ辺境伯爵家に頼み込み、ヴィオレット様を護衛として婚約者候補へ入れたのだ。

「ヴィオレット様はよくそんな危険なお話をお受けになりましたね……？」

「だって大きな見返りがありますものぉ」

「見返り、ですか？」

「ええ。ココレット様もご存知のはずですぅ。婚約者に選ばれなかった候補者には、報償金と本人の望む婚姻が用意されると。他国の王族から上位貴族、……平民と結ばれたご令嬢も過去にはいたと」

あっ！　確かにそんな話があったわ‼

「わたしのサリーは男爵家の四男で、平民に嫁ぐようなものだと家族から結婚を反対されておりますのぉ。両親も三人の兄も、わたしを可愛がり過ぎるのですわぁ」

うんざりとした様子でヴィオレット様が溜息《ためいき》を吐《つ》く。

「でも、オークハルト殿下の婚約者候補として護衛を務めあげた暁にはぁ、たくさんの報償金と、サリーとの婚姻が王家から認められるのですぅ。もう家族の反対など関係なくなるのですわぁ！」

そう言ってヴィオレット様はサルバドル君の手を握り、砂糖菓子のように甘く微笑む。サルバドル君は一気にのぼせあがった。

「愛するサリーと結ばれるためなら、いくらでも頑張りますわぁ。だからサリー、どうか傍でわたしを支えてくださいねぇ？」

「勿論《もちろん》です、僕の愛しいヴィオレットお嬢様……！」

二人の甘い雰囲気を尻目に、サラヴィア様がオーク様へ「本命の女性に説明していなかったなんて、手落ちじゃないかい？」と言って、その頬をつついている。

オーク様は小首を傾げ、「母上、それほど重要なことでしたか？」と尋ねていた。

わたしの隣で、ルナマリア様が両手で顔を覆っている。

「ルナマリア様、大丈夫ですか？」

「……はい。なんだかとても、安心してしまって……」

「ふふふ」

恋敵がいるのといないのとでは、その焦りも全然違うのだろう。……わたしには、この世界では恋敵が現れそうにないので、想像でしかないけれど。

「本当に良かったですね」

「はい」

この数年後にとある男爵令嬢がオーク様を巡る恋敵として参戦し、ルナマリア様どころかわたしまで巻き込まれることになるのだけれど、――この時のわたしたちにはまだ知る由もなかった。

▽

「それで、ヴィオレット様はオーク様の護衛だったのです！」

ココがぱちんと両手を合わせ、テーブルから身を乗り出すようにして私に告げた。

私はココの話を聞いてようやく、ベルガ嬢があいつの婚約者候補に選ばれた理由に納得した。

なるほど、我が母上から放たれるであろう刺客への盾か。側妃様ならそれくらいの備えはするだろう。そうやって守られているオークハルトが羨ましくもあり、同時に母上の行動を申し訳なく思う気持ちも芽生えた。

ヴィオレット・ベルガ辺境伯爵令嬢は、前回の人生ではまるで接点のなかった少女だ。

我が国の大抵の貴族や、平民でも大商人などの裕福な家柄の子供は、十四歳になると王立学園へ入学することが慣習になっている。十八歳で卒業するまでの四年間をそこで過ごすのだ。

学園内では皆平等、と謳《うた》ってはいるが、実際は将来のために人脈作りに勤しむ場である。誰もが王家に取り入ろうと腰を低くし、商人の子供たちは新たな得意先を作ろうと躍起になり、令嬢たちは嫁ぎ先を見つけようと暗躍する。身分が忘れ去られることはけっしてない場所だ。学園でどう過ごし、どのような成績で卒業するかによって、その後の社交界での最初の立ち位置が決まるのだ。

前回のベルガ嬢は、そんな重要な学園にさえ入学しなかった。

辺境伯爵家という上位貴族でありながら、将来の嫁ぎ先を探しもせず、人脈作りもしない。嫁に出せない余程の理由でもあるのだろうかと、悪意のある言葉を耳にしたこともあった。

そんなベルガ嬢を私が一度だけ見かけたのは、彼女のデビュタントの時である。

王宮で行われた陛下の即位記念日のパーティーで、私はいつも通り、庭へと続く階段があるバルコニーに避難していた。

会場から流れる楽曲と、人々の楽しげな笑い声、橙色《だいだい》の灯りが零れ落ちてくる。笑い声の中心には、いつだってオークハルトがいた。

私はそれに虚しく背を向けて、暗闇に溶ける庭園を眺めていた。楽しいものは何も見えないが、会場にいるよりは余程いい。夜の気配に満ちた瑞々《みずみず》しい草木の香りに、ざらついた心が落ち着いた。

「……待って！　お待ちください、ヴィオレットお嬢様っ!!」

「いやよ!!」

暗闇と同化していた私に気付かず、一人の令嬢がバルコニーに現れた。彼女はそのまま庭園へ繋《つな》がる階段を駆け降りていく。高いヒールがカツンカツンッと音を立て、令嬢の背中に流れる栗色《くりいろ》の巻き毛が大きく揺れていた。

「どこへ行かれるおつもりですかっ!?　旦那様はお嬢様に相応しい御方をご紹介しようと、わざわざ……！」

令嬢を追いかけてきた従者もバルコニーに現れたが、やはり私に気付く様子はなかった。

まだ会場の灯りがギリギリ届く範囲で立ち止まった令嬢は、従者へと振り向いた。その表情は絶望に歪《ゆが》んでいた。

「お願いよ、サリー……。わたしに他の殿方との縁談を薦めようとしないでちょうだい……。あなたの口からは聞きたくないわぁ……」

「……ですが、ヴィオレットお嬢様……っ」

「どうすればいいの？　どうすればいいのかしらぁ？　わたしはただ、あなたと一緒に生きていきたいだけなのにぃ……」

「お嬢様……」

「どうしたらいいのぉ……」

令嬢は階段を下りてきた従者の手を取ると、そのまま庭園の奥の暗闇へと消えていった。二人の肩は震えていて、どちらも泣いているように見えた。

その令嬢がベルガ嬢だったことを知ったのは随分後になってからのことだ。ベルガ嬢はデビュタント後は王都へやって来ることもなく領地に籠《こも》り、その後どんな人生を歩んだのか、私は知らない。

ココの話と照らし合わせると、あの従者はベルガ嬢の身分違いの恋人だったのだろう。前回の二人が幸せになれたのか、バトラス嬢のように駆け落ちをしたのか、クライスト嬢のように修道院で神に身を捧げたのか……。私には想像もつかない。

けれど今回の人生のベルガ嬢は、恋人と共に生きる道を見つけることが出来たようだ。

「ヴィオレット様が無事にサルバドル君と婚姻出来るといいですわね」

まるで二人の結婚式でも想像したかのように、ココは微笑んだ。

私は胸の奥から湧き上がる彼女への愛おしさでいっぱいになりながら頷く。

「うん。ベルガ嬢の幸福を祈るよ。――心の底から」

ベルガ嬢の話を終えてお茶を楽しんでいたココが、ふと私の手元を覗《のぞ》き込んでくる。

「そちらはエル様の王太子教育の課題ですの？」

「いや、オークハルトのものだよ」

「え⁉　オーク様の課題を何故エル様が……？」

「オークハルトが私の補佐役になるために、何が足りないのか見てほしいと言ってきてね。確認しているところだったんだ」

「まぁ。オーク様は本気でしたのね」

「覚えは良いようだし、成績も悪くはないのだが……。社交で時間を取られている分、授業の進みが遅い。私が十歳で学び終えたことを、オークハルトは十一歳の今、ようやく学び始めたみたいだ」

「あらあら……」

あいつは前回の人生でも、こんなにのんびりとした王子教育を受けていたのだろう。

「オークハルトの教師たちにカリキュラムを練り直すように言わなければ……」

私がうんざりとした口調で言えば、ココがくすくすと愛らしく笑う。

「なんだかどんどんお兄様らしくなってきましたわね、エル様」

「やめてください、ココ……」

▽

ところで、王都内のとある屋敷の一室では、このような密談が交わされていた。

「オーク様に相応しい妃はココレット様だ！　異論がある者はいるか⁉」

「いるわけがないさ。元々ベルガ嬢はオーク様の護衛だから、初めから数に入っていなかった。クライスト筆頭公爵令嬢も悪くなかったが、ココレット様は別格だよ。あの美貌だけで十分素晴らしいというのに、妃教育の成績も良いらしい」

「流石はココレット様だ。完璧なご令嬢だな」

ココレットの笑顔に即堕ちした、オークハルト派閥の令息たちだ。彼らは不細工に差別的なシャリオット王国の中でも、とりわけ美醜に厳しい家柄の者たちである。

彼らは自分たちの上に立つ国王に美しさを求めた。国王が美しくさえあれば下々の者たちは勝手に威光を感じ、国王の役に立ちたいと自ら働いて、国が円滑に統治されると信じていたのだ。

そんな彼らにとって、第二王子であるオークハルトこそ次代の王に相応しい存在だった。オークハルトの美しさの前では、隣国出身の側妃の子であることなど些末《さまつ》な事柄だった。

オークハルトが婚約者候補選定にあたり、どのような相手を選ぶのか。令息たちはハラハラしていたが、その心配が杞憂《きゆう》であることが分かった。オークハルトは人を見る目も持っていて、素晴らしい令嬢を選んでいたのだ。

ココレット・ブロッサムは派閥としては中立に属していたが、侯爵令嬢なので身分は申し分ない。性格も慈悲深いらしく、どれだけ調べても良い噂しか聞こえてこなかった。何よりオークハルトと並んでも引けを取らない絶世の美貌を持っていた。反対するほうが難しいというものだ。

オークハルトとココレットが結婚し、仲睦まじく並び立っている様子を想像するだけで、彼らはうっとりとした。美しい二人が国王と正妃として国の頂点に君臨しているだけで、国民全体が幸せになるだろう。令息たちは本気でそう考えた。

「だが、ココレット様ご本人が不細工王太子の妃を希望しているということが気がかりだな。一体何故、あんなに醜い者なんかを？　見るだけで吐き気がするというのに」

「権力欲が強い令嬢でも、あの不細工王太子の相手は嫌がるからなぁ。きっとココレット様は不細工王太子を憐れんで、ご自分を犠牲にされようとしているのではないか？」

「なるほど。『愛の天使』と呼ばれる慈悲深いココレット様なら、ありえるな」

「最近、不細工王太子の評判が上がっていることも面白くないな。ココレット様が本当に不細工王太子の婚約者になってしまったら、いよいよオーク様の即位が望み薄になってしまう……」

「では、不細工王太子にココレット様を奪われてしまう前に、彼女に分かっていただくしかないな。『ご自分を犠牲にする必要はない。むしろオーク様と添い遂げていただいたほうが、シャリオット王国のためになる』ということを。そうすればココレット様もオーク様をお選びになるだろう」

そんな提案をした令息に、他の令息たちが賛同を示した。

「そうだな。僕たちでココレット様を説得しよう！」

「だが、どうやってココレット様に接触する？　妃教育でお忙しい御方だから、手紙でお伺いを立てても、いつお会い出来るか分からないだろ。運良く王宮で会えても、常に周囲に人がいるから、落ち着いて話が出来るとは思えないのだが」

「確かに、そこは問題だな。強硬手段を取るしかなさそうだ……」

令息たちは顔を突き合わせ、計画を練り始めた。

第九章 ★ 拉致事件 ★

ヴィオレット様がオーク様の護衛だと発覚してから、エル様との愛の時間がめっきり減ってしまった。……オーク様がますます頻繁に離宮へと訪れるようになったのだ。

「兄君！　今日はここまで課題をやったぞ！　教師たちからも褒められたんだ。ぜひ見てくれ！」

「俺も剣術の稽古に参ったぞ！　兄君、ダグラス、お手合わせを願う！」

「兄君ー‼　ココ‼　喜んでくれ、城下で人気のパティスリーのケーキを買ってきたぞ‼　ルナとヴィーも呼んだから、皆で食べようではないかっ‼」

「何っ、次の教会視察だと？　また俺も連れて行ってくれ！」

オーク様は突然現れる。なんなら、わたしより先にエル様とお茶を飲んでいる。油断するとお茶会の最後に登場する。気を抜くとエル様の隣に陣取っている。どれだけブラコンなのかしら……。

オーク様の出現に、最初のほうはエル様も不機嫌になることが多かった。けれど諦めの境地に至ったらしく、今では溜息《ためいき》一つで受け入れることが増えた。

そのうちフォルトさんがオーク様付きの侍女たちと仲良くなって流行のお茶やお菓子がテーブルに出されることが増え、オーク様に連れられてルナマリア様やヴィオレット様も訪れるようになり、仲間外れは可哀想なのでわたしがミスティア様をお呼びし、ダグラスとの稽古も続いていて、ドワーフィスター様が「ラファエル殿下からご注文いただいた、改良版の『極光の盾』です」と魔道具の商談にやって来るようになり、さらに子分としてレイモンドまで離宮へ遊びにくるようになった。

ロングギャラリーでシュバルツ王の美しい肖像画を二人で眺めたあの日は、もはや遠い過去だ。

でも、今のこの状況も悪くはないのよねぇ。

「ココレット様、何をぼんやりなさっておりますの？　せっかくオークハルト殿下がご用意してくださったポルタニア皇国のお茶が冷めてしまってよ？」

物思いにふけるわたしに、ミスティア様が話しかけた。隣のルナマリア様が新しいお茶菓子をそっと差し出してくれる。

三人でお茶を楽しみながら、わたしは稽古場の中央に視線を向けた。

エル様とオーク様が一戦を交え、その横ではダグラスとヴィオレット様が対戦している。ヴィオレット様はドレス姿のままで、今日は薙刀《なぎなた》のような武器を使用していた。彼女の恋人兼従者のサルバドル君が壁際から声援を送っている。実に平和な光景だ。

そうやって全体を見回してから、わたしは改めてエル様へ視線を向ける。

一つに結んだ金髪を激しく揺らしながらオーク様を追い詰めていくエル様のお姿は、まるでキングオークと戦う勇者だわ。はぁぁぁ……、美し過ぎるぅぅ……!!!

エル様の蒼《あお》い瞳は生き生きと輝いていた。王宮のガーデンパーティーで一人苦痛そうな表情をしていたエル様とは、もはや全然違った。

あの頃のエル様はとても孤独だった。オーク様は使用人のためにあまりエル様に近付くことが出来なかったし、レイモンドやダグラスのように彼の苦しみを理解してくれる人もいなくて。ドワーフィスター様の魔道具もなかった。

わたし一人でエル様を支えることなんて、きっと無理だったのだろう。だってこの御方は将来、シャリオット王国の国王になるのだから。

エル様がただの平民だったら、わたし一人でも支えることが出来ただろう。不細工ゆえに働き口がなくても、友達がいなくても、誰かから意地悪なことをされても、きっとわたし一人で守ってあげられた。

でも、エル様は王太子としてお生まれになられた。その責任を果たすためには多くの味方が必要だ。そして今、エル様は信頼出来る味方を少しずつ増やしているところなのだ。

二人きりのお茶会が出来なくて拗《す》ねている場合ではない。わたしも名実共にエル様の婚約者になれるよう、どっしりと構えなくちゃいけないわ！

カキンッ！　と音を立てて、エル様がオーク様の模擬刀を弾き飛ばした。

わたしは椅子から立ち上がり、「流石《さすが》ですわ、エル様っ♡」と拍手する。

ミスティア様も立ち上がり、わたしに合わせて拍手をした。ルナマリア様は急いで救急箱を持つと、オーク様の元へと駆けていった。

「応援ありがとう、ココ、ワグナー嬢」

エル様は汗に濡《ぬ》れた長い前髪を掻《か》き上げた。なかなか見ることの出来ない彼の白い額の形の良さに、わたしはクラッと誘惑される。

「ココ、どうかしたのかい？」

「わたし、エル様の色香に酔ってしまったみたいで……」

「何をおっしゃっていますの、ココレット様？」

本気で意味が分からないと言いたげなミスティア様を無視して、わたしはエル様へハンカチを差し出す。エル様はミスティア様に微苦笑を浮かべつつ、ハンカチで汗をぬぐわれた。

「そろそろ次の教会視察の予定を決めようと思うんだ。ココも手伝ってくれるかい？」

「勿論《もちろん》ですわっ！」

また予定が合えば、オーク様や他の婚約者候補たちも参加するだろう。ダグラスは護衛として一緒だし、そろそろドワーフィスター様やレイモンドも参加してきそうな雰囲気がある。きっと賑《にぎ》やかな視察になるだろう。

ぜひ、エル様が楽しんでくださるといいな。

わたしは自身に間近に迫った危機も知らず、暢気《のんき》にそんなことを思っていた。

▽

その日、わたしは侯爵家の馬車に乗り、通い慣れた道を通って王宮へと向かっていた。馬車の前後には騎乗した護衛が三人いて、周囲を警戒している様子が窓から見える。

馬車の揺れに合わせて胸元で跳ねるペンダントをわたしは手で押さえ込んだ。

「うふふ、エル様から新しくいただいたペンダント……♡　大切にしなくっちゃねっ♡」

正確に言うとペンダント型魔道具だけれど。ミスティア様が視察で有用性を証明した『極光の盾』の改良版である。彼女が持っていた物は紅いイミテーションが使用されていたけれど、わたしの物は蒼いイミテーションだ。キラキラと輝いていて、見るだけで気分が上がる。

そういえばエル様の教会視察って、王家由来のペンダントや装飾品を探しているのよね？　どんな物を見つけたいのかしら？

そんなことを考えていると、突然馬車が大きく揺れた。

「なっ、何事⁉」

窓から外を覗《のぞ》き込むと、わたしが乗っている馬車が、騎乗した謎の集団に取り囲まれていた。

彼らは全員ローブを深く被っているので顔が見えない。護衛がローブ集団に向かって「止まれ‼これ以上近付くな、怪しい者ども‼」と叫んでいるが、彼らはお構いなしにこちらへ近付いてくる。

逃げ場をなくした馬車は、気付けば人気のない裏道へと誘導されてしまった。

護衛とローブ集団がそれぞれ剣を抜き、戦闘が始まってしまう。だが多勢に無勢で、護衛は三人とも倒されてしまった。

それでもどうにか逃げようと馬車を走らせていた御者が、わたしに話しかけてきた。

「ココレットお嬢様、申し訳ありません‼　気が付いたらこのような状況に……‼」

「謝罪はいいわ！　どこの手の者か分かる⁉」

「いいえ、まったく分かりません‼　ローブ集団の後方から、新たな馬車が追って来ております‼」

「計画的な犯行ってことね……。他の道に逃げ込んで、彼らを撒《ま》くことは出来ないかしら?」

「申し訳ありません、ココレットお嬢様!! もう完全に追いつかれてしまいます!!」

「……分かったわ」

わたしは胸元にあるペンダントをギュッと握り締める。これを使うのは最終手段になるだろう。

この後、わたしの乗る馬車は王宮からずいぶんと離れた裏道で停車させられ、御者が捕縛された。ローブ集団はわたしを馬車から引きずり出そうと、扉の前にやって来る。扉に鍵は掛かっているけれど、力任せに壊されてしまえばどうすることも出来ない。

……いよいよ防御魔法を発動させる時が来たみたいね。結界の中で籠城すれば、彼らはわたしになんの手出しも出来ないだろう。何時間か待機していればきっと、登城しないわたしを不審に思った皆が探してくれるはずだわ。

そんな計算をしてペンダントを作動させようとしていると、後方から追って来ていた馬車が到着し、中から人が降りてきた。窓からその様子を見たわたしは、愕然《がくぜん》とした声を上げた。

「まさか、あなたたちが……っ⁉」

あまりの驚きに、わたしはペンダントから手を離してしまう。その最悪のタイミングで、ローブ集団が馬車の扉を壊して開けてしまった。

こうしてわたしは防御魔法を発動することも出来ずに、彼らに誘拐されてしまったのである。

▽

「え？　ココがまだ妃教育に来ていない？」

オークハルトとダグラスと剣術の訓練をしていると、ワグナー嬢とクライスト嬢、そしてベルガ嬢と従者のインス殿が血相を変えて現れた。

普段なら妃教育の時間のはずなのに、彼女たちが何故ここに……？　と訝《いぶか》しんでいると、ココがこの時間になってもまだ登城していないことを知らされた。

「ブロッサム侯爵家へ確認に向かわせたのですが、ココレット様はいつもと同じ時間に馬車で王宮へ向かったそうで、屋敷にはすでにいらっしゃいませんでしたわ！　普段のルートを調べましたが、馬車の影も形もありませんの！」

「現在クライスト筆頭公爵家の手の者に、ココレット様がお乗りになった馬車の情報を集めさせております……」

ココが行方不明だと聞いた瞬間、頭の中が真っ白になった。

事故に遭って病院に運び込まれたのだろうか？　いや、もしかすると母上がなんらかの行動を起こしたのかもしれない。それとも、ココの過激な信奉者が彼女を独占しようとして誘拐したのだろうか？　疑えばキリがなく、感情のままに動きそうになった。

だが、ワグナー嬢が苛々《いらいら》した様子で地団太を踏み、クライスト嬢が真っ青な表情で震えているのを見ると、カッとなった頭が冷えていく。ココのことが心配なのは私だけじゃない。話を聞いたオークハルトやダグラスも顔色を変えていた。

私は深呼吸をする。ココには魔道具・極光の盾を持たせている。いざとなったら防御魔法を発動させてくれるはずだ。私が今、彼女のためにすべきことは、次の手を打つことだ。

「ワグナー嬢、ドワーフィスター殿を呼んで来てください。彼に頼みたいことがあります。フォルト、母上の動向を確認してきてくれ。ダグラスは騎士団に要請を」

三人に指示を出した後、オークハルトから声をかけられた。

「兄君っ！　俺にも指示を与えてくれ！　ココの捜索に俺も加わるぞ！」

「ああ、勿論そのつもりだ」

自分でも驚くことに、私はオークハルトへ自然にそう答えていた。

オークハルトのことがあんなに憎かったはずなのに。今でも羨ましくてたまらないのに。それなのに私はいつの間にか、こいつに頼る気になっていた。私の心はこいつの存在を受け入れ、認めてしまっていたのだ。

……これも、ココが私にもたらした変化の一つなのだろう。彼女がいなければ、私はオークハルトとこんなに多くの交流を持つはずがなかったのだから。

私は皆の前で頭を下げる。

「ココを無事に見つけ出すために、皆の力を私に貸してください」

周囲から息をのむ音が聞こえ、すぐに、

「顔を上げてくれ、兄君！　兄君とココを手助けすることなど、当たり前のことだからな！」

「ええ、そうですわ、ラファエル殿下！　あなたの臣下であるわたくしにお任せください！」

「私もお二人のために精一杯頑張ります」

「承知いたしましたわぁ、ラファエル殿下ぁ」

「俺も全力を尽くすぜ……します！」

「僕は元からエル様の専属従者ですから、なんでもおっしゃってください」

と、口々に言ってくれた。

……私にはいつの間にか、こんなにも多くの頼れる仲間が出来ていたんだな。

皆の返事に勇気づけられて、私は顔を上げた。


母上の動向を確認に行ったフォルトが最初に戻ってきて、「正妃様は陛下に代わって、ご公務中でした。今回のことには関わっていないご様子です」と報告してきた。どうやら母上は白のようだ。

ダグラスが騎士を数名連れてきたので事情を説明していると、クライスト嬢の手の者がやって来て、人気のない道で倒れていた護衛と、そこからかなり離れた場所でブロッサム侯爵家の馬車を発見したことを報告した。

「怪我をした護衛を保護した後、馬車を発見いたしました。馬車は人目につかない場所に隠されており、周囲には見張り役が数人いました。見張り役を制圧した後に馬車の中を確認すると、御者が捕縛されていたので保護いたしました。見張り役は王宮の地下牢《ろう》へ連行しております」

事故ではなく、完全に誘拐事件だ。犯人はどのような目的でココを攫《さら》ったのだろうか？

身代金が目的ならば犯人からの要求があるはずだが、ココの信奉者の場合はそのまま監禁されてしまう可能性が高い。王家の婚約者候補から外させるためなら、彼女の命も危険だった。

「保護したブロッサム侯爵家の護衛たちの様子は？　見張り役から情報を引き出すことは出来ましたか？」

「御者と護衛は軽傷ですが、目の前でココレット様を攫われたことのショックが大きいようで、王宮の救護室で休ませております。見張り役は頑として口を割りません」

「とにかく一度、全員に会いたいです。まずは見張り役から」

「承知いたしました。では、地下牢へご案内いたします」

その場にいる者たちと共に、地下牢へと急ぐ。

地下牢は前回の人生で捕まった時以来の場所だ。忌《い》まわしい記憶のあるその場所は相変わらず黴《かび》の匂いが充満していて、冷たい石壁が続いていた。その奥に鉄格子の嵌《は》められた牢屋が並んでいる。

そのうちの一つに、見張り役と思われる男たちが押し込められていた。

私は鉄格子を摑《つか》み、怒りの感情を抑え込んで、男たちに問いかける。

「お前たちがココを誘拐した目的はなんだ？　ココはどこにいる？　彼女は無事なのか？」

「…………」

男たちは私の不細工面を見ると、顔を顰《しか》めて目を逸らした。彼らはそのまま黙秘を続ける。

「あらぁ？」

背後にいたベルガ嬢が驚きの声を上げた。

「サラ様のお茶会でぇ、あなたたちを見かけたことがあるわぁ。第二王子派閥の令息たちの従者よねぇ？」

「それは本当ですか、ベルガ嬢？」

「ええ。誓って本当ですわぁ、ラファエル殿下ぁ。わたし、派閥の者は末端まで把握しておりますのぉ」

ベルガ嬢の言葉に、オークハルトが一番驚いていた。

「そんなっ、まさか彼らがココを誘拐したというのか……⁉　一体何故……⁉」

「理由までは分かりませんがぁ、従者の単独行動の線は薄いと思いますぅ。令息たちの暴走なのかぁ、当主まで関わっているのか調べなくてはぁ。今からわたしとサリーでぇ、彼らの屋敷に向かいますわぁ。もしかすると彼らの屋敷のどこかにココレット様がいらっしゃるかもしれませんしぃ」

「分かった！　俺もヴィーと一緒に行く！　これは俺の派閥のせいだからな……」

ベルガ嬢は「承知いたしましたわぁ」と頷《うなず》くと、オークハルトとインス殿を連れて出発した。

引き続き男たちを尋問したが、大した情報を得られなかった。後は騎士に任せ、救護室にいるブロッサム侯爵家の御者と護衛たちに話を聞きに行く。

彼らは酷《ひど》く落ち込んだ様子だったが、こちらの質問には快く答えてくれた。お陰で当時の状況が分かったが、結局ココがどこへ連れ攫われたのかは分からなかった。

一度離宮へ戻ると、ワグナー嬢がドワーフィスター殿とレイモンドを連れて戻ってきていた。ワグナー公爵家にちょうどレイモンドが遊びに来ていたらしい。

「お義姉さまが誘拐されたとお聞きしましたっ！　エル様っ、僕も何かお役に立ちたいです！」

そう申し出るレイモンドには強い切迫感があった。

私はレイモンドの言葉に頷いた後、ドワーフィスター殿にある依頼をした。

「ドワーフィスター殿、先日あなたから購入した極光の盾を、ココが身に着けているはずなんです」

「ならば話が早いですね。僕がココレット・ブロッサムの居場所を探知してみます」

極光の盾の改良版には、探知魔法が新しく組み込まれていた。ココにもそのことをきちんと説明し、肌身離さずいるように頼んでいる。ただ、居場所を探知するにはドワーフィスター殿の協力が必要なので、彼を王宮まで呼んだのだ。

ドワーフィスター殿は王都の地図を用意すると、四隅の余白に魔法陣を描き始めた。それが完成すると地図に手を翳《かざ》し、魔力を込め始める。暫《しばら》くすると地図上のある一点が赤く光った。

「殿下、この場所にココレット・ブロッサム本人か、もしくは極光の盾があるはずです」

「ご協力ありがとうございます、ドワーフィスター殿」

ココ本人がいる場所か、もしくはココに繋《つな》がる手がかりがある場所が分かり、一先ず安堵《あんど》した。

だが地図を見て、私はすぐに眉を顰《ひそ》める。この場所は——スラム街だった。

王都の地図は王宮や教会、貴族の屋敷や大商家など、古くから建っている大きな建造物を中心に描かれている。小規模の店や民家などは入れ替わりが激しいので、簡略化されていることが多い。

そしてスラム街は実態の調査が難しく、空白になっているのだ。

私は前回の人生でスラム街にいた時もあったが、それは未来の話であって、現在の地理は分からない。

「……現地に向かって、虱潰《しらみつぶ》しに探すしかないようだ」

騎士団を大規模に動かしたいが、ココはまだ婚約者候補でしかない。動員出来る人数に限りがあった。

だが、少ない人数で土地勘のないスラム街を一から捜索するなど、どれだけ時間が掛かるだろう？

犯人の目的が分からない以上、悠長なことはしていられないのに……。

「待ってください、ラファエル殿下！　俺ならスラム街のことをよく知っている！　地図に描かれていなくても、俺が案内出来る……出来ますっ！」

元スラム街の孤児であったダグラスが、自信満々の表情で私に言った。確かに彼ならば、現在のスラム街にも詳しいだろう。私はホッとした。

「ダグラス、本当にありがとうございます」

ワグナー嬢とクライスト嬢は王宮で待機させ、残りの者は数名の騎士と共にスラム街へ向かう指示を出すと、令嬢二人が顔色を変えた。

「ラファエル殿下は王太子ですのよ⁉　どんな危険があるかも分かりませんのに、あなたまでスラム街へ行ってはなりませんわ‼」

私を諫《いさ》めようとするワグナー嬢の隣で、クライスト嬢が何度も繰り返し頷いている。

彼女たちが心配してくれるのはありがたい。

自分でも、王太子として正しい行動ではないことは分かっている。

だが、王太子のスペアはいても、私のココの代わりはどこにもいないのだ。

「いざとなったら自分の極光の盾を使います。あなたの優秀なお兄様の力を信じてください」

私はそう言って、ペリドットに似た黄緑色のイミテーションのペンダントを彼女たちに見せた。

二人は不服そうに唇を尖《とが》らせたが、諦めたように肩の力を抜いた。

「フィス兄さま！　殿下の極光の盾がもしも不良品でしたら、わたくし、許しませんからね⁉」

「ラファエル殿下の身にもしものことがあれば、オークハルト殿下が悲しまれます。どうかお気を付けて」

彼女たちはそう言って引き下がった。

ドワーフィスター殿は「ティアは怖いな」とレイモンドに耳打ちしていた。

▽

わたしが連れて来られたのは、スラム街の外れにある古くて大きな建物だった。

玄関ホールや廊下、大広間などに、白い布を被せた家具や美術品などがたくさん置かれている。

それらを通り過ぎると、比較的綺麗《きれい》な小部屋に案内された。

「この屋敷は我が家の倉庫として使うために買い取ったので、物が多くてお恥ずかしい。ですが、こちらのお部屋はココレット様をお招きするために綺麗にしましたので、どうぞご安心ください」

「…………」

『安心なんか出来るわけないでしょ』と口にしてしまいたかったが、彼らを刺激するわけにはいかないので口を噤《つぐ》む。何故なら現在わたしは後ろ手に両手首を縛られており、極光の盾を使うことが出来ない状況だったからだ。

案内された小部屋は確かに清潔だった。座り心地の良さそうなソファーまで用意されている。

縛られたままなので座るのも大変なのだが、どうにかソファーに腰を落ち着ける。そして言葉を選んで彼らに話しかけた。

「あなたたちの目的をお聞きしたいわ。誘拐までするなんて、わたしにどのような敵意をお持ちなのでしょうか？」

「敵意だなんて、とんでもないっ!! ココレット様に悪意を持つ者など、この世界に一人もおりませんっ!!」

彼らに敵意がないことは最初から知っている。

だって彼らはわたしの美貌に即堕ちした、第二王子派閥の令息たちなのだから。彼らの心を揺さぶるために、『敵意』という強い言葉を使っただけだ。

彼らがわたしに害を成すとは思っていなかったから、犯人だと分かった時は酷く驚いてしまった。お陰で防御魔法を発動するタイミングを失っちゃったわ。まったく、もう。

けれど、このペンダントにはGPS機能が付いているので、エル様がわたしを発見するまで待っていればいい。妃教育に遅刻した時点でミスティア様たちが異常事態に気付いて、エル様に報告してくれるだろうし。

助けを待っている間にわたしが出来ることといえば、彼らから情報を引き出すことくらいね。

わたしは誘拐されて怯《おび》えている美少女令嬢らしく、瞳に真珠のような涙を浮かべて見せた。

「では、どうして、わたしを誘拐したのですか？ ココ、とっても怖い……っ！」

「ああっ、泣かないでください、ココレット様!! 僕たちはココレット様とオーク様、そしてシャリオット王国の民全員を幸せにしたいだけなのです!!」

何を言っているのかしら、この子たち……？　わたしとオーク様と、民……？

スケールの大き過ぎる話にわたしは戸惑ったが、彼らは自信満々な様子で説明を始めた。

「『愛の天使』であるココレット様はその慈悲深さから、不細工王太子を憐《あわ》れんで、彼の妃になろうとしているのですよね！　この国のためにご自分を犠牲にして……!!」

はい……？

「でも、もう大丈夫ですよ、ココレット様!!　あなたはオーク様と結婚して良いのです!!　いえっ、するべきなのです!!!」

「我々シャリオット王国の民は皆、現国王陛下のようなお美しい御方に次期王となっていただくのが一番の幸福なのです!!　心優しいあなたが不細工王太子の妃になるよりも、オーク様の妃となってくれたほうが美形が二倍で、民はさらに幸福になれるのです!!」

「ココレット様、民のことを本気で思うのならば、どうかオーク様をお選びくださぃ!!!」

……つまりこの令息たちは、オーク様×わたしが推《お》しCPってこと？

顔で推しを選ぶ気持ちは、痛いほどによく分かる。

性格が重要だって言う人もいるけれど、（※美形に限る）って注釈が付く出来事がどれほど多いことか……。つまりそれだけ、推しの外見って大事なのよ。

でも、『どうしてマイナーキャラを推しているの？　こっちの人気キャラにおいでよ！　公式からの供給も多いから絶対に楽しいよ～！』的な、傲慢な善意を振り翳《かざ》さないでぇぇぇ!!!

わたしが好きなのはエル様なの!!!　あのご尊顔のためなら、二度目の人生を捧《ささ》げられるほど大好きなのよっっっ!!!

頭に来て身じろぎをしたら、手首からプチッと音がして拘束がほどけてしまった。

雑な縛り方だったのか、わたしの火事場の馬鹿力が目覚めたのかは分からないけれど、これなら防御魔法が使えるわね。

わたしはペンダントを弄《いじ》り、結界を発動させた。

「うわっ!?　なんだ、この美しい光は!?」

「『愛の天使』は神々しい光まで発することが出来るのか……!!」

「流石はココレット様だ……♡」

「違いますっ!!　これはドワーフィスター様が発明された魔道具の力ですわ!!」

わたしは令息たちの変な誤解を解いてから、安全な光のドームの中で吠《ほ》えた。

「国民の幸福というのは、国が豊かで、福祉もしっかりしていて、安心安全に日々の生活を営めることだと、わたしは思いますけれどっ!!　百歩譲って、そんなことよりも国王と正妃の美貌こそが重要だと言うのならば!!」

大きく息を吸い、ローズピンク色の艶々《つやつや》の髪を掻《か》き上げて、この絶世の美貌を彼らに見せつける。

「わたしはこれから、さらに美しくなってみせますわ!!　国民の誰もがエル様のお顔を気にする暇《ひま》もないくらい、わたしの美貌に夢中にさせてみせます!!　国王の足りないところを補うのが、正妃の役目ですからっ!!　今のわたしはまだ十一歳ですもの、これからの伸びしろがすごいですわよ!!」

わたしの剣幕に、令息たちが「何故そこまでして、不細工王太子を……??」と首を傾げている。

「そんなの、エル様を愛しているからに決まっています!! あなた方がなんと言おうと、わたしは推し変などいたしませんから……っっっ!!!」

わたしがきっぱりと言うと、令息たちの間に動揺が広がった。まさかわたしがエル様を愛しているだなんて、思ってもみなかったらしい。

困惑する彼らに背を向けて、わたしは防御魔法の中で籠城することにした。

▽

「ここが今のスラム街か……」

私がぼそりと呟《つぶや》くと、隣にいるダグラスが「今の?」と不思議そうに首を傾げた。

「いえ、なんでもありません。スラム街に着きましたが、これからどうするつもりですか、ダグラス? 当てはあるのですか?」

「ココレット様の御者が、『お嬢様は犯人たちの馬車で連れ去られた』と言ってたんで、まずは馬車を停める敷地があるデッケェ建物から捜索しようと思います。そういう建物はスラム街には少ないんで。途中で住人に会えたら、目撃情報を聞いていくつもりっス」

「そうですね。私もダグラスの案が妥当だと思います。では、進みましょうか」

案内役のダグラスを先頭に、私とドワーフィスター殿、レイモンド、フォルト、そして騎士たちがスラム街を進んで行く。

今のスラム街は、オークハルトが国を傾けた前回の未来より、かなりマシな状況だった。もしかすると今回の人生では、このスラム街をどうにかすることが出来るかもしれない……。

だが、今はココのことが最優先だ。ココがいなければ、私が王になる未来などないのだから。

暫くすると、人気のなかった道に一人の痩せた少年が現れた。少年は最初こちらを訝し気に見ていたが、ダグラスに気付いてハッとした表情になった。

「うげぇえっ、『悪魔のダグラス』じゃねーか!!　最近見ねぇと思ったら、まだ生きていたのかよ⁉　しかもなんだ、その綺麗な格好は。後ろの連中も高そうな服ばっかで、……は？　なんで騎士がここに⁉」

「ああ、お前か。スラムにいた頃、俺の食いもんを横取りしようとしては、返り討ちに遭ってた雑魚。まぁ、騎士見習いになった今となっちゃ、どうでもいい過去だけれどよぉ」

どうやら二人は顔見知りのようだ。ダグラスが一歩近付くと、少年は「ヒィッ！」と怯えた。

「なっ、なんかダグラス、出世したみたいだな……。ハハハ、よかったじゃん？　じゃ、俺はこれで……」

「なぁ、俺への出世祝いに一つ答えてもらいたいことがあるんだけれどよぉ……？」

「俺で分かることなら、なんでも答えるから……!!　昔のことで逮捕とかは勘弁してくれ……!!」

ちょうどこの少年はスラム街の外れにある大きな建物に馬車が入ったところを目撃しており、無事に求めていた情報を得ることが出来た。

「その建物にココがいる可能性が高いですね。急ぎましょう」

「「「はいっ‼」」」

件《くだん》の建物付近に着くと、騎士たちが斥候に出た。その結果分かったことは、玄関と裏口、庭のほうにも見張り役が複数いるらしい。

「建物内部の状況も知りたいのですが、難しそうですね。せめて見取り図がほしいところです」

私がそう言うと、レイモンドが挙手した。

「エル様！　僕、あの建物の内部構造なら記憶していますっ！」

「え？　一体何故、レイモンドがそのようなことを知っているのですか？」

「エル様からお借りした本に書かれてありました！　『シャオラ建築は五十年ほど前に商家の間で流行した建築様式で、玄関から入ってすぐのところに商談スペースとして大きめの部屋があり……』」

レイモンドは以前私が貸した建築史の本の内容を口にしながら、持っていたメモ帳に建物の見取り図を描いていく。

呆気《あっけ》に取られている周囲の様子に、レイモンドはまったく気付いていなかった。

「多少の違いはあるかと思いますが、大体このような部屋の配置が主流の建物ですっ」

「あ、ああ……。ありがとう、レイモンド。流石の記憶力ですね」

「えへへっ。やっとお役に立てて嬉《うれ》しいです！」

ドワーフィスター殿が「すごいじゃないか、レイ！」と褒め、ダグラスやフォルトも感心していた。

見取り図を基に作戦を立てる。騎士たちが陽動として正門から突入して見張りと交戦し、その間に手薄になった裏口から私とダグラス、ドワーフィスター殿とレイモンド、フォルトが屋敷に侵入し、内部の敵を排除しながらココを探す手筈《てはず》だ。

ドワーフィスター殿とレイモンドは剣の腕はイマイチのようだが、極光の盾を複数所持していた。

「おい、レイ。自分が結界の中に入るのも勿論いいが、極光の盾を投げつけて敵を結界の中に閉じ込めてしまってもいいぞ。敵は解除方法を知らないからな」

「わぁ！　流石はフィス様です！」

「ふふん。僕は歴代最初の魔法宰相になる男だから当然さ」

作戦が決まると、すぐに実行に移る。

私たちが裏口近くに潜むと、騎士たちが正門から突入を始めた。

裏口にいた見張り役たちが「おい、大変だ！　騎士たちが表にやって来たぞ！」「なんだって⁉　もうバレたのか⁉」「とにかく応援に行くぞ‼」と、慌てて移動していくのが見えた。

「エル様、あの者たちときたら見張りを一人も残していかないなんて不用心ですね」

「そうだね、フォルト。こちらとしては好都合だけれど。ではダグラス、扉の鍵を破壊してください」

「畏《かしこ》まりました、ラファエル殿下！」

ダグラスがドアノブを摑み、バキッと嫌な音を立てて扉を破壊した。そのまま中へと侵入する。

するとすぐに敵と遭遇した。

「うわっ⁉　裏口から侵入者だ‼」

「正門への応援で人が少ないっていうのに‼　ちくしょうっ‼」

どうやら陽動作戦が効いているらしい。敵は剣を抜くとすぐに切りかかってきたが、ダグラスがあっさりと薙《な》ぎ倒していく。彼が討ち損じた敵を、私やフォルトが倒す。

フォルトのなかなかの剣の腕前に驚いていると、彼は「エル様のために露払いくらいは出来ませんと、従者失格なので」と震えながら答えた。

私たちの死角から現れる敵には、ドワーフィスター殿とレイモンドが極光の盾を投げつけて、難なく結界の中に閉じ込めた。

すっかり敵の姿が見えなくなった屋敷の中を進んで行く。レイモンドが描いた見取り図と実際の部屋の配置はほとんど相違がなく、迷うことはなかった。

暫くすると、話し声が聞こえてくる部屋があった。

「非常に困ったな。これからどうする？　ココレット様がここまで頑なな御方だとは思わなかった」

「不細工王子を愛しているだなんて、ココレット様は本気で言っているのだろうか？」

「あの光の幕の中から出てきてくださらないし、弱ったな」

どうやらこの部屋にココと犯人たちがいるらしい。彼らの話では、ココは結界の中にいるようだが、無事な姿をこの目で見るまでは安心することは出来ない。

「ダグラス、この部屋を制圧し、ココを救出します」

「畏まりました！　ラファエル殿下！」

ダグラスが扉を蹴破って中へ侵入すると、犯人の姿が見えた。ベルガ嬢が推測した通り、オークハルトの派閥の令息たちだ。彼らは前回の人生ではあいつの側近だったが、今回の人生では誘拐犯になるなど、落ちぶれたものだな……。

令息たちに向けて剣を構える必要はなかった。彼らは私とダグラス、レイモンドの顔を見ると真っ青になって、泣き喚《わめ》きだしたからだ。

「お母様ぁぁ!!　助けてぇぇ!!」

「不細工がたくさんいるよぉぉぉ!!　怖いよぉぉぉ!!」

「ごめんなさい、ごめんなさい!!　許してください!!　こっちに来ないでぇぇぇ!!」

……彼らはよほど不細工が恐ろしいらしい。

令息たちの反応に傷付き、私は彼らから視線を逸らそうとした。

だが、いつの間にか防御魔法を解除したココが令息たちの後ろに立ち、スパパパーンッッッ!!!と彼らの頭を叩《たた》いて気絶させていた。……意外と強いな、ココは。

一瞬ココが物凄《ものすご》く険しい顔をしていたような気がしたが、私に振り返った彼女は瞳をうるうると潤ませ、守ってあげたくなるような表情でこちらに駆けてきた。

「エル様〜!　わたし、とっても怖かったです!　でも、エル様が絶対に助けに来てくださるって信じていたから、耐えることが出来ましたわ……っ!」

「泣かないで、ココ。あなたが無事で本当に良かった……」

「お願いです、エル様。どうか、わたしを抱き締めて慰めてください!!　まだ怖くて体が震えているんです……!!」

「えっ、……え？」

「エル様、ありがとうございますっ♡♡♡」

まだ了承していなかったが、ココは余程心細かったらしく、私にガッチリと抱き着いてきた。

「はぁ……♡　エル様っ♡」と私の胸元に顔を埋めるココを引き離すのが可哀想で、身動きが出来ない。

醜い私が彼女を抱き締め返してもいいのだろうかと躊躇《ためら》ってしまい、両手の行き場がなかった。

……ココを妃にすると言いながら、結局私は未だに彼女に拒絶されることが怖いのだ。

「お義姉さまっ！　ご無事で本当に良かったですっ！」

「まったく。流石の僕も心配したよ、ココレット・ブロッサム。だけれど、僕の作った極光の盾が早速役立ったみたいだな。魔法の同志である僕に感謝をしなよ」

「だっ、大丈夫っスか、ココレット様⁉　ハンカチを使いますか⁉　これ、ココレット様から以前貰《もら》ったやつですけれど……。あっ、もちろん洗濯はしてあるんで！」

「あぁっ、ココレット様の手首に縛られた跡が……！　すぐに手当をいたしましょう！」

躊躇っている間にレイモンドとドワーフィスター殿、ダグラスとフォルトが周りにやって来た。

そして口々に彼女の無事を喜び、フォルトはココの手首を手当てしてた。

そのあたたかな雰囲気に背中を押された気持ちになり、ココを抱き締め返すことは流石に出来なかったが、私は彼女の頭を撫《な》でた。

「もう大丈夫だよ、ココ。あなたには私たちという味方がいるから」

「はいっ、エル様♡」

ココは私の胸元から顔を上げ、花が綻《ほころ》ぶように笑った。


騎士たちの制圧が終了したので、気絶していた令息たちを屋敷の外へと運び出してもらう。

令息たちはこのまま王宮へと連れて行き、尋問する予定だ。その後は父上へ報告するのが通常なのだが、まぁ、母上への報告になるだろう。令息たちには然るべき処罰が下されるはずだ。

だが運んでいる途中で令息たちが目を覚まし、再び私たちの顔を見て、恐怖で取り乱し始めた。

これでは王宮へ移動するのも一苦労だ……。

途方に暮れていると、屋敷の正門の前に一台の馬車がやって来た。馬車にはベルガ辺境伯爵家の紋章が付いており、中からベルガ嬢とインス殿、そしてオークハルトが降りて来た。

「兄君、ココ、無事かっ⁉︎　怪我はないか⁉︎」

「令息たちのご両親は白でしたのでぇ、ココレット様が監禁されている可能性が高い場所を教えていただき、急いで駆けつけましたわぁ。捕縛はすでに終了いたしましたのねぇ。お見事ですわぁ、ラファエル殿下ぁ」

オークハルトは真っ青な顔で私やココの心配をし、ベルガ嬢は私たちの武勇を称えた。

私たちの無事を確かめたオークハルトは、「二人が無事で本当に良かった……！」と涙ぐんだ後、令息たちへと視線を向けた。

令息たちはオークハルトの顔を見るとホッとしたように泣き止んだ。単純に異母弟の美貌に見惚《みと》れたのか、自分たちが持ち上げている第二王子が味方に来てくれたと思っているのかもしれない。

だが令息たちの期待を裏切り、オークハルトは彼らを叱りつけた。

「君たちは、どうしてこのような悪事を働いたのだ⁉　ブロッサム侯爵家の護衛や御者に怪我を負わせ、ココを恐ろしい目に遭わせ、兄君のお手を煩《わずら》わせて……‼」

「ぼっ、僕たちはただ、良かれと思って……。オーク様が国王となり、ココレット様が正妃となってくだされば、お二人のお美しさで民全員が幸せになれると思ったんです……！」

「そっ、そうです！」

「ココレット様さえ理解してくだされば、それですべて上手《うま》くいくかと……」

「馬鹿なことを言わないでくれ‼　民全員の幸せと言っておきながら、君たちはすでにこの場にいる多くの者に迷惑を掛けたということが分からないのかっ⁉」

オークハルトの叱責に、令息たちは自分たちのしでかしたことの矛盾に気が付いて、愕然とした表情になった。

「それに、俺は兄君が大事だ‼　いつも皆に言っているが、俺は兄君こそ次期国王に相応しいと思っている‼　こんなふうな形でココが兄君ではなく俺を選んでも、何も嬉しくはないぞっ‼」

「もっ、申し訳ありませんでした、オーク様……！」

「オーク様もココレット様も、それほど王太子殿下をお慕いしているとは思わず……」

「僕たちが浅はかでした……っ！」

すっかり意気消沈して項垂《うなだ》れている令息たちに、「謝罪をするなら、ココと兄君にもすべきだ‼」と激高している異母弟の肩を叩く。

「オークハルト、後は上の判断に任せよう」

「……はい、兄君。承知いたしました」

こうして令息たちは捕まり、最終的に領地での療養を言い渡されることになった。これは事実上の王都追放であり、貴族としてのエリート街道から完全に外れてしまったのである。


オークハルトの側近候補たちの失脚により、第二王子派閥の規模が縮小し、彼らの私に対する態度が軟化した。お陰で母上の機嫌も大変良いらしい。このまま母上がココに対して妙な企てをしなければいいのだが……。

私のほうはさておき、事件によって心傷付いたココだが、次の登城の際には健気《けなげ》にも普段通りの様子を見せていた。

「あの事件の時はわたくし、とってもとっても心配したのですからねっ、ココレット様！」

「私もです。ココレット様にもしものことがあったらと、本当に怖かったですわ……」

「ミスティア様にもルナマリア様にも、大変ご心配をおかけいたしました。皆様の尽力のお陰で、早く救出していただくことが出来ましたわ。本当にありがとうございます」

妃教育に復帰する前に離宮でお茶会を開くと、ワグナー嬢とクライスト嬢が涙目でココに抱き着いた。ココは慈愛に満ちた微笑みを浮かべ、気丈にも二人の令嬢を慰めている。

その後、オークハルトが見たこともないような巨大なケーキを持って来て、「俺の派閥の者が皆に迷惑をかけた詫《わ》びだ！」と言って、皆に振舞った。

ココたち婚約者候補は勿論喜び、招待したドワーフィスター殿とレイモンドも目を輝かせていた。

遠慮しようとするダグラスやフォルトに私からもケーキを食べるように促し、インス殿に関してはベルガ嬢から「サリー、あ～ん♡」とケーキを食べさせてもらっていたので、そっとしておく。

「エル様、わたしたちもヴィオレット様たちの真似っこをいたしましょう！　はい、あ～ん♡」

「こっ、ココ、それはちょっと恥ずかしいので……！」

ココは私を真っ直ぐに見つめる。そのペリドット色の瞳には不細工王太子に対する嫌悪感なんて、まるで見えてこない。

……本当は彼女からの好意を信じてしまいたい。こんなに優しい笑顔が嘘《うそ》だなんて思いたくない。

それなのに『彼女の望みはこの国の正妃になることであって、その優しさは私への好意からではない』と自分に言い聞かせて、傷付かないように予防線を張ってしまうのは、――この世で私が一番、醜い自分自身を卑下しているからだ。

婚約者候補との関係が改善し、オークハルトを受け入れ、支えてくれる仲間が出来て、民からの評価が上がって、敵対派閥の態度が軟化しても。

醜い私を認めることが出来ないのは、私自身なのだ。

ココが「えいっ」と笑って、私の口の中にケーキを突っ込んだ。それは酷く甘かった。

第十章 ★ 聖女ツェツィーリアと旅人ルッツ ★

――拉致事件から二年が経ち、わたしは十三歳になった。

妃教育はますます厳しさを増し、今では教会視察が皆の息抜きになっている。

ある時は教会視察のついでに領地も視察したら、川の上流に新たに作った取水口のせいで下流地域に水が流れず大問題になっていたので、エル様が解決されたり。またある時は、教会で強盗の立てこもり事件が起こり、ダグラスやヴィオレット様が大活躍。また別の時には、領主の不正の資料をルナマリア様が見つけてきたり。山で子供が迷子になり、ミスティア様が某メーヴェみたいな空飛ぶ魔道具＋持ち前の五・〇の視力を使って、上空から発見したり。ドワーフィスター様が倒産寸前の工房を買い取って、魔道具工房にしたり。農作物がなかなか育たなくて悩んでいる領主に、レイモンドがその土地に適した作物を教えて、税収が増えたり。本当にいろいろとあったわ。

ちなみにわたしとオーク様は、顔の良さで皆の役に立っている。わたしたち二人が微笑めば、善人だろうと悪人だろうと陥落するので。

そんな愉快で騒がしい毎日を送っていたら、気付けばもう来年には王立学園へ入学する年齢だ。

一つ年上のルナマリア様とドワーフィスター様は、今年から入学している。

学園生活で忙しい二人は次の教会視察に参加するのは無理かしら……、と寂しがっていたら。

「え？　次の視察には、オーク様もミスティア様もヴィオレット様も参加されないのですか？」

「そうらしい」

同じく十三歳になられたエル様が、こくりと頷《うなず》く。

エル様の前髪は相変わらず目元を隠すほどに長いが、そこからチラチラと覗《のぞ》く蒼眼《そうがん》の美しさは変わらない。いえ、むしろ成長期に入って背が伸び、大人っぽい顔つきになられた分、美しさがパワーアップしている。

エル様のご成長を間近で観察し続けられるなんて、現世って本当に最高だわ……♡　わたしをエル様のお傍《そば》に生まれ変わらせてくださった神様、ありがとうございますっ‼

「オークハルトは隣国から従兄が遊びに来るので参加出来ないと言ってきた。ベルガ嬢はあいつの護衛だから離れるわけにはいかない。ワグナー嬢はドワーフィスター殿が足を挫いて、その看病らしい」

「まぁ、残念ですわね……。でも、久しぶりにエル様と二人きりで視察が出来ますわね！」

わたしが明るく言えば、エル様が苦笑される。

「そうだね。……私と二人きりで出掛けるのを喜ぶだなんて、相変わらずココは変わっているね」

「あら、それでしたらオーク様もお喜びになられますわよ。エル様と二人きりでのお出掛け」

「……あいつを数に入れるのはやめよう」

ドワーフィスター様のお怪我が早くよくなるといいですね、皆に何かお土産を買ってきましょう、と話しつつ。わたしはエル様との久しぶりのデートを心待ちにするのだった。

▽

エル様だけではなく、十三歳のわたしの美貌もさらなる磨きがかかっている。

拉致事件で犯人の令息たちに『国民の誰もがエル様のお顔を気にする暇もないくらい、わたしの美貌に夢中にさせてみせます!!』と啖呵《たんか》を切ったので、筋トレやヨガでボディーラインを整え、侍女のアマレッティに手伝ってもらって美容面も頑張り、我が家の料理長にも栄養面に気を使った食事を毎日作ってもらった。

お陰で背もぐんぐんと伸び、手足もすらりと長く、胸や腰も膨らみ始めてきた。勿論《もちろん》、お肌や髪も艶々《つやつや》のうるうるだ。アマレッティと料理長には本当に感謝しかないわ。

そういうわけで十三歳のわたしは、花も恥じらう完全無敵の絶世の美少女なのである。

デート当日。わたしが嫋《たお》やかな仕草でエル様の腕を取り、可憐《かれん》な微笑みを浮かべて馬車から降りれば、視察先の教会の人々や領主たちが大歓声を上げげた。もはやアイドルのライブ会場に集《つど》った熱狂的ファン状態である。誰もエル様に注目していなかった。わたしが美し過ぎて、エル様の容姿が霞《かす》んでしまうのだ。

十一歳の頃もわたしの顔は整っていたけれど、エル様と一緒にいると周囲の人はまず彼を見て嫌悪していた。エル様の盾役としてはまだ弱かったのだ。

けれど今ではこの通り、周囲の視線がエル様へ向く前にわたしに注目するようになったの! 鏡の前でわたしが最も美しく見える角度とかを研究して、とにかく頑張ったの！　誰か褒めて！

そんなことを考えていたら、横からエル様がこっそり耳打ちしてくる。

「相変わらずココは大人気だね。君が傍にいてくれるだけで、私はとても生きやすいよ」

甘い微笑みを浮かべるエル様にわたしは思わず胸を押さえ、「はうぅっ♡」と桃色の溜息《ためいき》を吐《つ》いた。

顔が良いし、性格も優しいし、身分は王太子様だし、とにかく顔が良い。この人を好きにならない理由が本当に見つからないわ⁇

「ココ、どうしたんだい？　体調でも崩したのかい？」

「いいえ。エル様があまりにも素敵過ぎて、昇天しそうになってしまいましたの」

エル様が挙動不審なわたしを心配してくださったので、誤魔化すためにこの美貌を最大限に利用して上目使いをする。彼は途端に照れた表情を見せ、わたしからゆっくりと視線を反らした。

そして、どこか悲しげな口調で言う。

「……ココは本当に優しくて、狡《ずる》い子だね」

「エル様……」

「さぁ、視察へ行こう。皆をあまり待たせてはいけないからね」

エル様に促され、わたしは仕方なく足を踏み出した。

十三歳になったということは、……エル様と出会って、もう二年経つということだ。

エル様を取り巻く環境は出会った頃とはガラリと変わり、レイモンドやダグラスといった容姿のコンプレックスを分かり合える友人も出来たし、婚約者候補のミスティア様やルナマリア様とも穏やかな関係を築けている。エル様を支えようとするオーク様やドワーフィスター様、ヴィオレット様だっている。勿論わたしだって彼の絶対の味方だ。

それなのに駄目なのだ。エル様は根本的なところで、他人からの愛情を信じきれずにいる。

わたしがどれほど想いを言葉にし、態度で表しても、……エル様は心の奥底で『自分が他人から愛されるはずがない』と固く信じ込んでいるのだ。

教会の関係者と話し始めるエル様の横顔を見上げながら、わたしは考える。

どうすればエル様が本当の意味で、孤独から抜け出せるのだろう、と。

▽

本日の視察先は、聖女ツェツィーリアが生前所属していたとされる教会だ。

ツェツィーリアの伝説の内容は何度もミサで聞いているので、すぐに思い出せる。盲目ゆえに親から捨てられたツェツィーリアが、修道女見習いになる話だ。

ツェツィーリアは生まれながらに不思議な力と優しい心を持ち、多くの悩める人々を救っていく。

しかし彼女の力には、自らの寿命を縮めるという代償があった。

そんな彼女の前にある日、孤独な旅人が現れる。旅人の傷付いた心を癒《い》やすために、ツェツィーリアは修道女見習いをやめて彼に嫁《とつ》ぐのだ。

そして彼と短くも幸福な結婚生活を送り、ツェツィーリアは彼のために最後の力を使い、天に召されたという内容だ。

その最後の力については、後世にはまったく伝えられていない。

ツェツィーリア伝説の教会へ視察に行くとルナマリア様に話した時、聖女マニアである彼女はとても羨ましそうな様子だった。王都から馬車で二週間はかかる領地にあるので、学園生活に忙しいルナマリア様にはなかなか来られないのだ。

そんなルナマリア様にお土産話をするためにも、頑張って視察をしないといけないわね。わたしは気合いを入れた。


視察は滞りなく進んだ。

教会の中には盲目のツェツィーリアが生活しやすいように取り付けられた手すりやスロープが残っており、家具も角が丸みを帯びたデザインのものが多かった。

エル様は相変わらずペンダントや装飾品などが気になるようで、牧師様に詳しく聞いている。

「……では、その旅人がツェツィーリアにクロスを贈ったと?」

「ええ、そうです。ルッツは……。あ、ツェツィーリアの夫になった旅人はルッツという名の男だったのですが、元はどこぞの貴族だったんでしょう。こんな田舎では見かけないような装飾品をたくさん持っていたと言われております。どこぞの家で食うのに困れば、ルッツがそれらを売って食料を買ってきてくれたそうで。とんでもなく不細工でしたが、……あ、失礼、その、とにかく心根の真っ直ぐな良い奴だったと聞いております」

「旅人ルッツに関する資料などは残っていますか？」

「いいえ、何せ昔の話ですし、資料だなんてそんな大それたものなんてありませんが……。ああ、でも、彼がツェツィーリアと共に暮らした家や、二人の墓は残っておりますよ」

「そちらへ案内をお願いします」

「畏《かしこ》まりました。ただ、家の鍵は大家が持っているので、手配に少々時間がかかりますが」

「構いません。待たせていただきます」

どうやら移動するみたいね？

エル様を横から見上げれば、何やら思案気な表情だ。顎に指を当てる仕草が実に色っぽいわ……♡

わたしの熱視線に気付いたエル様が、こちらに顔を向けてくる。そして微苦笑を浮かべた。

「急に予定を変更してごめんね、ココ。退屈だったら、先に領主の屋敷で休んでいて」

「いいえ、わたしはいつでもエル様のお傍におりますわ」

「……ありがとう」

蒼眼を柔らかく細め、エル様がわたしの頭を撫《な》でる。移動の準備が出来るまで、わたしはエル様を満喫した。

旅人ルッツが聖女ツェツィーリアと生活していたという民家に到着した。

家の周囲には畑が広がり、古びた鶏小屋や家畜を放牧するための木の囲いが残っていた。ルッツは自給自足をしながら、この地の暮らしに馴染《なじ》んでいったのだろう。

玄関前に、大家のお婆さんがちょこんと立っていた。馬車から降りるわたしたちへ恭《うやうや》しく頭を下げ、傍へ近付くと畏《おそ》れ多そうに顔を上げる。そしてエル様の顔を見るなり――……、

「ルッツ！　あんた、ルッツじゃないかっ⁉」

お婆さんは驚きに目を丸くして叫んだ。

牧師様に代わって案内を務める役人が、慌ててお婆さんの肩を揺する。

「何を言ってんだ、大家さん。この御方は我がシャリオット王国の王太子、ラファエル殿下だよ」

「あんたこそ何言ってんだい、こんなにルッツにそっくりじゃないか！　最近の若者はどうしようもないねぇ！」

「そうだよ、大家さん。ツェツィーリアとルッツの顔を覚えているのは、もう大家さんのような高齢者だけなんだよ。俺が生まれたのは二人が亡くなった後なんだ」

「人を年寄り扱いしよってっ！」

「とにかく大家さん、ルッツはとっくの昔に死んだ男だ。ラファエル殿下はルッツじゃないよ」

「こんなにそっくりなんだから、ルッツに決まっているよ！」

お婆さんと役人の話し合いは平行線を辿《たど》り、説得を諦めた役人がわたしたちに耳打ちする。

「年寄りの戯言《ざれごと》ですよ。さっさと鍵を借りて、家の中を見ましょう」

「いいえ、あのご婦人のお話が聞きたいです。ご婦人にもご同行をお願い出来ますか？」

「そうですか？　承知いたしました」

役人は『物好きだな』という顔でエル様を見た後、お婆さんから借りた鍵で玄関を開けた。そしてわたしたち一行とお婆さんを促し、家の中へと入った。

家の中の空気は淀《よど》んでいた。護衛の騎士たちが次々に窓を開けて換気をする。定期的にお婆さんが清掃していたらしく思ったよりも綺麗《きれい》だが、それでもやはり埃《ほこり》っぽかった。

「ココ、息苦しくないかい？」

「はいっ。平気ですわ。エル様は大丈夫でしょうか？」

「私も平気だよ。もっと酷い環境も知っているからね」

エル様はそう言って苦笑された。一体どういう意味なのかしら？

訝《いぶか》しんでいるわたしの隣で、お婆さんがエル様に「ルッツ」と声をかけた。

「ほら、あの壁の傷を覚えているかい？　ウィルじいさんが酔っぱらって火掻《か》き棒を振り回した時につけちまったやつだよ。あの人ももう死んじまったけれどねぇ」

「ご婦人、ルッツという男はそれほどまでに私にそっくりでしたか？」

「あんたまで何を言ってるんだい、ルッツ。自分のことだろう？　そこまで不細工な面は、誰だって忘れられないよ」

「ルッツの瞳は、もしかしたら紫色だったのではありませんか？」

「紫……？　さぁねぇ、あんたに会うのは久しぶりだから、瞳の色なんてもう忘れちまったよ。青でも紫でもいいじゃないか」

二人の会話に、ふと脳裏を過《よぎ》る記憶がある。

エル様にそっくりで、紫色の瞳の……、旅人……。そうだ、確かあの方が王都を去った後のことは記録に何も残されていなくて――……。

「……エル様、あの、旅人ルッツの正体はもしかして……？」

わたしはその予想に胸を高鳴らせながら、エル様を見上げる。

エル様はわたしの考えを読んだように頷き、「たぶん」と答えた。

「何か証拠が見つかればいいのだけれどね」

室内に視線を走らせるエル様につられるように、わたしも周囲を見回した。宝探しゲームの時のようにワクワクした気持ちになりながら。

▽

ツェツィーリアとルッツが暮らしていた家は狭く埃っぽい。ココのような上位貴族の令嬢にはこの部屋にいるだけでつらいものがあるだろう。私は前回の人生で野宿やスラム街での劣悪な生活を経験しているから、まだ平気だが……。

私はそんな心配をしたが、ココは無邪気な探求心をその瞳に宿して室内を観察していた。

「もしも旅人ルッツがあの御方でしたら、歴史的大発見ですわね、エル様！」

そんなふうに私に笑いかけてくるココに、ホッとした。

ココと出会って二年の年月が経ったが、彼女の心の清らかさは褪《あ》せることを知らない。変わらず私の傍《かたわ》らに寄り添い、穏やかな微笑みを浮かべていてくれる。――ココとは対照的にどんどんと醜くなっていく、この私に。

十三歳になったココは女性らしい体つきに成長しつつある。ふとした瞬間に彼女から滲《にじ》み出てくる色気に、動揺することもしばしばだ。

そんな彼女の美しさに虜《とりこ》になる人間は少なくない。オークハルトも変わらずココに熱を上げている。

それでもココはいつでも私の傍に寄り添ってくれていた。

ココが『不細工王太子』である私の妃になろうとする本当の理由は、今でも分からない。

この国の正妃になろうとしていると考えていたが、ブロッサム侯爵に野心があるようには思えないし、ココも地位や権力や財産を求めているようには見えない。彼女は自分自身がピカピカの宝石で、地位や権力で飾らずとも美しいことを自覚していた。

ならば何故……と考え続けているが、醜い私と婚姻することのメリットが他に思い浮かばなかった。ココに直接聞けばいいと思いもするが、実行したことはない。

私は怖いのだ。そんなことを聞いてココを失うはめになってしまったら、どうすればいいのかと。

彼女なしの人生など、きっと――……前回の人生以上の地獄だろう。

室内を調べていた騎士や役人たちがルッツの私物を見つけては、私たちの元へと運んできた。平民が読むには専門的過ぎる学問書や、上位貴族ですら持つことが難しい黒真珠のカフスボタンなどだ。

これほど高価な品が、何故こんな田舎の古びた民家に無造作に置かれているのだろうか。……もしかするとこの地域には、これらの品の価値を真に理解出来る人間がおらず、結果として盗人からも見向きもされなかっただけかもしれない。

「あら？　エル様、こちらの本の文字が……」

「どうしたんだい？」

ダグラスが見つけてきた古書を点検していたココが、困ったように私を見上げた。

「古代語のようなのですが、勉強不足でわたしには読めませんわ」

「古代語？」

妃教育ではまだ古代語は習っていないはずだ。私はすでに習得しているけれど。

ココから受け取った古書を開いてみれば、確かに古代語で書かれている。旅人ルッツが生きていた時代には、すでに使われていない言語だ。

つまりルッツは、古代語を習得するだけの教養を身に付けられる上流階級の出身ということだ。

「エル様は読めますか？」

「うん。……これは、ルッツの日記みたいだ」

しばし日記を読み進めて、私は確信する。

「ルッツの正体はやはり、三代前に在位していたシュバルツ王だ」

▽

不細工ゆえに、シュバルツは幼少期から人々に嫌われてきた。

夭逝《ようせい》してしまった父の代わりに早々に王位を継承し、悲しみに浸る暇もないままに民の生活に尽くし続けたが、誰からも愛されず、求められず、望まれてもいないのに王として足掻《あが》き続ける日々に絶望していた。

幼く美しい弟が早く成人することだけが、シュバルツの唯一の希望だった。

そして実際に退位する日が来ると、シュバルツは己の空っぽさに気付いた。王でなくなれば、あれほど心の底から嫌悪した〝権力に媚《こ》びへつらう下等な人間〟さえ近付かない、ただの化け物でしかなかった。

シュバルツは王宮を捨てて旅に出た。化け物など、人里離れた山奥にでも籠《こも》ればいい。そんな自虐的な気持ちから安住の地を探すことにしたのだ。

だが、その旅は苦しみに満ち、シュバルツをますます人間不信にさせた。

不細工な彼には一晩の宿を取ることすら大変だった。金ならいくらでもあったし、実際に金貨を積んで見せたが、「お前のように醜い男を雇う人間などいるはずがない。どこから盗んできた金だ？」と盗人扱いされ、しまいにはゴロツキたちにその金を狙われる始末だ。

シュバルツはローブを深く被り、旅を続けた。一瞬でも顔が見えたら面倒なことになる。子供たちは火がついたように泣き出し、女性たちは泡を吹いて倒れ、やっと辿り着いた村ですら追い出されてしまうから。

惨めで惨めで堪《たま》らなかった。シュバルツはこんな醜い姿に生まれた己を呪い、自分にまともな扱いをしてくれなかった人間たちを憎み、決して許さなかった。

「旅の御方、あなたの心はどうしてそんなに泣いているのでしょうか?」

とある田舎の教会に辿り着いた時、シュバルツは一人の美しい修道女見習いに話しかけられた。

彼女の瞳にはシュバルツの姿がまったく映っていなかった。盲目なのだ。

その時、シュバルツの身の内に込み上げた感情は筆舌に尽くしがたい。

うら若き乙女が自分を前にしても嫌悪感を現さずにいてくれることの、喜びと呼ぶには強烈過ぎる熱い感情に、思わず涙が溢《あふ》れた。

盲目の彼女の前でなら、自分は化け物ではなく、ただ一人の人間になれた。

シュバルツは自らを『ルッツ』と名乗り、少女は『ツェツィーリア』と答えた。

それからシュバルツは教会の近くに住む家を借り、毎日ツェツィーリアの元を訪れた。

ツェツィーリアは献身的な少女だった。奇跡の力を持つその手で、病を治し、乾いた地に雨を呼び、助からぬ命に安らかな眠りを与え、多くの悩める人々を救っていた。

そんな心優しい彼女に、シュバルツはますますのめり込んでいった。

しかし、ツェツィーリアは日に日に青白く痩せ細っていき、しまいにはベッドに臥《ふ》せっている時間のほうが長くなった。

彼女を心配したシュバルツが激しく問いただせば、ツェツィーリアはようやく答えた。力の代償について。

あまりのことにシュバルツの目の前が真っ暗になる。

「けれど、私は未だにあなたの心を癒やすことが出来ません」

ツェツィーリアは悲しそうにシュバルツへ問いかける。

「どうすれば、あなたの悲しみを癒やすことが出来るのでしょう？　私の残りの寿命をすべて使えば、あなたの心を救うことが出来ますか？」

シュバルツはシーツの上に置かれた彼女の小さな手をそっと握りしめ、懇願した。

「一時の慰めなどで、私が今日まで味わってきた地獄を追い払うことなど出来ません。……ツェツィーリア、どうかあなたの一生を私にください。あなたの祝福ではなく、あなた自身を。どうか私の妻として、残りの人生を共に生きてほしい」

ツェツィーリアはそれまで青白かった頬を赤く染め、震える声で「はい」と頷いた。

彼女の花嫁姿はそれはそれは美しかった。

シュバルツとツェツィーリアの結婚生活は短かったが、とても穏やかな幸福に満ちていた。

彼女は子供を生めなかったが、時々未来視をしては、シュバルツの子孫を心配していた。

「あなたの子孫がとても心配です」

「私はツェツィ以外と結婚することはないよ」

「違うの。ルッツの弟さんの……たぶん、孫に当たる男の子だと思います。たぶんその子は……」

「きっと弟の家族がなんとかするよ。ツェツィが気に病むことはない」

「……そうだといいのですけれど」

「さぁ、君はゆっくり体を療養してくれ」

「……はい」

けれどツェツィーリアはどうしても未来が気になったのだろう。いよいよ体調が悪くなると、最期の力を振り絞り、奇跡の力を金細工のクロスに込めた。そのクロスはシュバルツからツェツィーリアへ贈られた宝飾品の中でも、とりわけ彼女が愛した品だった。

「ルッツ、どうかこれを教会へ隠してください。時が来ればきっと、必要な人の元へと辿り着きますから。それと、念のためにルッツの秘密の日記帳にも力をかけましたので、この『黄金のクロス』についての説明を子孫に向けて書いておいてください。きっと〝二度目〟では、日記以外の他の書物の記述は消えてしまいますから」

「何故さらに寿命を縮めるような真似をしたんだっ、ツェツィ……!!」

「どうかお願いです。このクロスがきっと、あなたの子孫を救うから……」

「誰も今の君を助けることが出来ないというのに、まだ生まれてもいない未来の子供を救うというのか、君は……っ」

「だってルッツの血縁者ですもの。あなたの血ですら、私は愛しい」

「……分かった。君の望み通りにしよう」

ツェツィーリア亡き後、シュバルツは彼女の育った教会にその黄金のクロスを隠した。

そして彼女の言う通り、何十年も後になってクロスが発見され、王宮で保管されることとなった。

シュバルツ王の最後の遺産『黄金のクロス』として。

▽

――というようなことが、日記に書かれていたらしい。

わたしとエル様はルッツとツェツィーリアの家から移動し、二人のお墓の前で手を合わせた後、エル様から長々とシュバルツ王の退位後の話を教えていただいた。

「ではシュバルツ王はこの地で愛を見つけられたのですね」

「ああ。そうだね」

エル様は晴れやかに頷いた。なんだか肩の荷が下りたように穏やかだ。

ずっと『シュバルツ王の再来』だと蔑《さげす》まれてきたエル様にとって彼は身近な存在だったから、王宮を去った後のシュバルツ王が幸福になれたことを知ることが出来て、とても嬉《うれ》しいのだろう。

「聖女ツェツィーリアが残した『黄金のクロス』が気になりますわね。今でも王宮にあるのでしょうか？　子孫を守るとは、一体……」

「『黄金のクロス』はもうこの世には存在しないよ」

エル様は穏やかな口調で、けれど何かの覚悟を決めた顔つきでわたしを見つめた。

「『黄金のクロス』は私が使ったんだ。……前の人生で」

「……前の、人生……？」

「信じてはもらえないかもしれないけれど、私は一度死んでいるんだ」

え⁇　それってまさかエル様も、わたしのような転生者ってこと……⁇　……マジでっ⁉

▽

不細工だと蔑まれていたシュバルツ王が、実は愛を知っていた。

その事実に、まさかこれほどまでに自分の心が慰められるとは思わなかった。

『黄金のクロス』についても、知りたいことはおおよそ知ることが出来たような気がする。盲目の聖女ツェツィーリアが心配してくれたシュバルツ王の弟の孫とはつまり、――私だったのだ。

きっと『シュバルツ王の再来』である私を破滅の人生から救おうと、彼女の力が込められた『黄金のクロス』が、人生のやり直しという奇跡を起こしてくれたのだ。

それも、ただのやり直しではない。流行り病で十一歳の時に亡くなるはずだったココを、私の正妃として隣に立てるように救ってくださったのだ。

それに気付いた途端、私はココに対して後込《しりご》みしていた気持ちが完全に消えた。

ココに、私の妃になりたがる本当の思惑を尋ねよう。それがどんなものであっても、ココの今日までの優しさを信じよう。だって、どうしたって私はココを愛しているのだから。

私の真実をココに話そう。人生をやり直しているなど、頭がどうかしたと思われるかもしれないが、……それでもいい。ココの本心に近付きたい。そして私の真実を知ってほしい。彼女ときちんと分かり合いたいのだ。

そんな気持ちが溢れて、私はココに告げた。

「私はラファエル・シャリオットとして一度死に、今は二度目の人生を歩んでいるんだ」

ココは最初可愛らしい唇をポカンと開けて驚いていたが、私が語る一度目の人生の話に、次第に何か納得がいったように相槌《あいづち》を打ち始めた。

私の話が終わると、彼女はワッと両手で顔を覆って泣き叫ぶ。

「貴重なイケメンを殺すなんて酷《ひど》過ぎるわ……っ!!! せめて強制労働くらいにしてよぉぉぉ!!!」

「こ、ココ……?」

ココの言っていることがよく分からない。

私がおろおろしていると、ココはすぐに顔を上げた。鼻の頭を赤くして泣く彼女は、不謹慎だがとても可愛らしい。

「前回の人生はとても大変だったのですね、エル様……っ!」

「ココは私の話を信じてくれるのかい? こんな荒唐無稽な話を……」

「勿論ですわ、エル様! だって、わたしも前世の記憶がありますもの!」

「え?」

「エル様の場合は逆行転生で、わたしは異世界転生なので、ちょっと違うのですけれど。とにかくわたしも転生者ですもの。逆行転生の一つや二つ、余裕で信じられますわ!」

「え??」

それからココが説明し始めた前世の話に、今度は私が目を白黒させる番だった。

ココには異世界で暮らした記憶があるのだという。それも、美醜に対するとても奇妙な価値観が浸透した世界で、なんと……私やレイモンドやダグラスのような不細工が『美形』で、オークハルトやドワーフィスターといった美形が『不細工』なのだという。なんておかしな価値観なんだ……。

「ですから、わたしは現世こそイケメンと結婚したいと思いましたのに、ちっとも出会えなくて……。世を憂《うれ》いていたのです」

「いけめん……？」

「そんなある日、王宮のガーデンパーティーで、まるで天使のようなエル様とお会いすることが出来たのですわ！　神様はわたしを見捨ててはいませんでした！」

「私が、天使……？」

薔薇色《ばらいろ》に上気した頬を恥ずかしそうに両手で押さえながら微笑むココは、本当に幸せそうだった。

私はようやく、ココの言葉に嘘《うそ》など一つもないのだと信じることが出来た。一部、意味の分からない単語もあったけれど。

「つまりココは、本心から私の妃になりたいと思ってくれている……？」

不細工な私がこんなに自意識過剰な台詞《せりふ》を口にする日が来るとは思いもしなかったが、ココは私の質問に満面の笑みで頷いた。

「はいっ！　一目見た瞬間からエル様をお慕いしておりますわ！　あなたのお顔も大好きだと、わたしはこれまでに何度もお伝えしましたでしょう？」

……これほどの奇跡があるのだろうか、聖女ツェツィーリアよ。

私が最も愛せなかった自分の醜い外見を、ココは前世から引き継いだ奇妙な価値観で心の底から愛してくれていた。なんのために二度目の人生を送らねばならないのかと、何度も嘆き苦しんだ過去が救われていく。

私は激情に駆られて、ココを強く抱き締めた。ココは「きゃっ♡」と可憐な悲鳴を上げたが、すぐに私の背中へと両腕を回してきた。

二年前のあの忌《い》まわしき拉致事件の時に、心細い想いをしたココが私に抱き着いてきたことがあったが、私は彼女の体を抱き締め返すことが出来なかった。醜い私なんかが彼女に触れるなど、恐ろしくて出来なかったのだ。

けれど、今は自分から彼女を抱き締めることが出来る。こんな私でも他者から愛されていいのだと思うことが出来た。

――私は自分で閉じこもっていた孤独という名の檻《おり》から、ようやく抜け出すことが出来たのだ。

「ありがとう、ココ。そして、今まで君の気持ちを信じ切れずにいて本当にごめん……」

ゆっくりと深呼吸し、私はなんの恐れもなく彼女に告げる。

「私も一目見た時から君を愛しているよ」

私の愛の言葉を聞いたココの頬がぱっと薔薇《ばら》色に染まり、ペリドット色の瞳がそれこそ宝石のようにキラキラと輝いた。

「まぁ、エル様、ようやくわたしの気持ちを分かってくださったのですね！　嬉しいです♡」

ココは私の腕の中で、本当に幸せそうな笑みを浮かべていた。……あぁ、なんて愛おしい存在なのだろう。

「私の一度目の人生で一番の悲劇は、ココに出会えなかったことだったのだろうね」

「わたしが現世で流行り病から生き延びることが出来たのは、聖女ツェツィーリアの奇跡のお陰だったのですね……。前世の記憶を思い出すことが出来たのも、きっと」

「ああ。そうなのかもしれない」

オークハルトがまだココを諦めていないことや、母上のことなど、問題はまだ山積みだったが。

こうして私とココはようやく本当の両想いになることが出来た。

私たちは最後にもう一度、ルッツとツェツィーリアが永遠に眠る墓へと祈りを捧《ささ》げることにした。

――言葉に出来ないほどの大きな感謝を込めて。

あとがき

ＤＲＥノベルスの読者の皆様、初めまして。三日月さんかくと申します。

拙作『美醜あべこべ異世界で不細工王太子と結婚したい！』をお手に取っていただき、誠にありがとうございます！

『美醜あべこべ』は私が初めて書いたライトノベルでして、せっかくなので自分の好きなものをふんだんに詰め込んで書きました。

その結果、男性のみ美醜逆転×異世界転生×逆行転生×乙女ゲームふう、という属性盛沢山な作品になりました（乙女ゲーム要素は次巻から出てくる予定です！）。

いつかココとエルが日の目を見ることが出来ればいいな～とコンテストに応募していたら、第２回ドリコムメディア大賞にて金賞を受賞させていただき、まさかの複数巻書籍化＆コミカライズ化＆ボイスドラマ化を確約していただきました。大変幸運な作品です。

書籍化作業のために数年ぶりにＷＥＢ版を読み返したのですが、……作者の自分でも意味不明な文章が多々あり、ドリコム様はよくこの作品を受賞させてくださったな⁇　と、企業としての器の大きさに頭が下がる思いです。

というわけで、ＷＥＢ版からほぼ書き直しました！　読みやすさも面白さも二〇〇％アップです！

お忙しい中イラストを担当してくださったｒｉｒｉｔｔｏ先生、各キャラクターに素敵なキャラデザを制作していただき、誠にありがとうございます！

ココの愛らしさに、エルの美麗っぷり、ダグラスとレイモンドもそれぞれワイルド系とアイドル系の美少年に仕上げていただけて感無量です。ミスティアとドワーフィスターの兄妹感も表現していただけて本当に嬉しかったです！

そして一番難関だったオークハルトにこれ以上ない完璧なキャラデザを与えていただき、本当にありがとうございました……！

オークハルトに関してはキャラデザが本当に難しすぎて、担当編集様が社内でご意見を集めてくださったほどでした。ご協力くださった皆様、この場をお借りして心より感謝申し上げます。

読者の皆様、担当編集様、ｒｉｒｉｔｔｏ先生、本書に関わってくださったすべての皆様、本当にありがとうございました！

２巻は学園編となる予定です。ぜひ、ココとエルと愉快な仲間たちの物語を今後も応援してくださると嬉しいです！　何卒よろしくお願いいたします！

では、また皆様にお会い出来ますように。

DRE NOVELS

美醜あべこべ異世界で不細工王太子と結婚したい！

2024年10月10日　初版第一刷発行

著者　三日月さんかく
発行者　宮崎誠司
発行所　株式会社ドリコム
〒141-6019　東京都品川区大崎２-1-1
TEL　050-3101-9968
発売元　株式会社星雲社（共同出版社・流通責任出版社）
〒112-0005　東京都文京区水道1-3-30
TEL　03-3868-3275
担当編集　石田泰武
装丁　AFTERGLOW
印刷所　TOPPANクロレ株式会社

ISBN978-4-434-34597-5

ファンレター、作品のご感想をお待ちしております。

右の二次元コードから専用フォームにアクセスし、作品と宛先を入力の上、コメントをお寄せ下さい。
※アクセスの際に発生する通信費等はご負担ください。